글을 잘 쓰려면

잘못된
문장부터
고쳐라

글을 잘 쓰려면

잘못된
문장부터
고쳐라

개정판 1쇄 발행 2021년 4월 1일
개정판 2쇄 발행 2023년 1월 16일

지은이 박찬영
펴낸이 박찬영
편집 김지은, 박민정, 정훈의, 김윤하, 송하룡, 김솔지
디자인 박민정
마케팅 조병훈, 박민규, 최진주, 김나영

발행처 리베르
주소 서울특별시 성동구 왕십리로 58 서울숲포휴 11층
등록번호 제2013-17호
전화 02-790-0587, 0588
팩스 02-790-0589
홈페이지 www.liber.site
커뮤니티 blog.naver.com/liber_book(블로그)
www.facebook.com/liberschool(페이스북)
e-mail skyblue7410@hanmail.net

ISBN 978-89-6582-293-6 (03800)

리베르(Liber 전원의 신)는 자유와 지성을 상징합니다.

글을 잘 쓰려면

잘못된
문장부터
고쳐라

박찬영 지음

문장과 문장을 잇고 나누는 기술
글쓰기를 좌우한다!

**기자를 위한
글쓰기 특강
비밀 노트**

리베르

머리말

집에서 20여 분 걸으면 닿을 곳에 이모 집이 있었다. 2층 양옥집이었는데, 1층은 한식당으로, 2층은 가정집으로 사용했다. 당시로서는 여유 있는 집이었다. 어렸을 때 놀러 가면 상당히 멀어 보였다. 최근에 지나갔을 때는 10여 분 거리 밖에 되지 않는 것 같았다. 어릴 적과는 달리 공간이 축소된 느낌이 든다. 추억은 넓고 현실은 좁은가 보다.

초등학교 3학년이었을 때 이모 집 2층에서 아동 문학 전집을 발견하였다. 몬테크리스토백작, 레미제라블, 정글북, 보물섬, 80일간의 세계 일주 등 세계 문학 작품이 전용 2단 책꽂이에 가지런히 꽂혀 있었다. 눈이 부셨다. 한두 권씩 빌려서 읽었다. 나중에 알게 된 사실이지만 이 책들은 유럽 열강이 팽창하던 시기 자국 어린이에게 필요한 꿈을 심어주기 위해 만들어졌다. 세계 문학은 나에게 또 다른 세상이었다.

중학생이 된 후 일반 도서를 읽기 시작했다. 아동용 도서와 달리 쉽게 읽을 수 없었다. 중학생이라서 이해력이 부족해 죽죽 읽어 내려가기 어렵다고 생각했다. 게으름을 자책하기도 했다. 그런데 어른이 된 지금도 책을 편안히 읽을 수 없다.

책을 쉽게 읽을 수 없었던 원인은 나에게 있지 않았다. 이런 사실을 알기까지 오랜 시간이 걸렸다. 신문사 기자와 출판사 대표로 일하면서 명저로 꼽는 책은 물론 유명한 글쓰기 책까지 꼼꼼히 따지면서 읽어보았다. 글에 숨어 있는 오류를 정리하는 과정에서 다음과 같은 심증을 굳혔다. '나의 독서력이 형편없었던 것은 내가 부족했기 때문이 아니라 대다수 글이 엉켜 있었기 때문이다.'

지금 대한민국은 비문이 범람하고 있는 '비문 공화국'이다. 심각한 수준이다. 작가, 전문가, 출판사, 언론사, 학교의 책임이 크다.

전문가는 어려운 용어와 표현을 사용하면서 자신도 모르게 많은 비문을 써왔다. 언론사는 한정된 지면에 많은 내용을 전달하느라 비문에 큰 관심을 기울이지 않았다. 작가는 글 멋은 부릴 줄 알았지만 바른 글쓰기에는 소홀했다. 독자는 유명 작가의 비문을 멋있는 문장으로 생각하는 지경에 이르렀다.

이제는 '적폐 청산'만 논할 게 아니라 '비문 청산'도 논해야 한다. 잘못된 생각과 글이 적폐의 원인이 되기도 한다. 잘못된 글을 쓰는 공무원이나 법조인은 봉사 정신도 약하다.

일부 관공서 글, 연설문, 학위 논문은 참담한 수준이다. 관련자만 알수 있고 일반인은 앞뒤를 뜯어 맞춰야 겨우 추론할 수 있다. 내용만 좋으면 된다는 생각은 금물이다. 문장이 엉키면 내용도 엉킨다.

세종대왕은 훈민정음 창제 목적을 분명히 밝혔다. "…… 어리석은 백성이 말하고자 하는 바 있어도 능히 제 뜻을 펴지 못하니, 내가 이를 가엾게 여겨 새로 스물여덟 자를 만드노니 ……" 하지만 법률 문장, 의학 문장, 논문 등을 접하면 백성과 문자를 공유하려던 세종대왕의 애민 정신이 살아있는지 의문이 든다.

어려운 문장으로 어려운 시험을 통과한 사람들에게 어려운 글은 자신들의 세계를 유지하는 도구가 된다. 전문가는 일반인과는 다른 언어를 쓴다는 우월감에 빠져 있다. 자신들의 언어를 밥벌이의 도구로 여겨 일반인과 공유하지 않으려 한다. 어려운 한자를 안다고 거들먹거리던 조선 시대 양반의 모습과 크게 다를 바 없다. 그러는 동안 글은 점점 엉켜갔다.

4차 산업 혁명 시대에 어렵게 꼬인 전문가의 글은 더 이상 유효하지 않다. 세상이 빠르게 변하기 때문이다. 어느 공학 박사가 말했다. "내 논문은 더 이상 의미가 없다. 내가 박사가 되는 데 기여했을 뿐이다. 요즘 학위 논문 유효 기간은 5년도 채 되지 않는다. 더 줄어들 것이다."

정보화, 인공지능화 시대에 전문 지식은 더 이상 전문가의 전유물이 아니다. 이제 전문 지식 적용의 무게 중심이 학교에서 현장으로 옮아가고 있다. 그럴수록 언어의 효율성과 독자와의 소통이 더욱 중요해진다.

하지만 어렵게 꼬인 문장을 심각하게 생각하는 사람은 많지 않다. 글쓰기 책을 쓴 사람들도 크게 다르지 않다. 구체적 지침이 없다. 일반적인 이론이나 문법을 장황하게 늘어놓거나, 맞춤법 검사기도 할 수 있는 시시콜콜한 단어 놀이에 매달려 있다.

글 고치기 체크리스트가 없어서인지 비문도 많다. 습관적으로 많은 비문을 쓰는 것으로 보아 실수는 아닌 듯하다. 어니스트 헤밍웨이는 엄격한 기준을 적용하여 '무기여 잘 있거라'를 39번 새로 썼다. 하물며 우리야 어떻겠는가.

우리 사회에 넘쳐 나는 비문에 대해 이제는 심각하게 고민해 볼 때다. 잘못된 문장은 엄청난 경제적 손실을 초래하기 때문이다. 그동안 반듯한 글을 읽었다면 더 많은 글을 읽었을 것이며, 더욱 창의적인 생각을 하고 더욱 생산적인 일을 했을 것이다. 당연히 시간을 낭비할 일도, 잘 못된 생각을 할 일도 줄었을 것이다.

바른 글은 빠르고 쉽게 이해할 수 있어 경제적이다. 어법에 맞는 바른 글은 바른 생각을 이끌어 내고, 바른 생각은 바른 행동을 이끌어 낸다. 바른 글은 경제적 효율을 높이는 데서 더 나아가, 바른 행동까지 이끌어 낸다. 바른 글이 실무의 효율을 높이는 데서 더 나아가 바른 행동까지 이끌어 낸다면 바른 글의 힘을 간과해서는 안 될 것이다.

기본적인 문장 오류라도 바로 잡으면 경제 성장률이 매년 1% 이상 추가로 올라갈 수 있다고 확신한다. 기본에 충실하지 않고 보여주기에만 매달릴 때 그 피해는 고스란히 우리에게 돌아온다. 비문 없애기 운동은 경제적 구국 운동이나 다름없다.

비문을 없애기 위해서는 책을 만드는 출판사에서 먼저 고민해야 한다. 출판사에서 신입 편집자를 모집하면 생각보다 많은 편집자가 지원한다. 출판사에서는 지원자의 자기소개서부터 검토한다. 자기소개서는 지원자 입장에서는 자신의 글 솜씨를 보여줄 수 있는 자료이고, 출판사 입장에서는 지원자의 문장력을 파악할 수 있는 자료이다. 그런데 많은 자기소개서 가운데 반듯하게 쓴 글을 찾기는 쉽지 않다.

1차 서류 전형을 통과한 지원자에게는 2차로 간단한 글을 쓰게 한다. 2차에서도 만족할 만한 결과를 내는 지원자가 많지 않다. 글 다루는 직업을 선택하면서도 글 다루는 공부는 소홀히 했다는 인상을 지울 수 없다.

편집자가 작가의 원고를 검토하고 윤문할 때도 어려움을 겪는다. 글의 많은 부분을 새롭게 쓴다. 유명 작가의 원고도 다르지 않다. 신춘문예 당선 작가의 글을 고치느라 애먹은 경우도 있다. 글의 멋을 내는 연습은 열심히 하지만 바른 글을 쓰는 연습은 게을리 하는 것 같다.

우리는 교과서, 신문, 베스트셀러의 비문을 바른 문장인 줄 알고 배워 왔다. 우상을 깨지 않으면 우상의 틀 속에서 벗어나지 못한다. '문장비평'과 '바른 글쓰기 운동'이 활성화하면 우리 사회에 범람하는 비문이 현저히 줄어들 것이다.

바른 글쓰기는 사람이 살아가는 데 무엇보다 중요한 기술이다. 글에서 벗어난 생활은 생각조차 할 수 없다. 글은 모든 지식과 생각을 수용하고 표현하는 기본 도구다. 그런데도 바른 글에 대한 교육이나 평가는 거의 이루어지지 않고 있다.

각종 시험을 잘 치는 기술도 중요하지만 우리글을 반듯하게 쓰는 기술은 더 중요하다. 시험 과목 지식은 앞으로 사용할 수도 있고 사용하지 않을 수도 있다. 하지만 글과는 평생 함께하며 살아가야 한다. 성공하기 위해서라도 글을 잘 써야 한다.

학교에서는 글쓰기를 제대로 가르쳐 주지 않는다. 국어 수업 시간에는 시험 공부만 했을 뿐이다. 선생님도 글쓰기 교육을 제대로 받지 않아 학생에게 글쓰기를 가르쳐주기가 쉽지 않다. 선진국은 글쓰기, 토론, 문법 공부에 치중하며 실전 경쟁력을 높이고 있다. 하지만 우리는 학교 글쓰기 교육은커녕 그나마 있던 논술 시험도 없애고 있다.

부실한 학교 교육의 대안으로 지금까지 많은 글쓰기 책이 나왔다. 기존 글쓰기 책은 주로 주관적인 주장이나 일반적인 이론으로 구성되어 있다. 구체적인 글쓰기 사례 분석이 없어 실전에 활용하기에는 부족함이 많다. 이제는 '글쓰기에 대한 이론'이 아니라 글쓰기 자체를 익혀야 한다.

신문 기사, 글쓰기 책, 잘 알려진 책, 편집자의 글을 꼼꼼히 검토하면서 글의 오류가 대동소이하다는 것을 알게 되었다. 대다수가 저지르는 비슷한 잘못만 바로잡아도 일반인의 글쓰기 실력이 전반적으로 향상될 것이라는 확신이 들었다. 『글을 잘 쓰려면 잘못된 문장부터 고쳐라』에서 소개한 '문장 잇기 체크리스트'만 적용해도 웬만한 비문은 거의 걸러낼 수 있다. 글쓰기 근육이 확실히 붙을 것이다.

초판은 여러 대학교와 기업체, 독서 · 편집자 모임에서 글쓰기 교재로 사용되었다. 대학교와 모임에서 강의 교재로까지 채택되다 보니 미비한 부분이 계속 마음에 걸렸다. 프레스 센터에서 수습기자 글쓰기 연수를 위해 제작한 강의록을 반영하고 부족한 점을 보완하여 기존의 책을 새롭게 구성하였다. 그런 과정을 거쳐 나온 책이 바로 『글을 잘 쓰려면 잘못된 문장부터 고쳐라』이다.

초판은 유명한 책의 글을 첨삭하는 형태로 구성하였다. 반면 이 책은 실제 글쓰기에 도움이 되도록 '문장을 잇는 방법'을 중심으로 구성하였다. 예문은 우리에게 잘 알려진 글을 중심으로 선정하였다. 문장 고치기 예문을 익히고 실전 연습으로 문장력을 다지면 누구나 정확한 글을 쓸 수 있을 것이다.

독자가 말하다

정확한 글을 쓰고 싶은 독자가 많은 듯하다. 초판을 읽은 많은 독자가 인터넷 서점에 댓글을 올렸다. 독서는 독자가 작가에게 말을 건네는 행위라면 글쓰기는 작가가 독자에게 말을 건네는 행위다. 이 지면을 빌려 독자와 대화하려 한다. 독자의 고민은 글을 사랑하는 모든 이의 고민일 것이다.

❶ 엉킨 글을 수습하는 게 쉽지 않다.

세 곳의 매체에 내고 있는 고정 칼럼의 원고 분량이 일 년이면 책 두 권에 이른다. 그런데도 점점 글 쓰는 일이 힘들어지는 것 같다. 퇴고를 하다 보면 새로 써야 할 것 같다는 생각이 들지만 마감 시간을 생각하며 접게 되는 경우도 많다.

생각나는 대로 쏟아놓아 글이 길어지거나 생각 없이 늘어놓아 글이 엉키는 것을 수습하는 게 쉽지만은 않다. …… 글 쓰는 사람이 새겨두면 피가 되고 살이 될 좋은 내용이 잘 정리되었다는 생각이 든다. 앞으로도 곁에 두고 늘 참고하려고 한다.　　　　　　　　　　　　　　-ID: 눈초

: 엉킨 글 수습하기의 어려움. 열이면 열 모두 겪는 일이다. 다만 글 고치기 원칙을 의식하면서 처리하느냐, 습관적으로 처리하느냐에 따라 작업 결과는 큰 차이가 난다. 『글을 잘 쓰려면 잘못된 문장부터 고쳐라』에서 소개된 '잇는 법칙'과 '나누는 법칙'을 적용하면 글이 엉키는 것을 개선할 수 있다.

❷ 학교 국어 수업은 시험 위주였다

우리가 어릴 때부터 국어 공부에 많은 시간을 투자하지만, 대부분 시험에 필요한 주제어 찾기, 문맥 맞추기, 주장 전개하기에만 초점을 맞추었던 것 같다. 권장 도서니 베스트셀러니 하는 많은 책들에도 저자가 제시한 법칙에 위배되는 문장들이 많은 것 같다.　　　　　-ID: hjohn

: 학교 수업에서 글쓰기는 거의 다뤄지지 않는다. 학교 선생님도 글쓰기 공부를 한 적이 거의 없고, 글쓰기는 점수화하기 어렵기 때문이다. 그러다보니 많은 비문을 사용하고, 유명 작가의 비문을 좋은 문장으로 받아들이기도 한다.

비문은 업무 효율을 떨어뜨려 생산력 저하로 이어진다. 시험 위주 수업이 개인의 행복은 물론 업무 효율성까지 떨어뜨리고 있다. 국어 영역 가운데 가장 중요한 글쓰기 교육을 획기적으로 강화해야 한다. 국어 교육의 우선순위를 재조정하는 일이 시급하다.

❸ 학교에서 바른 문장 쓰기를 배운 적이 없다

고등학교 때 문학이나 비문학 공부를 하면서 비문을 바른 문장으로 고쳤던 기억이 나지 않는다. 바른 문장을 본 적이 드물어서 비문을 보고도 어색함을 느끼지 못했다. 어색함을 느끼지 못했던 비문을 저자가 문장 법칙에 따라 수정한 문장과 비교해 보니 차이를 느낄 수 있었다. 수정한 문장이 확실히 간결하고 내용 전달도 명확했다.　　　-ID: 청바람 독서모임

: 글은 습관적으로 쓰기보다 일정한 기준에 의거해 써야 한다. 지금까지 누군가가 기준을 제시해준 경우도, 스스로 기준을 정한 경우도 드물

었다. 체크리스트를 정교하게 제시하는 기본서도 많지 않다. 그러니 문장 오류가 있어도 발견하기 힘들다. 매뉴얼이 잘 갖춰진 글쓰기 기본서가 필요한 이유다.

❹ 영어가 우리말을 망친다.

"학교에서 국어 문법보다도 영어 문법을 더 많이 익힌다. 실제로 영어 문법이 더 친근하기도 하다. ~함으로써, ~에 의해서, 수동태 등 영어식 표현을 알게 모르게 많이 사용하고 있다는 사실에 적잖이 놀랐다. 영어를 한국어로 깔끔하게 번역하고 싶은 사람에게도 정말 도움이 될 것이다." -ID: venividivici

: 우리는 영어를 못하면서도 영어 문화권에 속해 있다. 자칫 잘못하면 영어도, 우리말도 아닌 언어를 사용하는 '언어 난민'이 될 수 있다. 나쁜 외래 어종은 부단히 잡아내야 한다. 다만 토속화한 외래어나 표현과는 공존할 수 있다. 우리말의 오류는 영어 표현과 비교해보면 잘 드러난다.

❺ 논문 쓰다가 확 꽂힌 책!

논리력이 딸릴 때 가장 만만한 것이 지시어로 땜빵하기! 10쪽짜리 논문에서 "여기서"가 무려 9번이나 검색됐다. 책 읽자마자 죄다 고쳤다. 충고를 듣고 나니 저절로 수정이 된다. 나머지 지시어도 고쳤다. 공대 출신이라 글 못쓴다는 뻔뻔한 거짓말은 하지 말자! -ID: 밀림의 왕녀

: 지시어 남발은 독자를 배려하지 않는 행위다. 글자가 줄어들기 보다는 가독성만 떨어진다. 잘못된 습관 하나만 고쳐도 큰 차이가 난다.

❻ 읽다가 무서워진 책!

이 책에는 도움이 되는 문장 쓰기 팁들이 많다. 두고두고 계속 읽어서 체화할 생각이다. 내 글쓰기에 많은 도움을 줄 책이다. 그런데 읽다보니 저자가 무서워졌다. 저자의 주장대로 글은 정말 정교한 것이다. 하지만 저자처럼 깔끔한 문장만 쓸 수는 없을 것 같다. 저자처럼 글을 읽는 사람이 많다면 함부로 글쓰기에 도전하지 못할 것 같다. 너무 살벌하다 못해 두려움까지 생길 정도다. 내가 쓴 글을 저자가 본다면 많은 부분을 지적할 것이다. 그래도 모르겠다. 난 그냥 쓸련다. 다만 최대한 저자의 원칙을 명심하면서.　　　　　　　　　　　　　　　　　　-ID: 서쟁이

：글의 무서움을 아는 것은 산의 무서움을 아는 것과도 같다. 글쓰기와 등산은 비슷하다. 하지만 산이 무서워 등산을 포기하지는 않는다. 그만큼 등산 기술을 배우고 안전에 유의할 것이다. 엄홍길은 그냥 된 게 아니다.

❼ 읽기 전과 읽은 후가 달라지는 책!

많은 글 작법서를 읽어 봤다. 비슷한 내용들이 많아서 이제 글 작법서에 시들해질 때 쯤 이 책을 접했다. 이 책은 다른 작법서와 다른 것 같다. 다른 작법서에는 없는 실전에 사용할 수 있는 문장 기술이 있다. 무엇보다 멋있는 글을 쓰는 것보다 바른 글을 쓰는 것이 중요하다는 사실을 깨달을 수 있었다. 지금도 계속 읽고 있지만 소설 읽듯이 읽기보다는 제시된 예문을 스스로 고쳐보면서 능동적으로 읽는 것이 좋을 듯싶다.

　　　　　　　　　　　　　　　　　　　　　　-ID: 끝의 시작

: 다른 작법서에는 구체적인 법칙과 실전 연습이 없다. 이 책에는 있다. 소설처럼 읽기보다 예문을 먼저 읽고 고쳐본 후 해설과 비교하는 게 좋다. 좋은 글쓰기를 위해서는 일정한 기술과 연습이 불가피하다.

❽ 엄격한 글쓰기 선생님이 필요하다

이 책의 저자는 중앙일보 기자 출신이다. 그래서인지 글쓰기를 다루는 책인데도 정치색이 뚜렷하게 드러난다. 저자가 제시한 글쓰기 법칙으로 유시민 전 장관의 저서인『유시민의 글쓰기 특강』의 문장 오류를 지적하는 내용이 나온다. '날카로운 논리'라는 유시민의 표현을 비꼬는 부분은 잘못된 문장을 고치는 것이 아니다. 유시민 전 장관을 대하는 저자의 속이 꼬여있음만 나타낼 뿐이다. …… 그래서 전반부는 그럭저럭 실용적이었음에도 불구하고 별점을 하나도 줄 수 없다.   -ID: 킴

: 이외에도 네이버 포스트에서는 800여건의 악플이 달렸다. 수백 건의 댓글이 일시에 올라왔다가 어느 순간 멈췄다. 문학과 일반 글은 다르다는 게 주된 비판이다. 글쓰기 책도 수필의 일종으로 문학 글이라고 주장한다. 부인하지는 않는다. 하지만 문장 오류를 문학이라고 강변할 수는 없다. 문학에 문장 오류를 허용하는 특권이 부여된 것도 아니다.

또 다른 독자 글도 소개하겠다.

"이런 엄격한 글쓰기 선생님도 계셔야 한다. '권위를 건드리는 것을 터부시하는 사회에서는 비리가 싹틀 수밖에 없다. 비리가 우리 사회에 구조화되어 있듯이 비문이 우리 사회에 구조화되지는 않았는지 자문해 보아야 한다. 특히 대중성을 확보한 작품을 건드리는 것을 꺼리는 사회

에서는 비문이 싹틀 수밖에 없다.'

　저자가 인용한 '권위 있는' 책은 잘 쓴 책으로 알려져 있다. 유시민의 『유시민의 글쓰기 특강』과 『나의 한국 현대사』, 이외수의 『글쓰기의 공중부양』, 장하늘의 『글 고치기 전략』, 고종석의 『고종석의 문장』, 유홍준의 『나의 문화유산답사기』, 조정래의 『태백산맥』, 박경리의 『토지』, 이문열의 『우리들의 일그러진 영웅』, 공지영의 『공지영의 수도원 기행 2』 등이다. 책의 명성 때문에 글쓰기 비판이 저자에게는 무척 조심스러운 일이다. 다른 한편으로 저자의 자신감도 엿보인다. 잘 쓴 책에서 잘못된 문장의 예를 선정하다 보니 글 고치기 내용이 다른 글쓰기 책보다 어렵다."
　　　　　　　　　　　　　　　　　　　　　　　－ID: 북다이제스터

　독자의 고민은 저자의 고민이기도 하다. 그래서 독자 댓글을 소개하였다. 대화하거나 글을 쓸 때는 내가 좋아하는 것이 아니라 상대가 좋아하는 것이 무엇인지 생각해야 한다. 독자 배려와 작가 의도의 접점을 찾기는 쉽지 않지만 독자 의견을 최대한 반영하려 애썼다.

　『글을 잘 쓰려면 잘못된 문장부터 고쳐라』에는 오랫동안 기자와 편집자로 지낸 경험이 녹아 있다. 이 책은 바른 글쓰기를 위해 썼다. 비문의 비효율성을 깨닫고 바른 글을 쓰는 데 도움을 줄 수 있기를 기대한다.

　　　　　　　　　　　　　　　　　　박 찬 영 씀

차례

들어가기 전에

실전 문장을 다루기에 앞서 글을 쓰고, 퇴고하는 일반적인 방법을 소개한다. 문장 성분과 문장 종류도 함께 살펴본다. 나중에 문장을 분석하는 데 도움이 될 것이다.

1 글쓰기 3원칙

글은 정보의 조합이다. 글쓰기는 정보의 바다에서 필요한 요소를 찾아 의미를 부여하는 것이다.

(1) 발상이 글의 내용을 좌우한다

글은 좋은 생각을 떠올려야 쓸 수 있다. 책을 읽거나 다른 사람과 대화할 때 문득문득 좋은 생각이 떠오르는 경우가 많다. 좋은 아이디어가 생각날 때마다 메모해 두면 글을 쓸 때 큰 도움이 된다. 메모해 두지 않은 생각은 무심코 지나가기 쉽다. 머리를 믿지 말고 펜을 믿어라. 인터넷에서 꼬리에 꼬리를 물며 키워드 검색을 하는 과정에서도 좋은 생각이 떠오르는 경우가 많다. 다양한 생각을 교차하면서 새로운 관점을 끌어낼 수도 있다.

(2) 독자가 원하는 의미와 재미를 찾아라

독서는 독자가 작가에게 말을 건네는 것이라면 글쓰기는 작가가 독자에게 말을 건네는 것이다. 글은 특정 대상을 염두에 두고 쓴다. 내 앞에 마주 앉은 상대방에게 이야기를 해주고 있다고 상상해 보라.

이때 상대방이 지루해서 자리를 뜨지 않도록 관심을 끄는 것이 무엇보다 중요하다. 그러려면 내가 좋아하는 것이 아니라 상대가 좋아하는 것이 무엇인지 생각해야 한다.

글쓰기의 핵심은 독자가 원하는 의미와 재미, 두 마리 토끼를 잡는 것이다. 무조건 독자에 맞추어서도 안 된다. 독자를 의식하는 것과 자신의 관점 사이에서 접점을 모색해야 한다.

(3) 제목이 내용을 좌우한다

글쓰기의 3요소는 제목 정하기, 내용 선정, 내용 구성이다. 특히 제목이나 주제는 글의 방향을 결정한다. 제목을 정할 때는 독자가 무엇을 궁금해 하는지에 초점을 맞추면 된다. 독자의 궁금증을 유발하고 새로운 관점을 제시하면 좋은 것이다. 내용을 보고 제목을 정하기도 하지만 참신한 제목에서 내용을 끌어내기도 한다. 좋은 제목이나 주제를 떠올리는 것은 그래서 중요하다. 제목과 내용이 잘 어우러질 때 전체 글이 짜임새 있게 느껴진다.

2 글 고치기 3원칙

글은 쓰는 것보다 고치는 게 중요하다.

"모든 문서의 초안은 끔찍하다. 그래도 죽치고 앉아서 쓰는 수밖에 없다. 나는 『무기여 잘 있거라』를 마지막 페이지까지 모두 39번 새로 썼다."-어니스트 헤밍웨이

(1) 글이 입에 붙어서 흘러나와야 한다.

좋은 문장과 그렇지 않은 문장은 어떻게 구분할 수 있을까? 가장 좋은 방법은 입으로 읊어보는 것이다. 좋은 문장은 소리 내어 읽을 때 물 흐르듯 자연스럽게 흘러간다. 입에 걸리는 문장이 있다면 그 문장은 비

문일 가능성이 크다. 문장이 입에 걸릴 때 이 책에서 소개한 체크리스트를 들이대 보라. 길면 나누고 짧으면 이어서 균형을 잡아줄 것이다.

글은 고저장단이 맞아야 리듬감 있게 흐른다. 너무 짧은 글만 쓰면 가슴이 답답하고, 너무 긴 글만 쓰면 숨이 막힌다. 강한 어조로 일관하면 피로도가 높아지고, 약한 어조가 계속되면 맥이 빠진다.

리듬이 맞지 않으면 문장도 맞지 않을 확률이 높다. 리듬이 맞으면 글이 살아날 뿐 아니라 읽는 사람을 춤추게 한다.

(2) 글을 고치는 것은 곧 버리는 것이다.

글의 힘은 간명함과 짜임새에서 온다. 글 고치기가 어렵게 느껴지는 것은 버리려 하지 않고, 쓰려고만 하기 때문이다. 물건을 버리지 못하고 방안에 쟁여두면 방도 물건도 기능을 상실한다. 불필요한 감정 과잉도 자제하라.

'그리고, 그러나, 그런 이유로, 아마도, 따라서, 다시 말해, 동시에' 등 군더더기만 없애도 문장이 깔끔해진다. 마크 트웨인은 "글에서 매우, 무척 등만 빼도 좋은 글이 완성된다."라고 말했다.

좋은 글은 미사여구나 군더더기가 없어도 글맛이 감돈다. 글이란 조각 작품처럼 균형이 잡혀 있고, 멜로디처럼 리듬이 있어야 한다. 이음매 하나, 바늘땀 하나 보이지 않는 옷처럼 깔끔해야 한다. 더할 것도 뺄 것도 없어야 한다.

(3) 나만의 체크리스트를 만들라.

나만의 문장 다듬기 원칙을 세워라. 그 원칙이 바로 당신의 글을 만든다. 헤밍웨이도 자신만의 원칙을 만들어 엄격하게 적용하였다.『무기여 잘 있거라』가 그 대표적인 결과물이다. 군말이 한 줄도 없지만 잃어버린 세대의 허무주의를 절절히 느끼게 한다.

글 쓰는 사람이 지켜야 할 체크리스트 제1원칙은 작고 숨겨진 것이라 도 놓치지 않으려는 자세다. 건축가 미스 반 데어 로에는 "신은 디테일 에 있다."라고 말했다. 이 책에서는 9가지 대원칙에 25가지 세부 원칙을 정했다.

속은 싸구려인데, 겉만 미사여구로 장식해서는 안 된다. 디테일이 살 아 있을 때 비로소 안과 밖이 함께 완성된다. 좋은 글을 쓰려면 감각 못 지않게 디테일을 살리려는 노력도 필요하다. 감각과 재주만 믿고 글을 쓰면 반드시 함정에 빠진다.

3 문장 성분과 종류

문장의 기본 틀은 '누가 무엇을 하다'이다. 따라서 문장의 주성분은 주어, 목적어, 서술어다. 보어도 문장의 주성분에 속한다.

'누가 무엇이 되다'에서 '무엇이'가 보어다. '누가'와 '되다'만으로는 문 장이 불완전하므로 '무엇이'에 해당하는 말이 필요하다. "철수는 반장이 되었다."에서 '반장이'가 보어다. "그녀가 바보는 아니다."에서 '는'은 보 어에 특별한 의미를 더해 주는 보조사다.

문장의 부속 성분으로는 체언을 꾸미는 관형어와 용언, 관형어, 부사 등을 수식하는 부사어가 있다. 문장의 어느 성분과도 직접적인 관련이 없는 독립어도 있다. 감탄사, "철수야."와 같이 부르는 말이 독립어에 해 당한다.

　　문장은 주어와 서술어의 관계가 한 번 이루어진 홑문장과, 서로 이어지거나 하나의 문장이 다른 문장 속에 안겨 여러 겹으로 된 겹문장(안은문장+안긴문장)이 있다. 문장 속의 문장인 안긴문장에는 명사절, 관형절, 부사절, 서술절, 인용절이 있다.

　　우리말에는 문장을 만드는 여덟 가지 기본 틀이 있다. 홑문장, 대등하게 이어진 문장, 종속적으로 이어진 문장, 명사절 안긴문장, 관형절 안긴문장, 부사절 안긴문장, 서술절 안긴문장, 인용절 안긴문장이 그것이다. 여덟 가지 기본 틀을 다양하게 결합하여 무궁무진하게 문장을 만들 수 있다.

　　안긴문장을 적절히 사용하면 문장의 완급을 조절할 수 있다. 하지만 복잡하고 긴 겹문장을 사용하여 무슨 말인지 모르게 되어서는 안 된다.

　　글 쓰는 사람들은 대체로 긴 겹문장을 많이 쓴다. 홑문장 사용을 꺼리는 것은 홑문장과 홑문장을 논리적으로 연결하는 데 부담을 느끼기 때문이다. 글이 논리적으로 연결되어 있으면 연결어미나 접속어 없이도 홑문장을 자연스럽게 이어줄 수 있다.

　우리는 영어 문법은 오랫동안 공부했지만 우리말 문법은 제대로 공부하지 않았다. 우리말과 영어의 공통점과 차이점을 알아두면 우리말 구성을 이해하는 데 많은 도움이 된다.

　우리말은 어순을 바꿔도 말이 되지만 영어는 어순을 바꾸면 말이 안 된다. 'I love you.'에서 'I you love.'는 말이 안 되지만 '나는 너를 사랑한다.'에서 '나는 사랑한다 너를'이라고 말해도 된다. 그만큼 우리말은 유연한 언어다. 우리말과 영어는 일반 어순에서도 큰 차이를 보인다.

　한글: (수식어)주어-(수식어)목적어 · 보어-(수식어)동사

　영어: 주어(수식어)-동사(수식어)-목적어 · 보어(수식어)

　우리말과 영어 모두 주어는 앞에 위치한다. 나머지 요소는 서로 거꾸로 위치한다.

　우리말이든 영어든 문장의 종류는 크게 다를 바 없다. 영어에도 홑문장, 대등하게 이어진 문장, 종속적으로 이어진 문장, 관형절 안긴문장,

명사절 안긴문장 등이 있다. 『아이아코카 자서전』에서 예문을 뽑아 보았다. 영어와 한글 예문에서 안긴문장들을 찾아 비교해 보자. 괄호 안은 수식어에 해당한다.

The man (who's been working in the car business all his life) is a brilliant strategist, but he's never risen (to the top ranks), because he just doesn't have the ability (to handle people).

The best way (to develop ideas) is through interacting with your fellow managers.

The biggest problem (facing American business today) is that most managers have too much information.

평생 자동차 업계에서 일해 온 그 남자는 뛰어난 전략가이다. 그런데도 (그는) 결코 최고 지위에 오르지 못했다. (그는) 사람을 다루는 능력이 없었기 때문이다.

아이디어를 개발하는 가장 좋은 방법은 동료 경영자들과 상호작용하는 것이다.

오늘날 미국 기업이 직면하고 있는 가장 큰 문제는 대다수 경영자들이 너무 많은 정보를 가지고 있다는 것이다.

4 내 문장력 어느 수준인가?

본격적으로 문장을 공부하기 전에 자기 점검부터 해보자. 다음 10가지 예문은 ㈜리베르스쿨에서 편집자를 모집할 때 출제한 시험 문제이다. 20분 이내에 예시 문장을 바르게 고쳐보자. 이를 통해 자신의 위치를 가늠해볼 수 있을 것이다.

지원자 평균 점수는 약 50점이었고, 10% 이내 상위권의 평균 점수는 약 70점이었다. 이 책의 예문을 공부할 때는 먼저 직접 고쳐본 후 해설과 대조하는 방법을 취하는 게 좋다.

ex1 톰 링컨은 되는대로 떠돌아다니며 사는 아무짝에도 쓸모없는 떠돌이 부랑자로 배가 고플 때만 일거리를 찾는 사람이었다.

ex2 유네스코 세계 유산에 등재된 사찰이 13곳, 신사가 3곳, 성이 1곳으로 모두 17곳이나 된다.

ex3 우선 짧은 글이 좋은 글이다. 단락도 센텐스도 짧아야 하고, 한 센텐스는 길어도 50자를 넘지 않아야 한다.

ex4 이 나라 강산을 사랑하는 문학의 큰 별께서 고히 잠드소서.

ex5 나는 교육 대학을 중퇴한 경력의 소유자다. 만약 제대로 졸업을 했더라면 이 선생으로 불리어졌을 것이다. 그러나 나는 중퇴를 하는 바람에 시골 초등학교 분교의 고용인으로 취직을 해서 이씨라는 호칭으로 불리어지고 있었다.

ex6 몇 달 지나지 않아 포항제철의 철강 생산 능력을 보여 주는 대형 철제 교문이 들어섰다. 국립서울대학교를 나타내는 'ㄱㅅㄷ'을 기하학적으로 결합해 만든 교문을 우리는 '공산당' 또는 '계집 · 술 · 담배'의 약자라며 낄낄대곤 했다.

ex7 신부님의 숙소에서 공항까지는 한 시간, 여기서 다시 오틸리엔 수도원까지는 한 시간이 걸린다고 하셨다.

ex8 그는 길도 닦고, 벌목도 하고, 덫으로 곰을 잡는 일도 하고, 토지를 개간하는 일도 하고, 옥수수를 재배하는 일도 하고, 통나무집을 짓는 일도 했다.

ex9 천왕문을 지나면 곧바로 경내, 오른쪽으로는 허름한 슬라브집 요사채가 궁색해 보이지만 정면에 보이는 정면 3칸의 맞배지붕 주심포집이 그렇게 아담하고 의젓하게 보일 수가 없다.

ex10 이들은 한창 일할 나이, 살림의 기틀을 잡고 있는 삼십 대 중간쯤의 장정들이었고 나이 좀 처지는 축으로는 장구 멘, 하얀 베수건 어깨에 걸고 싱긋이 웃으며 큰 키를 점잖게 가누어 맴을 도는 이용이다.

ex1 톰 링컨은 **되는대로 떠돌아다니며** 사는 **아무짝에도 쓸모없는 떠돌이** 부랑자로 배가 고플 때만 일거리를 찾는 사람이었다. (『데일 카네기 나의 멘토 링컨』)

➡ 톰 링컨은 **아무짝에도 쓸모없는** 부랑자였다. **되는대로 떠돌아다니며** 배가 고플 때만 일거리를 찾았다.

• "되는대로 떠돌아다니며", '떠돌이', '부랑자'는 의미가 중첩된다. 단어를 늘어놓다 보면 의미가 중첩된 표현을 쓰기 쉽다.

ex2 유네스코 세계 유산에 **등재된 사찰**이 13곳, 신사가 3곳, 성이 1곳으로 **모두 17곳이나 된다.** (『나의 문화유산답사기 일본편 3(교토의 역사)』)

➡ 교토에서 <u>유네스코 세계 유산에 **등재된 곳은**</u> 사찰 13곳, 신사 3곳, 성 1곳 등 **모두 <u>17곳이다.</u>**

• 예문에는 주어가 없다. 또 격 조사 '으로'가 부자연스럽게 사용되어 모호한 문장이 되었다. 무엇이 17곳이나 되는지도 모르겠다. 예문을 자세히 표현하면 다음과 같다.

'유네스코 세계 유산에 등재된 사찰이 13곳, 유네스코 세계 유산에 등재된 신사가 3곳, 유네스코 세계 유산에 등재된 성이 1곳으로 유네스코 세계 유산에 등재된 곳은 모두 17곳이나 된다.'

하지만 글을 이렇게 쓰지는 않는다. 공통분모는 '교토에서 유네스코 세계 유산에 등재된'이다. 이 공통분모를 주어로 내세워야 한다.

`ex3` 우선 짧은 글이 좋은 글이다. 단락도 **센텐스도** 짧아야 **하고**, 한 센텐스는 길어도 50자를 넘지 않아야 한다. (『글 고치기 전략』)

➜ 우선 짧은 글이 좋은 글이다. 단락도 **문장도** 짧아야 **한다**. 한 문장은 길어도 50자를 넘지 않아야 한다.

• 예문에서 '-고' 앞의 주어는 "단락도 센텐스도"이고 뒤의 주어는 "한 센텐스는"이다. '-고' 앞뒤 주어가 다르면 문장을 분리하는 게 자연스럽다.

• 글쓴이의 주장대로 짧은 글이 좋은 글이므로 '하고,'에서 문장을 나누었다. '-고'가 없어도 공통으로 들어가는 '센텐스'가 앞뒤를 연결하는 기능을 하고 있다.

• '센텐스'는 '문장'으로 고쳤다. 갑자기 영어 단어가 튀어나와 당황스럽다.

`ex4` 이 나라 강산을 **사랑하는** 문학의 큰 **별께서 고히 잠드소서**. (고 박경리 선생 빈소의 방명록)

➜ 이 나라 강산을 **사랑하신** 문학의 **큰 별께서 고이 잠드시다.**

➜ 이 나라 강산을 **사랑하신** 문학의 **큰 별이시여, 고이** 잠드소서.

• 이명박 대통령이 고 박경리 선생 빈소에 남긴 방명록의 글이다. 시제도, 맞춤법도, 주술 호응도 모두 맞지 않는다. 대통령을 지낸 분도 비문을 아무렇지 않게 쓴다. 글을 잘 쓰는 사람이 무심코 비문을 쓰기도 한다. 이게 우리나라 글쓰기의 현주소인 것 같아 씁쓸하다. 웃을 일이 아니다. 글을 잘 못 쓰면 일도 잘 못하는 것처럼 보인다.

"큰 별께서"를 살리려면 '큰 별께서 고이 잠드시다'로 고쳐야 한다. '큰 별이시여, 고이 잠드소서'로 고칠 수도 있다.

ex5 나는 교육 대학을 **중퇴한 경력의 소유자다.** 만약 제대로 **졸업을 했더라면** 이 선생으로 **불리어졌을** 것이다. **그러나 나는 중퇴를 하는** 바람에 시골 초등학교 분교의 **고용인으로 취직을 해서** 이씨라는 호칭으로 **불리어지고 있었다.** (『글쓰기의 공중부양』)

➡ 나는 교육 대학을 **중퇴했다.** 만약 제대로 **졸업했다면** 이 선생님으로 **불렸을** 것이다. **중퇴하는** 바람에 시골 초등학교 분교에 **취직했을 때** 이씨라는 호칭으로 **불렸다.**

• '중퇴한 경력의 소유자다'는 '중퇴했다'로 간단히 표현하는 게 좋다. 중퇴한 것을 두고 '경력의 소유자'라는 표현을 쓰는 것은 부자연스럽다.

• '불리어지다'는 이중 피동이므로 '불리다'로 바꾸었다. '그러나'는 불필요해서 생략했고 '나는'이라는 주어는 중복되어서 삭제했다.

• '졸업하다'라는 동사가 엄연히 있는데, 왜 '졸업을 하다'라고 표현하는지 모르겠다.

졸업을 하다 → 졸업하다

중퇴를 하다 → 중퇴하다

취직을 하다 → 취직하다

• 취직했기 때문에 이씨로 불린 게 아니라 취직했을 때 이씨로 불렸다. 그래서 "취직을 해서"는 '취직을 했을 때'로 고쳤다.

ex6 몇 달 지나지 않아 포항제철의 철강 생산 능력을 보여 주는 대형 철제 교문이 들어섰다. 국립서울대학교를 나타내는 'ㄱㅅㄷ'을 기하학적으로 결합해 만든 **교문을** 우리는 '공산당' 또는 '계집 · 술 · 담배'의 약자라며 낄낄대곤 했다. (『나의 한국현대사』)

➡ 몇 달 지나지 않아 포항제철의 철강 생산 능력을 보여 주는 대형 철제 교문이 들어섰다. (대형 철제 교문은) 국립서울대학교를 나타내는 'ㄱㅅㄷ'을 기하학적으로 결합해 만든 **교문이었다.** 우리는 교문의 **'ㄱㅅㄷ'을 '공산당' 또는 '계집 · 술 · 담배'의 약자**라고 부르며 낄낄대곤 했다.

- 두 번째 문장이 너무 길어 분리했다. '교문=약자'가 아니라 'ㄱㅅㄷ =약자'의 등식이 성립한다.

ex7 **신부님의** 숙소에서 **공항까지는** 한 시간, **여기서 다시** 오틸리엔 **수도원까지는** 한 시간이 걸린다고 하셨다.(『공지영의 수도원 기행 2』)

➡ **신부님은** "숙소에서 **공항까지 가는 데** 한 시간, **공항에서** 오틸리엔 **수도원까지 가는 데도** 한 시간이 걸린다."라고 말씀하셨다.

- 예문의 주어는 '신부님은'이다. 주어를 넣으면 '신부님은 신부님의 숙소에서 ~'가 되어 '신부님'이 중복된다. 여기서 '신부님의'를 빼면 문장이 자연스러워진다.

- "여기서 다시"는 '공항에서'로 고쳤다. 지시어는 가독성을 위해 가능한 구체적으로 밝혀주는 게 좋다.

- '다시'는 '하던 것을 되풀이해서'라는 의미를 지니고 있다. 예문에서는 수도원까지 가는 데 걸리는 시간에 대해 이야기하고 있으므로 '다시'라는 단어를 써야 할 필요가 없다.

• 부사어 '공항까지'가 수식하는 서술어가 빠져 있다. 그래서 '공항까지는'을 '공항까지 가는 데'로 고쳤다. '수도원까지는'도 '수도원까지 가는 데도'로 고쳤다.

ex8 그는 길도 닦고, 벌목도 하고, 덫으로 곰을 잡는 일도 하고, 토지를 개간하는 일도 하고, 옥수수를 재배하는 일도 하고, 통나무집을 짓는 일도 했다. (『데일 카네기 나의 멘토 링컨』)

➡ 그는 길을 닦거나 토지를 개간하는 일을 **했다.** 덫으로 곰을 잡거나 옥수수를 재배하기도 **했으며,** 나무를 베거나 통나무집을 짓기도 했다.

• '-고'를 남발해 호흡이 길어졌다. 유사한 내용끼리 묶어서 문장을 나눌 필요가 있다. '길을 닦거나 토지를 개간하는 일'은 토목과 관련된 일이고, '곰을 잡거나 옥수수를 재배하는 것'은 먹기 위한 일이며, '나무를 베거나 통나무집을 짓는 것'은 나무와 관련된 일이다.

ex9 천왕문을 지나면 곧바로 **경내, 오른쪽으로는** 허름한 슬라브집 요사채가 **궁색해 보이지만 정면에 보이는** 정면 3칸의 맞배지붕 **주심포집이** 그렇게 아담하고 의젓하게 보일 수가 없다.(『나의 문화유산답사기 1(남도답사 일번지)』)

➡ 천왕문을 지나면 곧바로 **경내에 들어서게 된다. 오른쪽으로는** 허름한 슬래브 집 요사채가 **보인다. 정면에는** 3칸의 맞배지붕 **주심포집이 자리 잡고 있다. 궁색한 요사채와는 달리** 그렇게 아담하고 의젓하게 보일 수가 없다.

• 무위사에 접어들 때의 모습을 묘사한 문장이다. 이 문장은 쓰다가 만 느낌을 준다.

- '경내,'는 '경내에 들어서게 된다'로 고쳤다.
- 슬라브(slab)의 표준어는 슬래브다. '슬래브 집'은 명사와 명사의 결합이고, 한 단어가 아니기 때문에 띄어 써야 한다.
- '오른쪽으로는'과 대구를 이루려면 '정면에는'이라는 말이 이어져야 한다.
- 문장의 균형이 무너져 있어 "그렇게 아담하고 의젓하게 보일 수가 없다."는 별도 문장으로 처리했다.

ex10 이들은 한창 일할 나이, 살림의 기틀을 잡고 있는 삼십 대 중간쯤의 **장정들이었고** 나이 좀 처지는 축으로는 **장구 멘,** 하얀 베수건 어깨에 걸고 싱긋이 웃으며 큰 키를 점잖게 가누어 **맴을 도는 이용이다.** (『토지』)

➡ 이들은 한창 일할 나이, 살림의 기틀을 잡고 있는 삼십 대 중간쯤의 **장정들이었다.** 나이 좀 처지는 축으로는 장구를 멘 **이용이었다.** 하얀 베수건 어깨에 걸고 싱긋이 웃으며 큰 키를 점잖게 가누어 **맴을 돌 것이다.**

- '-고' 앞뒤 주어와 문장 구조가 다르므로 '-고'에서 문장을 분리하는 게 좋다.
- '장구 멘'은 '이용'을 수식하는데 너무 떨어져 있다. "장구 멘 ~ 이용이다."는 "장구 멘 이용이었다."와 "하얀 베수건 ~ 맴을 돌 것이다."로 분리하였다.
- 여기에 나와 있지는 않지만, '~일 것이다'라고 반복되는 앞부분의 문형을 이 문장에도 적용하는 게 좋겠다.

PART 1
응답하라, 문장 요소!
(호응하는 법칙)

세상은 함께 어우러질 때 아름다움을 유지할 수 있다. 문장도 마찬가지다. 주어, 목적어, 부사어, 서술어 등이 잘 어우러질 때 문장도 아름답게 춤춘다. 문장을 길게 쓰다 보면 흐름을 놓쳐 문장 성분들이 호응하지 않는 경우가 종종 나타난다.

먼저 문장의 뼈대를 이루는 주어를 살펴보자. 영어에서는 주어를 생략할 수 없으나 우리말에서는 주어를 생략하는 경우가 많다. 주어가 드러나지 않다보니 주어가 빠지거나 주어와 서술어가 호응하지 않아도 무심코 지나가기 쉽다. 주어를 확인하는 과정에서 대체로 비문이 자연스럽게 드러난다.

문장을 길게 쓰면 부사어가 어느 서술어에 연결되는지 모호해질 때가 있다. 연결되어야 하는 서술어를 아예 찾을 수 없는 경우도 있다. 주어가 서술어와 호응해야 하듯, 부사어도 서술어와 호응해야 한다.

문장을 길게 쓰다 보면 목적어나 서술어가 빠져 있는 경우도 종종 나타난다. 특히 신문 기사에서 이런 현상이 두드러진다. 많은 정보를 담는 데 치중하기 때문에 발생하는 실수다. 목적어나 서술어를 넣어 서로 호응하도록 해야 한다.

1장 주어가 변주하다! | 주어

1. 숨은 주어를 찾아라

주격 조사 '이 · 가 · 에서 · 께서'와 보조사 '은 · 는' 앞에 쓰이는 주어는 문장의 기둥 역할을 한다. 보조사는 주어 · 목적어 · 보어에 특별한 의미를 더해 준다. "나는 선생님을 좋아하는데 선생님은 왜 나를 싫어하시지?"에서 대조를 의미하는 '은 · 는'이 보조사다.

"선생님이 다른 아이들은 좋아하시면서 왜 나는 싫어하시지?"에서 '는'은 목적어에 특별한 의미를 더해 주는 보조사다.

우리말에서는 주어가 흔히 생략된다. 하지만 영어는 우리말과는 달리 주어가 강조되는 언어다. 주어를 강조하다 보니 영어에서는 동사가 발달하였다.

특히 'be 동사' 덕분에 영어에서는 주어가 자연스럽게 부각된다. 주어를 생략할 수도 없다. 'is, are'와 같은 be 동사 뒤에 오는 말이 보어인데, 'be 동사+보어'는 우리말의 서술어에 해당한다. 우리말의 서술격 조사 '이다'에 해당하는 'is, are'가 당당히 동사로 사용된다. 이처럼 영어와 우리말은 발상부터 다르다.

She is a teacher.(그녀는 선생님이다.) → 선생님이다=선생님(보어)+이다(be 동사)

She is beautiful.(그녀는 아름답다.) → 아름답다=아름다운(보어)+이다(be 동사)

문장에는 전체를 꿰는 끈이 있다. 그 끈이 주어다. 주어는 인체에 비유하면 척추이고, 집에 비유하면 대들보다. 그런 주어를 소홀히 다루다 보니 주어와 서술어가 서로 호응하지 않거나 대구가 이루어지지 않는 표현을 남발한다.

문단에도 주어가 있고, 전체 글에도 주어가 있다. 이때 주어는 '키워드'에 해당한다. 계속 이어서 나오는 단어, 그래서 자주 생략되는 단어가 바로 키워드다. 키워드를 포함해 하나의 명제를 만들면 그게 주제문이 된다.

주제문(topic sentence)을 뒷받침하기 위해서는 구체적 사례, 통계 자료, 인용문 등을 제시해야 한다. 주제문을 논리적으로 받쳐주는 문장을 뒷받침 문장(supporting sentences)이라고 한다.

지금 여러분이 읽고 있는 이 글의 전체 주어 격인 주제어는 무엇일까? 가장 많이 언급되는 단어인 '주어'가 주제어이자 키워드다. 이 글의 주제문은 무엇일까? '주어는 문장 전체를 꿰는 끈이다'가 주제문이다. 글의 제목이 주제문이 되는 경우가 많다.

주제문은 글이나 문단의 첫머리에 올 수도 있고(두괄식), 중간에 올 수도 있고(중괄식), 끝 부분에 올 수도 있다(미괄식). 첫머리와 끝 부분에 모두 올 수도 있다(양괄식). 이 가운데 두괄식이 가장 일반적이다. 그렇다면 이 글은 어떤 형식을 띠고 있을까? 첫째 문단에 주제문이 드러나 있으므로 두괄식이라고 할 수 있다. 이 글이 양괄식이 되도록 한 번 더 강조하겠다.

'주어는 문장 전체를 꿰는 끈이다!'
'문장이 엉키면 숨은 주어를 찾아라!'

다음으로 주어를 받쳐주는 문장 성분을 알아보자.

주성분 가운데서도 으뜸 성분인 주어가 우리말에서는 가능한 한 뒤에 숨어 있으려 한다. 그래서 주어가 생략되는 경우가 많다. 특히 일반 주어는 거의 생략된다. 예를 하나 들어 보겠다.

"접속어 · 연결 어미 · 군더더기 등만 절제해도 읽기 쉬운 깔끔한 문장을 구사할 수 있다." 이 문장에서는 '절제하다 · 읽다 · 구사하다'의 주어가 일반 주어여서 모두 생략했다.

서구에는 넓은 광장이 많다. 정원도 넓게 펼쳐져 있다. 그만큼 자신을 드러내려는 사람이 많다. 우리나라에는 나무에 가려진 정원이 많다. 점잖은 양반은 자신을 밖으로 드러내지 않는 법이다. 정적의 표적이 되지 않으려고 은둔하는 경우도 많았다.

이런 문화적 영향 때문인지는 몰라도 영어에서는 주어를 생략할 수 없으나 우리말에서는 주어를 생략하는 경우가 많다. 그 주어를 찾는 연습을 게을리 해서는 안 된다. 문장이 엉키면 해당 서술어의 주어가 무엇인지 확인해야 한다. 그러면 자연스럽게 문장의 오류가 드러난다.

(『데일 카네기 인간관계론』)

ex I am very fond of strawberries and cream, but I find that for some strange reason, fish prefer worms. So when I go fishing, I don't think about what I want. I think about what they want. I don't bait the hook with strawberries and cream. Rather, I dangle a worm in front of the fish and say: "Wouldn't you like to have that?"

나는 '딸기를 넣은 빙수'를 매우 좋아한다. 참 이상하게도 (나는) 물고기는 벌레를 좋아한다는 것을 알게 된다. 그래서 (나는) 낚시를 하러 갈 때 내가 원하는 것에 대해 (나는) 생각하지 않는다. (나는) 물고기가 원하는 것에 대해 생각한다. (나는) 낚싯바늘에 딸기 빙수를 매달지도 않는다. (나는) 오히려 물고기 앞에 지렁이를 매달아 놓고 이렇게 말한다. "한번 먹어보시지 않으실래요?"

해설 • 영어에서는 'I'를 생략하면 문법적으로 말이 되지 않는다. 하지만 우리말에서는 '나는'을 연이어 사용하면 어색한 문장이 된다. 이미 문단 전체를 꿰뚫는 주어가 '나'라는 것을 독자가 알고 있기 때문이다.

이 예문 하나만 보더라도 우리말이 얼마나 유연한 언어인지 알 수 있다. 영어에서는 문장 주어인 'I'가 일곱 번이나 사용되었지만 번역문에서는 '나는'이 단 한 번 사용되었다.

(『내 문장이 그렇게 이상한가요?』)

ex 남이 쓴 문장이든 내가 쓴 문장이든 문장을 다듬는 일에는 정답이 없다. 맞춤법이나 띄어쓰기처럼 맞고 틀리고를 따질 수 있는 문제가 아니기에 **그렇다.** 교정 교열자로서 내가 단지 어색하다는 이유로 이리저리 **손보고 다듬은** 문장을 저자가 마음에 들지 않는다며 원래대로 되돌려 달라고 **고집**하면, 그렇게 하는 수밖에 **달리 방법이** 없다.

➡ 남이 쓴 문장이든 내가 쓴 문장이든 문장을 다듬는 일에는 정답이 없다. 다듬은 문장이 맞춤법이나 띄어쓰기처럼 맞는지 틀린지를 **따지기는 힘들다.** 교정자이자 교열자로서 **어색하다고 보아** 이리저리 **다듬은** 문장을 저자가 마음에 들지 않는다며 원래대로 되돌려 달라고 요구하면 그렇게 하는 수밖에 없다.

해설 • 저자와 편집자의 인식이 명확하지 않으면 글도 엉거주춤해질 수밖에 없다. 가능한 명확한 근거에 따라 잘못된 문장은 정확하게 고쳐야 한다. 다만 저자의 개성이 녹아든 문장이나 독특한 문체는 문법에 어긋나지 않는 한 살려야 한다.

• 두 번째 문장에서는 주어가 잘 드러나지 않는다. 두 번째 문장은 주어를 살려 다음과 같이 일차적으로 고칠 수 있다. "문장을 다듬는 일은 맞춤법이나 띄어쓰기처럼 맞고 틀리고를 따질 수 있는 문제가 아니기에 정답이 없다." 하지만 맞고 틀리고를 따질 수 있는 경우도 많다. 그래서 "맞는지 틀린지를 따지기는 힘들다"로 고쳤다.

• '그렇다'는 '문장을 다듬는 일에는 정답이 없다.'를 의미한다. 지시어 '그렇다'는 가능한 구체적으로 나타내야 한다.

• 중복 표현인 "손보고 다듬은"은 '다듬은'으로 고쳤다.

• '고집하면'은 표현을 순화하여 '요구하면'으로 고쳤다.

• "그렇게 하는 수밖에 달리 방법이 없다."에서 '그렇게 하는 수밖에'와 '달리 방법이 없다'는 중복 표현이므로 하나를 삭제하였다.

(『기자의 글쓰기』)

1995년 봄날이었다. 내가 신문기자가 된 지 3년 되던 해였다. 그때 <u>나는</u> 조선일보 스포츠레저부에서 어린 여행 담당 기자로 일하고 있었다. 팀장은 오태진이었다. <u>오태진은</u> 지금 조선일보 수석논설위원이다.

➜ 1995년 봄날이었다. 내가 신문 기자가 된 지 3년 되던 해였다. 그때 조선일보 스포츠레저부에서 여행 담당 기자로 일하고 있었다. 팀장은 오태진이었다. 지금 조선일보 수석 논설위원이다.

해설 • 밑줄 친 '나는'과 '오태진'은 중복 표현이다. 삭제한 문장이 훨씬 리듬감이 있다.

• 3년차 기자에게 '어린 기자'라는 표현을 쓰는 것은 적절치 않다. 역시 삭제하였다.

(『나의 문화유산답사기 일본 편 3(교토의 역사)』)

ex1 교토는 **일본 역사에서** 1천 년간 수도(首都)**의 지위를 갖고 있었기** 때문에 일본 문화의 진수가 여기에 다 있고, 일본미의 꽃이 여기에서 활짝 피었다고 해도 과언이 아니다.

➜ 교토는 1천 년간 수도(首都)**였기 때문에** '일본 문화의 진수가 여기에 다 있고, 일본미의 꽃이 여기에서 활짝 피었다.'라고 말해도 과언은 아니다.

➜ <u>교토는</u> 1천 년 이상 일본의 **수도(首都)였다**. '일본 문화의 진수가 여기에 다 있고, 일본미의 꽃이 여기에서 활짝 피었다.'라고 (누군가가) 말해도 (그 말은) 과언이 아니다.

해설 • 예문에서 주어는 무엇일까? '과언이'는 주어가 아니라 불완전한 문장을 보충하는 보어다. "~ 활짝 피었다고 해도 과언이 아니다."에는 주어 '그 말은'이 생략되어 있다. '말해도'의 주어는 일반 사람이어서 생략되었다.

• "일본 역사에서"와 "지위를 갖고 있었기 때문에"는 있어도 되고 없어도 되는 말이다. 깔끔한 문장을 위해 이런 군더더기는 없애는 게 좋다. 글을 긴밀하게 연결할 자신이 없을 때 긴 문장이나 군더더기 표현을 쓰는 경향이 강하다.

• 간접 인용문을 직접 인용문으로 바꾸면 문장을 정확하고 쉽게 이해할 수 있다.

일본 문화의 진수가 여기에 다 있다고 말했다. → 간접 인용문

"일본 문화의 진수가 여기에 다 있다."라고 말했다. → 직접 인용문

• "교토는 1천 년간 수도였기 때문에"는 '여기에 다 있고'와 '활짝 피었다'를 동시에 수식한다.

"일본 문화의 진수가 ~ 활짝 피었다라고 말해도"는 '과언은 아니다'를 수식한다.

부사절이 두 개나 있어 문장이 혼란스럽다. 앞의 부사절은 '교토는 1천 년 이상 일본의 수도였다'로 분리하였다. '때문에'가 없어도 문맥으로 문장이 이어진다.

794년 간무 천황이 세운 '헤이안쿄'(平安京, 평화와 안정의 수도)는 이후 교토라는 이름으로 알려지게 되었다. 교토는 메이지 천황이 1868년 황궁을 도쿄로 이전하기까지 천 년 이상 일본의 수도 역할을 했다.

ex2 유네스코 세계 유산에 등재된 사찰이 13곳, 신사가 3곳, 성이 1곳으로 모두 17곳이나 된다. 그것을 보기 위해 해마다 국내외에서 8백만 명이 찾아오는 세계적인 역사 관광 도시이다.

➡ 교토에서 유네스코 세계 유산에 등재된 곳은 사찰 13곳, 신사 3곳, 성 1곳 등 모두 17곳이다. 이 세계 유산을 보기 위해 해마다 국내외에서 8백만 명이 세계적인 역사 관광 도시 교토를 **찾아온다**.

해설 • 문맥으로 볼 때 예문의 주어는 교토다. 주어를 넣고 지시어 '그것'의 내용을 밝히면 다음과 같다. '교토는 유네스코 세계 유산 17곳을 보기 위해 해마다 국내외에서 8백만 명이 찾아오는 세계적인 역사 관광 도시이다.' 관형절이 너무 길어 '8백만 명'을 주어로 내세웠다.

(『나의 문화유산답사기 3(말하지 않는 것과의 대화)』)

ex1 이 비산비야(非山非野)의 들판 **길은 찻길이** 항시 언덕을 올라타고 높은 곳으로 나 있기 때문에 넓게 내려다보는 부감법의 시원한 조망이 제공된다.

➡ 이 비산비야(非山非野)의 **들판에는 찻길이 언덕 높은 곳에 나 있어** (사람들은 차 안에서 밖을) **넓게 내려다볼 수 있다.**

해설 • "들판 길은 찻길이 항시 언덕을 올라타고 높은 곳으로 나 있기 때문에"에는 어색한 주어가 두 개 있다. 주된 주어가 무엇인지 모호하다. 그래서 '들판에는 찻길이 언덕 높은 곳에 나 있어'라고 고쳤다.

• "부감법의 시원한 조망이 제공된다."에서는 '부감'과 '조망'의 의미가 중복된다. '부감'은 '높은 곳에서 내려다보는 것'을, '조망'은 '먼 곳

을 바라보는 것'을 의미한다. '넓게 내려다볼 수 있다'라고 쉽게 표현할 수 있다.

• "~ 시원한 조망이 제공된다."에서는 시원한 조망을 제공하는 주체를 알 수 없어 문장이 부자연스럽다.

고친 문장의 주어는 일반 사람이다. 사람이 주어이므로 피동문은 능동문으로 고쳤다.

ex2 나는 봉주 보살을 관음보살로 보는 김리나 교수의 주장에 손을 들고 있다. 당시의 신앙 **형태를 염두에 둘 때** 현세에서 도와주는 관음과 내세에서 도와주는 미륵이라야 **믿음도 든든하고 논리도 맞다는 생각 때문이다.**

➡ 나는 봉주 보살을 관음보살로 보는 김리나 교수의 주장에 손을 들어주고 있다. 당시의 신앙 **체계를 고려할 때** 현세에서 도와주는 관음과 내세에서 도와주는 미륵이라야 (삼존불의 조합이) **믿음도 가고 논리에도 맞다고** (나는) **생각한다.**

해설 • "신앙 형태를 염두에 둘 때"는 '신앙 체계를 고려할 때'로 고쳤다. 신앙에는 형태가 있기보다는 체계가 있다.

• '믿음이 든든하다'보다는 '믿음이 간다'라고 쓰는 것이 맞다. 여기서 '가다'는 어떤 일이 납득되거나 이해되는 상태를 의미한다.

• '때문이다'라는 표현은 불필요하다. 봉주 보살을 관음보살로 보는 주장에 대해 뒷받침하는 문장만으로도 충분하다. 명사인 '생각'을 동사인 '생각한다'로 바꾸면 주어가 드러난다.

(『글쓰기의 공중부양』)

ex 어떤 놈이 나쁜 놈일까? 바로 나뿐인 부류다. 개인적으로 나뿐인 놈이 음운학적인 변천 과정을 거쳐 나쁜 놈 **되었다는 생각이다.**

➡ 어떤 놈이 나쁜 놈일까? 바로 나뿐인 부류다. 개인적으로 나뿐인 놈이 음운학적인 변천 과정을 거쳐 나쁜 놈이 **되었다고** (나는) **생각한다.**

해설 • 재미있는 발상이다. 그런데 '생각이다'의 주어는 무엇일까? 주어가 실종되었다. 그래서 "되었다는 생각이다."를 '되었다고 (나는) 생각한다'로 고쳤다. 명사인 '생각'을 동사인 '생각한다'로 바꾸면 주어가 드러난다.

(『태백산맥』)

ex 정하섭은 묵묵히 명령을 수령하는 자세를 지켰다. 명령 앞에서는 그 어떤 이의 제기나 회의적 질문이 용납될 수 없다는 불문율 **때문이 아니었다.**

➡ 정하섭은 묵묵히 명령을 수령하는 자세를 지켰다. 명령 앞에서는 그 어떤 이의 제기나 회의적 질문이 용납될 수 없다는 불문율 **때문에** (정하섭이) **그렇게 한 것은 아니었다.**

해설 • 예문의 두 번째 문장에서 주어는 무엇일까? '불문율'도 '때문'도 아니다. 바로 '정하섭'이다. 따라서 "불문율 때문이 아니었다."는 '불문율 때문에 그렇게 한 것은 아니었다'로 고칠 수 있다.

주어를 무시한 신문 문장

(〈조선일보〉「만물상」[흰 쌀밥과 잡곡밥])

ex1 음식에는 '당(糖) 지수'가 있다. 소화되는 과정에서 얼마나 빠른 속도로 포도당으로 전환돼 혈당 농도를 높이는가를 표시한 수치다. **높을수록** 혈당을 빨리 올려 이를 분해하는 인슐린이 지나치게 많이 분비된다. 과다한 인슐린은 다시 저혈당을 일으킨다.

➡ 음식에는 '당(糖) 지수'가 있다. (당 지수는) **음식물이** 소화되는 과정에서 얼마나 빠른 속도로 포도당으로 전환돼 혈당 농도를 높이는가를 표시한 수치다. **당 지수가 높은 음식일수록** 혈당을 빨리 올려 이를 분해하는 인슐린이 지나치게 많이 분비된다. 과다한 인슐린은 다시 **저혈당증을** 일으킨다.

해설 • "높을수록 혈당을 빨리 올려"에서 무엇이 혈당을 올리는지 알 수 없다. 그래서 '높을수록'을 '당 지수가 높은 음식일수록'으로 고쳤다.

• "저혈당을 일으킨다"는 '저혈당증을 일으킨다'로 고쳐야 한다.

ex2 금방 허기를 느껴 간식을 먹거나 **식사 간격이 짧아진다.** 살이 찔 수밖에 없다.

➡ 금방 허기를 느껴 간식을 먹거나 **자주 식사를 하게 된다.** 살이 찔 수밖에 없다.

해설 • "식사 간격이 짧아진다."는 '식사를 자주 한다'를 의미한다. "간식을 먹거나 식사 간격이 짧아진다."에서 앞 어구의 주어는 '사람들은'이고, 뒤 어구의 주어는 '식사 간격이'다. 주어를 일치시키기 위해 "식사 간격이 짧아진다."를 '(사람들은) 자주 식사를 하게 된다'로 고쳤다.

ex3 흰 쌀밥과 빵 · 국수 · 감자는 당 지수가 높다. 콩 · 잡곡 · 현미는 낮다. 씹을 때 거칠고 단맛이 **적을수록** 당 지수가 낮다.

➡ 흰 쌀밥과 빵 · 국수 · 감자는 당 지수가 높고 콩 · 잡곡 · 현미(의 당 지수)는 낮다. 씹을 때 거칠고 단맛이 **적은 음식일수록** (그 음식의) 당 지수가 낮다.

해설 • "씹을 때 거칠고 단맛이 적을수록 당 지수가 낮다."는 '씹을 때 거칠고 단맛이 적을수록 (그 음식의) 당 지수가 낮다'를 의미한다. 거칠고 단맛이 적은 것이 무엇인지 드러나 있지 않다. 그래서 '적을수록'을 '적은 음식일수록'으로 고쳤다.

ex4 요즘 식당에 가면 백미밥과 잡곡밥 중에 골라 먹으라고 하는 **곳이** 종종 있다. 그만큼 현미밥 · 흑미밥 · 콩밥을 많이 찾는다는 얘기다.

➡ 요즘 식당에 가면 백미밥과 잡곡밥 중에 골라 먹으라고 하는 **주인이** 종종 있다. (이 이야기는) 그만큼 (사람들이) 현미밥 · 흑미밥 · 콩밥을 많이 찾는다는 **것을 말해 준다.**

해설 • "요즘 식당에 가면 백미밥과 잡곡밥 중에 골라 먹으라고 하는 **곳이** 종종 있다."는 말이 되지 않는다. '골라 먹으라고 하는 주인이 종종 있다'로 고치거나 '골라 먹을 수 있는 식당이 종종 있다'로 고쳐야 한다.

• "그만큼 현미밥 · 흑미밥 · 콩밥을 많이 찾는다는 얘기다."에서는 주어가 무엇인지 명료하지 않다.

ex5 엊그제 한국농촌경제연구원이 발표한 '2014년 식품 소비 행태 **조사'에서** 열 가구 중 넷이 잡곡밥을 주식으로 **꼽았다.**

➜ 엊그제 한국농촌경제연구원이 **발표한** '2014년 식품 소비 행태 조사'에서 '열 가구 중 넷이 잡곡밥을 주식으로 꼽았다'**는 결과가 나왔다.**

➜ 엊그제 한국농촌경제연구원은 '2014년 식품 소비 행태 조사' 결과 "열 가구 중 넷이 잡곡밥을 주식으로 꼽았다."라고 발표했다.

해설 • '2014년 식품 소비 행태 조사에서' 열 가구 중 넷이 잡곡밥을 주식으로 꼽은 게 아니다. 조사에서 어떤 결과가 나온 것이다.

• 관형절인 "한국농촌경제연구원이 발표한"에서 형용사 '발표한'은 동사 '발표했다'로 풀어주었다.

ex6 식이 섬유가 풍부한 보리·수수·조를 섞는 **'잡곡파'**가 갈수록 늘고 단순 탄수화물 **'흰쌀류'**는 준다. '이밥에 고깃국'은 **벌써** 옛말이다.

➜ **흰쌀에** 식이 섬유가 풍부한 보리·수수·조를 섞어 먹는 **'잡곡파' 가** 갈수록 늘고 단순 탄수화물인 흰쌀만 먹는 **'흰쌀파'는** 준다. '이밥에 고깃국'은 **이미** 옛말이다.

해설 • '잡곡파'는 사람이고 '흰쌀류'는 사물이다. 사람이든 사물이든 어느 한쪽으로 일치시켜야 한다. '흰쌀류'를 '흰쌀파'로 고쳤다.

ex7 '밥이 힘'이라는 농경 사회 믿음 **덕에** 한국인은 전체 섭취 **칼로리 에서 쌀에서** 얻는 탄수화물 비율이 70%나 된다.

➜ '밥 힘으로 산다.'라는 농경 사회의 믿음 **탓에** 한국인**이** 전체 섭취 **칼로리 가운데 쌀에서** 얻는 탄수화물 비율**은** 70%나 된다.

해설 • "전체 섭취 칼로리에서 쌀에서 얻는"은 부자연스럽다. 무엇보다 '에서'가 중복된다.

(〈조선일보〉「만물상」[DMZ '추진 철책'])

ex1 GP(Guard Post · 소초)는 DMZ에 **뜬** 섬이다. 군사 분계선에서 철책선까지 남북 **2km**씩 탁 트였다.

➔ GP(Guard Post · 소초)는 DMZ에 **떠 있는** 섬이다. 군사 분계선에서 철책선까지 남북 **2km 공간이** 탁 트였다.

해설 • "뜬 섬"은 과거의 공간이고 '떠 있는 섬'은 과거에도 있었고 현재에도 있는 공간이다.

• "군사 분계선에서 철책선까지 남북 2km씩 탁 트였다."에는 '트였다'와 연결되는 부사어가 3개나 있다. '군사 분계선에서 철책선까지, 남북 2km씩, 탁'이 그것이다. 문제는 주어가 없다는 것이다. 이 문장의 주어는 '남북 2km 공간'이다. 그래서 "남북 2km씩"을 '남북 2km 공간이'로 고쳤다.

신문 문장에서는 주어를 빈번하게 생략하다 보니 주어가 사라진 문장이 가끔 나온다.

ex2 떠나고 떠나보내며 소대가 눈물바다가 됐다. 통문까지 **걸어가며** 까닭 모를 **눈물이** 흘렀다.

➔ 떠나고 떠나보내며 소대가 눈물바다가 됐다. (나는) 통문까지 **걸어가며** (나는) 까닭 모를 **눈물을** 흘렸다.

해설 • 예문의 첫 문장은 '소대가 떠나고 떠나보낸다'와 '소대가 눈물바다가 됐다'가 합쳐진 문장이다. '떠나보내며'에서 '-며'는 동시 동작을 나타낸다.

• 두 번째 문장은 '(내가) 통문까지 걸어간다'와 '까닭 모를 눈물이

흘렸다'가 합쳐진 문장이다. 마찬가지로 '걸어가며'에서 '-며'는 동시 동작을 나타낸다. 그런데 '-며' 앞뒤 주어가 다르다. 앞의 주어는 '나'이고 뒤의 주어는 '눈물'이다. '-며' 앞뒤 주어가 모두 '나'가 되어야 한다. '(나는) 통문까지 걸어가며 (나는) 까닭 모를 눈물을 흘렸다.'

ex3 추진 철책은 철책선처럼 죽 연결된 **게 아니고** 없는 곳도 많다.

➡ 추진 철책은 철책처럼 죽 **연결되어 있지는 않다.** 없는 곳도 많다.

해설 • 예문은 '추진 철책은 철책선처럼 죽 연결된 철책이 아니다'와 '추진 철책이 없는 곳도 많다'가 합쳐진 문장이다. 앞의 주어는 '추진 철책'이고 뒤의 주어는 '추진 철책이 없는 곳'이다. '-고' 앞뒤 주어가 다를 경우 문장을 분리하는 게 좋다.

철책은 쇠로 만든 울타리이고 추진 철책은 남방한계선보다 북쪽에 설치된 철책이다.

(《조선일보》「만물상」[취업 부적(符籍)])

ex1 장강명 소설 『한국이 싫어서』가 20대 사이에 **인기다.** 거듭된 실패로 갈 길 잃은 '루저'들이 호주로 도피해 겪는 **우여곡절이다.**

➡ 장강명의 소설 『한국이 싫어서』가 20대 사이에 **인기를 끌고 있다.** (『한국이 싫어서』는) 거듭된 실패로 갈 길 잃은 '루저'들이 호주로 도피해 겪는 **우여곡절을 다루고 있는 소설이다.**

해설 • '『한국이 싫어서』=인기'라는 등식은 성립하지 않는다. 마찬가지로 '『한국이 싫어서』=우여곡절'이라는 등식도 성립하지 않는다. '『한국이 싫어서』=우여곡절을 다루고 있는 소설'이라는 등식은 성립한다.

신문 문장의 비문은 대개 무리하게 말을 줄이려는 데서 비롯된다. 문장이 조금 길어지더라도 말이 되도록 풀어 주어야 한다.

ex2 호주로 떠날까 말까 망설이던 주인공 계나가 친구들과 점을 보러 간다. 스타벅스에 책상 하나 두고 사주팔자 봐 주는 '홍대 별도령'이다.

➡ 호주로 떠날까 말까 망설이던 주인공 계나가 친구들과 점을 보러 간다. **이들이 찾아간 점쟁이는** 스타벅스에 책상 하나 두고 사주팔자 봐 주는 '홍대 별도령'이다.

해설 • 주어가 앞의 문장에 나와 있을 때 뒤의 문장에서는 주어를 흔히 생략한다. 하지만 첫째 문장의 주어와 둘째 문장의 주어가 다르므로 둘째 문장의 주어는 밝혀줘야 한다.

(〈조선일보〉「만물상」[섹스와 건강])

ex 1998년 발기 부전 치료제 **비아그라의 국내 임상 시험**을 할 때다.

➡ (얘기하려는 것은) 1998년 발기 부전 치료제 **비아그라를 국내에서 임상 시험했을 때의 일이다.**

해설 • 무리하게 문장을 압축하려다 보니 비문이 되었다. "할 때다"가 아니라 '~했을 때의 일이다'가 정확한 표현이다. '비아그라의'에서 조사 '의'는 목적어의 역할을 한다.

(《조선일보》「만물상」[간통죄 62년 만에 폐지, 부부 관계의 큰 전환점])

ex1 **헌법 재판소는** 26일 간통죄에 대해 재판관 9명 중 **7명의 찬성 의견으로** 위헌 결정을 내렸다.

➡ 26일 간통죄에 대해 헌법 재판소 재판관 9명 중 **7명이 찬성 의견을 내** 위헌 결정이 내려졌다.

해설 • 위헌 결정을 내린 주체는 헌법 재판소가 아니라 헌법 재판소 재판관이다. 물론 헌법 재판소는 헌법 재판소 재판관을 의미할 것이다. 그럴 경우 '헌법 재판소 재판관은 간통죄에 대해 재판관 9명 중 7명의 찬성 의견으로 ~'라는 우스꽝스러운 문장이 된다.

조사 '~의'는 주어나 목적어로 풀어 주는 게 자연스럽다. 그래서 "7명의 찬성 의견으로"는 '7명이 찬성 의견을 내'로 고쳤다.

ex2 1953년 형법에 간통죄가 도입된 이후 62년 만이다.

➡ (위헌 결정은) 1953년 형법에 간통죄가 도입된 이후 **62년 만의 일**이다.

해설 • "62년 만이다."의 주어는 '위헌 결정'이 되어야 한다. 하지만 '위헌 결정=62년 만'의 등식은 성립하지 않는다. 그래서 '위헌 결정은 ~ 62년 만의 일이다'로 고쳤다.

ex3 **위헌 결정으로** 간통죄에 마지막 합헌 결정이 선고된 다음날인 2008년 10월 31일 이후 간통 혐의로 수사나 재판을 받고 있는 **사람은 수사와 재판이 중지되고,** 유죄가 확정된 사람은 재심을 통해 무죄 판결을 받을 수 있게 됐다.

➔ 간통죄에 대해 <u>위헌 결정이 내려졌다.</u> 간통죄에 마지막으로 합헌 결정이 내려진 다음날인 2008년 10월 31일 이후 간통 혐의로 수사나 재판을 받고 있는 사람은 **수사와 재판을** <u>받지 않아도 되고,</u> 유죄가 확정된 사람은 재심을 통해 무죄 판결을 <u>받을 수 있게 됐다.</u>

해설 • "위헌 결정으로 간통죄에 마지막 합헌 결정이 선고된 다음날인 ~"은 최악의 문장이다. '결정'이란 단어가 불필요하게 중복된다. "결정이 선고된"은 '결정이 내려지다'로 고쳐야 한다. '마지막'은 '마지막으로'로 바꿨다.

• '재판을 받고 있는 사람은 재판이 중지된다'라는 표현은 비논리적이다. 이중 주어는 문장을 부자연스럽게 만들 뿐만 아니라 비논리적으로 만들기도 한다. 그래서 '재판을 받고 있는 사람은 재판을 받지 않아도 된다'로 고쳤다. '무죄 판결을 받을 수 있게 된다'와 대구를 이루기 위해서도 '수사와 재판을 받지 않아도 된다'로 고쳐야 한다.

＊ 글쓰기의 비법, 주어 찾기 연습

다음 글은 이 책의 '머리말' 일부다. 생략된 주어는 괄호 안에 썼고 문장의 주어는 밑줄을 그었다. 주어 찾기를 하면 문장 구조를 쉽게 파악할 수 있다.

먼저 4쪽에 있는 머리말을 읽으면서 연습 삼아 직접 주어를 찾아보라. 자신의 글 혹은 다른 사람의 글을 고칠 때 주어를 확인하는 습관만 들여도 글의 오류를 대부분 고칠 수 있다. 퇴고할 때도 주어 찾기를 해보면 잘못된 문장이나 부자연스러운 문장을 쉽게 찾을 수 있다. 주어가 명확하면 문장도 명확해진다.

일반 주어는 편의상 '우리는'으로 정했다. 우리말에는 주어를 드러내지 않으려는 특성이 있어 일반 주어는 흔히 생략된다. 흔하게 쓰이는 주어인 '나는'도 거의 생략된다. 이 머리말에서는 '나는'이 한 번도 나오지 않는다. 독자가 머리말을 쓴 사람이 누군가를 알기 때문에 '내가'를 쓸 필요가 없다.

ex (내가) 집에서 20여 분 걸으면 닿을 곳에 <u>이모 집이</u> 있었다. (이모 집은) 2층 양옥집이었는데, <u>(이모는)</u> 1층은 한식당으로, 2층은 가정집으로 사용했다. <u>(이모 집은)</u> 당시로서는 여유 있는 집이었다. (내가) 어렸을 때 놀러 가면 (내 눈에는) <u>(이모 집이)</u> 상당히 멀어 보였다. (내가) 최근에 지나갔을 때는 <u>(우리 집에서 이모 집까지의 거리가)</u> 10여 분 거리 밖에 되지 않는 것 같았다. (내가) 어릴 적과는 달리 공간이 축소된 <u>느낌이</u> (내 마음에) 든다. <u>추억은</u> 넓고 <u>현실은</u> 좁은가 보다.

(내가) 초등학교 3학년이었을 때 이모 집 2층에서 (나는) 아동 문학 전집을 발견하였다. 몬테크리스토백작, 레미제라블, 정글북, 보물섬, 80일간의 세계 일주 등 세계 문학 작품이 전용 2단 책꽂이에 가지런히 꽂혀 있었다. 눈이 부셨다. (나는) 한두 권씩 빌려서 읽었다.

(내가) 나중에 알게 된 사실이지만 이 책들은 유럽 열강이 팽창하던 시기 자국 어린이에게 필요한 꿈을 심어주기 위해 만들어졌다. 세계 문학은 나에게는 또 다른 세상이었다.

(내가) 중학생이 된 후 (나는) 일반 도서를 읽기 시작했다. 아동용 도서와 달리 (나는) 일반 도서는 쉽게 읽을 수 없었다. (내가) 중학생이라서 이해력이 부족해 (내가) 죽죽 읽어 내려내기 어렵다고 (나는) 생각했다. (나는) 게으름을 자책하기도 했다. 그런데 (내가) 어른이 된 지금도 (나는) 책을 편안히 읽을 수 없다.

(내가) 책을 쉽게 읽을 수 없었던 원인은 나에게 있지 않았다. (내가) 이런 사실을 알기까지 오랜 시간이 걸렸다. (내가) 신문사 기자와 출판사 대표로 일하면서 (사람들이) 명저로 꼽는 책은 물론 유명한 글쓰기 책까지 꼼꼼히 따지면서 (내가) 읽어보았다.

(내가) 글에 숨어 있는 오류를 정리하는 과정에서 (나는) 다음과 같은 심증을 굳혔다. '나의 독서력이 형편없었던 것은 내가 부족했기 때문이 아니라 대다수 글이 엉켜 있었기 때문이다.'

지금 대한민국은 '비문 공화국'이라고 (우리가) 부를 만큼 비문이 범람하고 있다. (대한민국의 문장 수준이) 심각한 수준이다. 작가, 전문가, 출판사, 언론사, 학교의 책임이 크다.

전문가는 어려운 용어와 표현을 사용하면서 자신도 모르게 많은 비문을 써왔다. 언론사는 한정된 지면에 많은 내용을 전달하느라 비문에 큰 관심을 기울이지 않았다. 작가는 글 멋은 부릴 줄 알았지만 바른 글쓰기에는 소홀했다. 독자는 유명 작가의 비문을 멋있는 문장으로 생각하는 지경에 이르렀다.

이제는 (우리가) '적폐 청산'만 논할 게 아니라 '비문 청산'도 논해야 한다. 잘못된 생각과 글이 적폐의 원인이 되기도 한다. 잘못된 글을 쓰는 공무원이나 법조인은 봉사 정신도 약하다.

일부 관공서 글과 연설문, 학위 논문은 참담한 수준이다. 관련자만 알 수 있고 일반인은 앞뒤를 뜯어 맞춰야 겨우 추론할 수 있다. 내용만 좋으면 된다는 생각은 금물이다. 문장이 엉키면 내용도 엉킨다.

세종대왕은 훈민정음 창제 목적을 분명히 밝혔다. "…… 어리석은 백성이 말하고자 하는 바 있어도 능히 제 뜻을 펴지 못하니, 내가 이를 가엾게 여겨 새로 스물여덟 자를 만드노니 ……" 하지만 법률 문장, 의학 문장, 논문 등을 (우리가) 접하면 백성과 문자를 공유하려던 세종대왕의 애민 정신이 살아있는지 의문이 든다.

어려운 문장으로 어려운 시험을 통과한 사람들에게 어려운 글은 자신들의 세계를 유지하는 도구가 된다. 전문가는 일반인과는 다른 언어를 쓴다는 우월감에 빠져 있다. (전문가는) 자신들의 언어를 밥벌이의 도구로 여겨 일반인과 공유하지 않으려 한다. (전문가의 모습이) 어려운 한자를 안다고 거들먹거리던 조선 시대 양반의 모습과 크게 다를 바 없다. 그러는 동안 글은 점점 엉켜갔다.

2. 등식이 성립하는지를 확인하라

'A는 B다'에서 주어 A와 B는 긴밀히 관련되어 있어 근본적인 뜻이나 중요함이 서로 같음을 의미한다. 그렇지 않을 때는 표현을 바꾸어야 한다.

글을 읽다 보면 비논리적인 등식이 심심찮게 등장한다. 비논리적이거나 단어의 뜻이 적확하지 않은 경우에 흔히 잘못된 등식 관계가 형성된다. 평소에 사전을 찾아보는 습관을 들이면 잘못된 등식을 피할 수 있을 것이다.

(〈중앙일보〉 김영희 칼럼: 품격 잃은 전직 대통령의 회고록)

`ex` 2009년 10월 임태희 노동부 장관과 북한 통일전선부 부장 김양건이 싱가포르에서 만나 비밀 협상을 벌인 **부분의 묘사는** 특히 "사려 깊지 못한 이명박"의 **면모를 보여 주는 사례다.**

➡ 2009년 10월 임태희 노동부 장관과 북한 통일전선부 부장 김양건이 싱가포르에서 만나 비밀 협상을 벌인 **대목에는** 특히 "사려 깊지 못한 이명박"의 **면모가 잘 묘사되어 있다.**

`해설` • '묘사=사례'의 등식은 논리적으로 성립하지 않는다. '~ 대목에는 이명박의 면모가 잘 묘사되어 있다.'라고 표현하면 된다. 어느 쪽이 더 이해하기 쉬운가? 글은 쉽게 써야 쉽게 이해할 수 있다.

(『나의 한국현대사』)

`ex` 보증금 10만 원에 월세 2만 원짜리 봉천동 달동네 자취방은 블록 벽돌로 **지은 집**이었다.

➡ 보증금 10만 원에 월세 2만 원짜리 봉천동 달동네 자취방은 블록

벽돌로 **지어졌다.**

> 해설 • '방=집'의 등식은 성립하지 않는다.

(〈조선일보〉 만물상: 역사가의 국제 연대)

> ex1 미국 '포린 어페어스'지(誌)가 아베에게 "일본이 한국 · 중국을 침략한 사실을 인정하느냐."고 물었다. 그는 "침략에 대한 <u>정의(定義)</u>는 역사학자들이 **해야 할 몫**"이라고 답했다.

➡ 미국 '포린 어페어스'지(誌)가 아베에게 "일본이 한국 · 중국을 침략한 사실을 인정하느냐."라고 물었다. 아베는 "침략에 대한 정의(定義)는 역사학자들이 **내려야 할 것**"이라고 답했다.

➡ 미국 '포린 어페어스'지(誌)가 아베에게 "일본이 한국 · 중국을 침략한 사실을 인정하느냐."라고 물었다. 아베는 "침략에 대한 <u>정의(定義)를 내리는 것은 역사학자들의 몫</u>"이라고 답했다.

> 해설 • '정의=몫'이라는 등식은 성립하지 않는다. '몫'이라는 단어를 쓰려면 '침략에 대한 정의를 내리는 것은 역사학자들의 몫'이라고 표현해야 한다.

> ex2 **위안부 제도는** 일본이 국가 차원에서 후원한 성 노예라는 데 이견이 없다.

➡ **<u>위안부 제도는</u>** 일본이 국가 차원에서 후원하였다는 데 이견이 없다.

> 해설 • '위안부 제도=성 노예'라는 등식은 성립하지 않는다. 위안부가 성 노예가 될 수는 있어도 제도가 성 노예가 될 수는 없다.

> • 일본은 성 노예를 후원한 적은 없다.

(『우리들의 일그러진 영웅』)

ex1 자유당 정권이 **그 마지막 기승**을 부리고 있던 그해 3월 중순, 나는 자랑스레 다니던 서울의 명문 초등학교를 떠나 시골의 한 작은 읍내 학교로 전학을 가게 되었다. 공무원인 아버지가 한직으로 **밀려나게 되자** 우리 가족 모두가 이사를 가게 된 까닭이었는데, 그때 나는 열두 살로 이제 막 5학년이 된 참이었다.

➡ 자유당 정권이 마지막 기승을 부리고 있던 그해 3월 중순, 나는 자랑스레 다니던 서울의 명문 초등학교를 떠나 시골의 한 작은 읍내 학교로 전학을 가게 되었다. 공무원인 아버지가 한직으로 **밀려나게 된 것이** 우리 가족 모두가 이사를 가게 된 까닭이었는데, 그때 나는 열두 살로 이제 막 5학년이 된 참이었다.

해설 • "그 마지막 기승"에서 '그'는 영어의 영향을 받은 군더더기다.

• 아버지가 한직으로 밀려난 것이 이사를 가게 된 원인이다. '한직으로 밀려난 것=까닭'의 등식이 성립해야 한다. '한직으로 밀려나게 되자 ~ 까닭이다'라는 말은 성립하지 않는다. 따라서 '아버지가 한직으로 밀려나게 된 것이 우리 가족 모두가 이사를 가게 된 까닭이다'라고 표현해야 한다.

ex2 공부는 잘하는가, 힘은 센가, 집은 잘 사는가 따위로 **말하자면** 나중 그 아이와 맺게 될 **관계의** 기초 자료를 **모으는 셈**이었다.

➡ 공부는 잘하는가, 힘은 센가, 집은 잘 사는가 따위로 말하자면 나중에 그 아이와 맺게 될 관계의 기초 자료**에 해당하는** 셈이었다.

➡ 공부는 잘하는가, 힘은 센가, 집은 잘 사는가 따위를 **묻는 것은** 나

중에 그 아이와 맺게 될 **관계를 위한 기초 자료를 모으는 셈**이었다.

해설 • 반 아이들 입장에서는 "공부는 잘하는가, 힘은 센가, 집은 잘 사는가" 등이 기초 자료에 해당하는 것이지, 기초 자료를 모으는 것은 아니다. '묻는 것=모으는 것'의 등식은 성립한다.

• "관계의 기초 자료"에서 조사 '의'는 애매모호한 일본식 표현이다. '관계를 위한 기초 자료'로 바꾸었다.

(『토지』)

ex 어떤 일에도 **감동되지** 않을 눈빛, 철저하게 스스로를 소외시키면서 인간과의 교류를 거부하는 눈빛, 눈빛에서만 그랬던 **것이** 아니다. 뼈만 남은 몸 전체가 거부로써 남을 학대하는 분위기의 **응결이었다.**

➡ 어떤 일에도 **감동받지** 않을 눈빛, 철저하게 스스로를 소외시키면서 인간과의 교류를 거부하는 눈빛. 눈빛에서만 그랬던 **것은** 아니다. 뼈만 남은 몸 **전체가** 거부로써 남을 학대하는 분위기의 **응결체였다.**

해설 '몸 전체=응결'의 등식은 성립하지 않는다. '응결'은 '한데 엉기어 뭉침'을 뜻한다. 몸 전체는 뭉치는 현상이 아니라 뭉쳐진 물체다. 그래서 '응결'을 '응결체'로 고쳤다.

(『유시민의 글쓰기 특강』)

ex 이번 책은 논리적 글쓰기 **일반론**이다. …… 다음 책은 논술 시험 안내서다.

➡ 이번 책은 논리적 글쓰기 **일반서**다. …… 다음 책은 논술 시험 안내서다.

• '이번 책=일반론'의 등식이 부자연스럽다. 그래서 '일반론'을 '일반서'로 바꾸었다. '이번 책=일반서'의 등식은 성립한다.

(『대통령의 글쓰기』)

ex 야구 선수는 어깨에 힘이 들어가면 공을 칠 수 없다. 글쓰기가 어려운 이유도 **딱 하나다.** 욕심 때문이다. 잘 쓰려는 욕심**이 글쓰기를 어렵게 만든다.**

➡ 야구 선수는 어깨에 힘이 들어가면 공을 **제대로** 칠 수 없다. 글쓰기가 어려운 이유도 **비슷하다.** 욕심 때문이다. 잘 쓰려고 욕심**을 부리면 글을 쉽게 쓸 수 없다.**

해설 • 글쓰기가 어려운 이유가 어찌 딱 하나만 있겠는가. '딱'이란 표현을 쓸 수 있는 경우는 거의 없다.

• "잘 쓰려는 욕심이 글쓰기를 어렵게 만든다."라는 문장은 마치 영어 문장(Your desire to write well makes writing difficult.)을 번역한 것 같다. 원래 우리말 표현이 아니다. '잘 쓰려고 욕심을 부리면 글을 쉽게 쓸 수 없다.' 이게 우리말다운 표현이다.

사실 글쓰기에 욕심이 없으면 좋은 글을 쓰기 힘들다. 다만 어깨에 힘을 빼는 연습은 부단히 해야 한다.

(『태백산맥』)

ex1 **당성을 의심받는다는 것,** 그건 두말할 필요 없이 **마지막이란 의미였다.**

➡ 당성을 의심받는다는 것, 그건 두말할 필요 없이 **마지막을 의미했다.**

해설 • '당성을 의심받는다는 것=의미'의 등식은 성립하지 않는다.

ex2 나는 작가 생활을 시작한 이후『청산댁』,『황토』,『유형의 땅』,『불놀이』등을 통해서 우리 민족이 겪은 역사적 수난과 아픔을 **쓰고자** 했다. 그러나 내 의식의 허기는 채워지지 않았고 가셔지지 않았다. 의문과 회의와 질문이 **많았던 때문일 것이다.** 그것들을 올올이 간추리고 엮어 베를 짜기로 **한 것이**『태백산맥』이다.

➡ 나는 작가 생활을 시작한 이후『청산댁』,『황토』,『유형의 땅』,『불놀이』등을 **통해서** 우리 민족이 겪은 역사적 수난과 아픔을 **표현하고자** 했다. 그러나 내 의식의 허기는 채워지지 않았고 가셔지지 않았다. 의문과 회의와 질문이 **많았기 때문이다.** 그것들을 올올이 간추리고 엮어 베를 짜기로 **했다. 그 결과물이**『태백산맥』이다.

해설 • '작품을 통해서'와 "쓰고자 했다."는 서로 호응하지 않는다. 그래서 '작품을 통해서 표현하고자 했다'로 고쳤다.

• '베를 짜기로 한 것=『태백산맥』'의 등식은 성립하지 않는다. 그래서 '베를 짜기로 했다. 그 결과물이『태백산맥』이다'로 고쳤다. '결과물=『태백산맥』'의 등식은 성립한다.

(『멈추면, 비로소 보이는 것들』)

ex1 '부처의 눈에는 부처만 보이고 돼지의 눈에는 돼지만 보인다'는 말이 있습니다. 세상을 보는 내 마음의 눈이 어떤 **상태**냐에 따라 그 마음 그대로 세상이 보인다는 의미입니다.

➜ "부처의 눈에는 부처만 보이고 돼지의 눈에는 돼지만 보인다."라는 말이 있습니다. (이 말은) 세상을 보는 내 마음의 눈이 어떤 **상태에 있느냐**에 따라 그 마음 그대로 세상이 보인다는 것을 의미합니다.

해설 • '마음의 눈=상태'라는 등식은 성립하지 않는다. 하지만 마음의 눈이 어떤 상태에 있을 수는 있다.

ex2 대부분의 사람들**의 마음이** 언제나 초조하고 **긴장 상태라는** 사실을 알게 되었다.

➜ 대부분의 사람은 늘 초조하고 **긴장된 상태에 있다는** 사실을 알게 되었다.

해설 • '초조하다'는 '애가 타서 마음이 조마조마하다'라는 뜻이므로 '마음이'를 빼는 게 좋다.

• '마음=긴장 상태'라는 등식은 성립하지 않는다. '사람들이 긴장된 상태에 있다'라고 표현하는 게 올바르다.

(『대통령의 시간』)

ex1 이 책은 나의 대통령 시절 **이야기다.** 내가 이끈 정부와 정책을 둘러싼 이야기들이 담겨 있다.

➔ 이 책은 나의 대통령 시절 **이야기를 담고 있다.** 내가 이끈 정부와 정책을 둘러싼 이야기들이 **소개되어** 있다.

해설 • '이 책=이야기'의 등식이 왠지 불편하다. 이 책 자체가 이야기는 아니기 때문이다. 엄격히 따지자면 이 책은 '이야기를 담은 책'이다.

ex2 내 재산을 사회에 내놓았다. 샐러리맨 생활을 하면서 평생 아껴 쓰며 모은 돈이었다. (나의 기부는) 오늘을 있게 해 준 많은 분들과 우리 사회에 대한 **감사**였다.

➔ 내 재산을 사회에 내놓았다. 샐러리맨 생활을 하면서 평생 아껴 쓰며 모은 돈이었다. (나의 기부는) 오늘을 있게 해 준 많은 분과 우리 사회에 대한 **감사의 표시**였다.

해설 • '재산을 내놓은 것=감사'의 등식은 성립하지 않지만 '나의 기부=감사의 표시'의 등식은 성립한다.

ex3 민주당 출신의 젊은 대통령인 오바마는 대선 후보 시절부터 한 · 미 FTA 체결에 부정적인 **입장이었다.**

➔ 민주당 출신의 젊은 대통령인 오바마는 대선 후보 시절부터 한 · 미 FTA 체결에 부정적인 **입장을 취했다.**

해설 • '오바마=입장'이라는 등식은 성립하지 않는다. 그래서 '오바마는 ~ 부정적인 입장을 취했다.'로 고쳤다.

(『나의 문화유산답사기 1(남도답사 일번지)』)

ex 지난 3월 28일 <u>나의</u> 이곳 <u>답사는</u> 영남 대학교 대학원 미학·미술사학과 학생 15명을 민주식 교수와 함께 **인솔하는 일**이었다.

➡ 지난 3월 28일 <u>나는</u> 민주식 교수와 함께 영남 대학교 대학원 미학·미술사학과 학생 15명을 **인솔하여** <u>이곳을 답사하였다.</u>

해설 • '답사=인솔하는 일'의 등식은 성립하지 않는다. 답사는 현장에 가서 직접 보고 조사하는 일이지 인솔하는 일은 아니다. 비논리적인 등식 관계는 문장을 어색하게 만든다.

• '의'를 남발하는 것도 바람직하지 못하다. 예문에서는 '나의'를 '나는'으로 고쳤다.

(『나의 문화유산답사기 일본 편 3(교토의 역사)』)

ex 교토 답사의 첫 번째 <u>코스</u>는 교토가 일본의 수도**로서** 역사의 전면에 부상하기 전의 유적지들을 순례하는 **것**이다. 두 번째 답사 <u>코스</u>는 헤이안 시대 개막과 함께 창건되어 일본 불교의 양대 산맥을 이룬 <u>동사</u>와 연력사이다.

➡ 교토 답사의 첫 번째 <u>코스</u>는 교토가 일본의 수도로 역사의 전면에 부상하기 전의 유적지들을 순례하는 <u>길</u>이다. 두 번째 답사 코스는 헤이안 시대 개막과 함께 창건되어 일본 불교의 양대 산맥을 이룬 동사와 연력사이다.

➡ 교토 답사의 첫 번째 <u>코스</u>는 교토가 일본의 수도로 역사의 전면에 부상하기 전의 <u>유적지들</u>이다. 두 번째 답사 <u>코스</u>는 헤이안 시대 개막과 함께 창건되어 일본 불교의 양대 산맥을 이룬 <u>동사와 연력사</u>이다.

해설 • '수도로서'에서 '로서'는 자격을 나타내는 조사다. 하지만 '수도로서'는 '부상하다'를 수식한다. 교토가 부상해 수도가 된 것이므로 '로서'는 변화의 결과를 나타내는 조사 '로'로 바꾸어야 한다. '수도로서 부상하다'가 아니라 '수도로 부상하다'가 맞는 표현이다.

• '코스=순례하는 것'이라는 등식은 성립하지 않는다. 코스는 목적에 따라 정해진 길이므로 예문에서는 '유적지들을 순례하는 길' 혹은 '유적지들'을 가리킨다.

• '코스=동사와 연력사'라는 등식은 성립한다. '코스=유적지들'과는 대구를 이룬다.

(『작가의 문장 수업』)

ex 글쓰기에 자신 없는 사람의 **고민**은 '말은 할 수 있는데 글은 못 쓰겠어!'라는 데서 오는 **답답함이다.**

➡ 글쓰기에 자신 없는 사람은 '말은 할 수 있는데 글은 못 쓰겠어!' 라는 데서 오는 **답답함을 토로한다.**

해설 • '고민=답답함'이라는 등식은 부자연스럽다. '사람의 고민은' 을 '사람은 답답함을 토로한다'로 고쳤다. '-의'를 주어나 목적어로 바꾸면 문장이 자연스럽게 흘러간다.

2장 서술어와 살다! | 서술어, 조사, 피동문

1. 주어는 서술어와 호응해야 한다

주어는 우리말에서 핵심적인 역할을 한다. 말 그대로 문장의 주인이다. 하지만 우리말은 주어 없이도 뜻이 통하는 말이어서 그런지 주어를 의식하면서 글을 쓰는 사람이 별로 없다. 긴 문장이나 복잡한 문장을 쓸 때 주어와 서술어가 서로 호응하지 않는 경우도 흔히 나타난다.

"나는 혼자 학교까지 걸어서 갔다."라는 문장에서 주어인 '나는'은 서술어 '갔다'와 연결된다. '혼자', '학교까지', '걸어서' 등 3개의 부사어도 '갔다'와 연결된다. '나는 갔다', '나는 혼자 갔다', '나는 학교까지 갔다', '나는 걸어서 갔다'처럼 4개의 문장 성분이 모두 '갔다'와 호응한다. 주어와 부사어는 서술어와 동시에 호응한다.

언어의 기본 구조는 '-가 ~하다'이다. "(글 쓰는 이가) 바른 문장을 쓰려면 '주어와 서술어'가 서로 호응하는지 (글 쓰는 이가) 확인하는 것이 중요하다." 이 문장에는 주어가 4개 있다. 문장 전체의 주어는 '확인하는 것'이다.

'글 쓰는 이가 바른 문장을 쓰다.'

'주어와 서술어가 서로 호응하다.'

'글 쓰는 이가 확인하다.'

'확인하는 것이 중요하다.'

문장이 아무리 복잡하게 연결되어 있어도 '주어와 서술어'라는 기본 개념이 결합되어 있는 것에 불과하다. '-가 ~하다'라는 기본 개념들이 호응할 수 있도록 유의하면 누구나 바른 문장을 쓸 수 있다.

(『공지영의 수도원 기행 2』)

ex **이것은 그리하여** 깊은 구렁에 빠진 <u>여자</u>가 그 깊은 구렁의 가장 낮은 곳에서, **보이는 것**은 오직 바늘 끝만 한 하늘뿐이어서 처음으로 하늘을 향해 **소리쳤는데** 그때 갑자기 모든 대륙이 뒤집어지고 시간이 멈추고 거대한 해일이 일어나면서 죽음과 절망과 비탄의 검은 바다에서 **불 뿜는 화산이 분출하듯** 새로운 땅이 돋아난 **이야기다.**

➡ 깊은 구렁에 빠진 <u>여자</u>가 그 깊은 구렁의 가장 낮은 곳에서 **볼 수 있는** 것은 오직 바늘 끝만 한 하늘뿐이어서 처음으로 하늘을 향해 **소리쳤다.** 그때 갑자기 모든 대륙이 뒤집히고 시간이 멈추고 거대한 해일이 일어나면서 죽음과 절망과 비탄의 검은 바다에서 **화산이 불을 뿜듯** 새로운 땅이 돋아난 **이야기를 (내가) 하려 한다.**

해설 • "깊은 구렁에 빠진 여자가 그 깊은 구렁의 가장 낮은 곳에서, 보이는 것은 오직 바늘 끝만 한 하늘뿐이어서 처음으로 하늘을 향해 소리쳤는데"에서 주어는 '여자가'이므로 "보이는 것은"을 '볼 수 있는 것은'으로 고쳤다.

• 예문 전체의 주어는 무엇일까? 서술어는 '이야기다'이다. '이것은'부터 '돋아난'까지 긴 구절이 '이야기'를 수식한다. 굳이 주어를 상정한다면 '내가 말하고자 하는 것은' 정도가 될 것이다. 예문의 골격은 다음과 같다. '내가 말하고자 하는 것은 새로운 땅이 돋아난 이야기다.'

'이야기다'는 '이야기를 하려 한다.'로 고쳤다. 뒤 문장의 주어는 '나'다.

• 문장이 너무 길면 이해하기 힘들다. 문장을 나누기 위해 "소리쳤는데 그때"를 '소리쳤다. 그때'로 고쳤다.

- "불 뿜는 화산이 분출하듯"은 비문이다. '화산이 불을 뿜듯' 혹은 '화산이 불을 분출하듯'으로 고쳐야 한다.

(『작가의 문장 수업』)

ex1 먼저 이 책의 목적을 확실하게 **말해** 두겠다. 나는 글쓰기로 먹고사는 현역 작가이다. **이 책은** '문장을 쓰는 법'에 대해 **다루고 있다.**

➡ 나는 글쓰기로 먹고사는 현역 작가다. 먼저 이 책을 쓴 목적을 확실하게 **밝혀** 두겠다. **이 책에서는** '문장을 쓰는 법'에 대해 **다루었다.**

해설 • 문장들이 서로 따로 노는 것처럼 여겨진다. 문장과 문장이 논리적으로 연결되어 있지 않기 때문이다. 말과 말, 문장과 문장은 꼬리에 꼬리를 물듯이 이어져야 한다.

문장과 문장을 논리적으로 연결하려면 "나는 글쓰기로 먹고사는 현역 작가이다."라는 문장을 맨 앞에 배치하는 것이 바람직하다.

- "이 책은 '문장을 쓰는 법'에 대해 다루고 있다."에서 주어는 '이 책은'이고 서술어는 '다루고 있다'이다. '이 책은 ~ 다루고 있다'는 매우 부자연스럽다. 이럴 경우에는 사물 주어를 부사어로 바꾸면 문제가 쉽게 해결된다.

"이 책은 ~ 다루고 있다"를 '이 책에서는 ~ 다루었다'로 고쳤다. '글쓰기로 먹고사는 현역 작가다', '목적을 말하겠다', '문장을 쓰는 법에 대해 다루었다'. 이 세 문장의 주어는 '나'다. 갑자기 책이 주어로 끼어들면 문장의 리듬이 깨진다.

ex2 독서 감상문을 쓰고 난 후 이해도가 더 높아지는 것은 **당연한 결과이다.** 실제로 독자 스스로 과거에 한 경험을 **돌이켜 보면** 그냥 읽기만 한 책과 제대로 독서 감상문을 쓴 책은 **기억하는 방식이 다를 것이다.**

➡ 독서 감상문을 쓰고 난 후 이해도가 더 높아지는 것은 <u>당연하다.</u> 실제로 독자 스스로 과거에 한 경험을 <u>돌이켜 보자.</u> (독자가) 그냥 읽기만 한 책과 제대로 독서 감상문을 쓴 책은 (독자가) **서로 다른 방식으로** <u>기억했을 것이다.</u>

해설 • 연결 어미 앞뒤 주어와 문장 구조가 달라 문장이 복잡해졌다. 단문을 쓰는 작가의 문체와도 어울리지 않는다. 문장을 나누기 위해 "돌이켜 보면"을 '돌이켜 보자'로 고쳤다.

• "그냥 읽기만 한 책과 제대로 독서 감상문을 쓴 책은 기억하는 방식이 다를 것이다."에서 '은'은 목적격 조사 '을' 대신 쓰인 보조사이고 '이'는 주격 조사다.

• 문장 내의 주어가 같으면 글의 리듬감이 살아난다.

"기억하는 방식이 다를 것이다."를 '다른 방식으로 기억했을 것이다.'로 고쳤다. "그냥 읽기만 한"과 "제대로 독서 감상문을 쓴"의 주어와 "기억했을 것이다"의 주어는 모두 '독자'가 된다.

ex3 국어 수업은 대부분 '명작 품평회'로 **시간을 소비한다.**

➡ <u>국어 수업은 대부분 '명작 품평회'로 **채워져 있다.**</u>

: '국어 수업은 ~ 시간을 소비한다'는 부자연스럽다. "시간을 소비한다."를 '채워져 있다.'로 고쳤다.

(『잘못된 문장부터 고쳐라』)

ex 여기서 알아야 할 점은 일제의 식민지 교육이 식민지 도구에 지나지 **않았으며,** 간교한 민족 분열의 수단인 동시에 정치 선전이었다.

➜ 여기서 알아야 할 **점은** 일제의 식민지 교육이 식민지 도구에 지나지 않았으며, 간교한 민족 분열의 수단인 동시에 정치 선전이었다는 **것이다.**

➜ 여기서 **(우리는)** 일제의 식민지 교육이 식민 통치의 도구에 지나지 않고 간교한 민족 분열의 수단인 동시에 **교묘한 정치 선전의 일환이라는 사실을 간과해서는 안 된다.**

해설 • 예문에서 주어는 "알아야 할 점은"이다. '알아야 할 점=정치 선전'이 아니므로 '정치 선전이었다는 것이다.'로 고쳐야 한다.

• '식민지 교육=식민 통치의 도구=정치 선전'의 등식이 성립한다.

• '여기서'라는 부사어가 수식하는 서술어가 없다. 그래서 '여기서 ~ 간과해서는 안 된다.'로 고쳤다. 부사어 '여기서'와 주어 '우리는'은 '간과해서는 안 된다'와 연결된다.

2. 부사어도 서술어와 호응해야 한다

문장을 길게 쓰면 부사어가 어느 서술어에 연결되는지 모호해질 때가 있다. 글의 흐름을 놓쳐 서술어가 실종되는 경우도 종종 있다. 주어가 서술어와 호응해야 하듯, 부사어도 서술어와 호응해야 한다. 글이 글쓴이의 머릿속에서만 맴돌아서는 안 된다. 글을 쓸 때는 문장의 필수 요소가 잘 어우러지도록 유의해야 한다.

부사어는 서술어뿐만 아니라 용언으로 된 주어 · 관형어 · 부사어의 뜻을 한정하기도 한다. 문장 속에서 용언이기만 하면 모두 부사어가 꾸미는 대상이 된다. "크게 이름을 떨침이 그의 소망이다."에서 '크게'가 주어 '떨침'을, "빨갛게 핀 꽃은 장미이다."에서는 '빨갛게'가 관형어 '핀'을, "건물이 매우 높게 지어졌다."에서는 '매우'가 부사어 '높게'를 꾸민다.

(『공지영의 수도원 기행 2』)

ex1 **신부님의** 숙소에서 **공항까지는** 한 시간, **여기서 다시** 오틸리엔 **수도원까지는** 한 시간이 걸린다고 **하셨다**.

➡ **신부님은** "숙소에서 **공항까지 가는 데** 한 시간, **공항에서** 오틸리엔 **수도원까지 가는 데도** 한 시간이 걸린다."라고 **말씀하셨다**.

해설 • 예문의 주어는 '신부님은'이다. 주어를 넣으면 '신부님은 신부님의 숙소에서 ~'가 되어 '신부님'이 중복된다. 여기서 '신부님의'를 빼면 문장이 자연스러워진다.

• "여기서"는 '공항에서'로 고쳤다. 지시어는 가독성을 위해 가능한 구체적으로 밝혀주는 게 좋다.

- '다시'는 '하던 것을 되풀이해서'라는 의미를 지니고 있다. 예문에서는 수도원까지 가는 데 걸리는 시간에 대해 이야기하고 있으므로 '다시'라는 단어를 써야 할 필요가 없다.

- 부사어 '공항까지'가 수식하는 서술어가 빠져 있다. 그래서 '공항까지는'을 '공항까지 가는 데'로 고쳤다. '수도원까지는'도 '수도원까지 가는 데도'로 고쳤다.

- 간접 인용문을 직접 인용문으로 바꾸면 문장을 정확하고 쉽게 이해할 수 있다.

~ 가는 데 한 시간이 걸린다고 말씀하셨다. → 간접 인용문

"~ 가는 데 한 시간이 걸린다."라고 말씀하셨다. → 직접 인용문

ex2 뉴욕 시내에서 자동차로 한 시간 반 정도 **떨어진** 뉴튼 세인트 폴 수도원(St. Paul Abbey)**의** 첫인상은 아주 소박했다. 수도원은 **그러니까** 유럽의 **수도원에 비해 아주** 미국적**이었다.**

➡ 뉴욕 시내에서 자동차로 한 시간 반 정도 **가면** 뉴튼 세인트 폴 수도원(St. Paul Abbey)에 **다다른다.** 첫인상은 아주 소박했다. 유럽의 **수도원과 달리** 미국적인 **모습을 띠고 있었다.**

해설 • "자동차로 한 시간 반 정도 떨어진"은 어색한 표현이다. '자동차로'가 '떨어진'을 수식하지는 않는다. '자동차로 한 시간 반 정도 가면 다다르는'이 논리적인 표현이다. 여기서 '자동차로'는 '간다'와 호응한다. 주어가 너무 길고 서술어가 너무 짧아 문장의 균형이 무너졌다. 이럴 때는 문장을 나누어 주는 게 좋다.

- "수도원은 그러니까"와 같은 중언부언하는 말은 절제하는 게 좋

다. 주어인 '뉴튼 세인트 폴 수도원'은 이미 언급되었으므로 이어지는 문장에는 주어가 없어도 된다.

(『나의 한국현대사』)

`ex` 돈이나 권력보다는 지성과 지식을 가진 이를 <u>우러러보며</u> **내가** 남을 부당하게 해치지 않는 한, 사회든 국가든 그 누구든 내 자유를 침해하지 않아야 한다고 믿는다.

➜ 돈이나 권력보다는 지성과 지식을 지닌 이를 <u>우러러보며</u> **살고** 남을 부당하게 해치지 않는 한, 사회든 국가든 그 누구든 내 자유를 침해하지 않아야 한다고 믿는다.

`해설` • 부사어 '우러러보며'는 무엇을 수식하는가? 연결되는 서술어가 없다. '우러러보고' 혹은 '우러러보며 살고'로 바꾸면 된다. '우러러보며'는 '살고'를 꾸민다.

   • '우러러보며' 뒤에 있는 '내가'는 어정쩡한 위치에 있을 뿐만 아니라 불필요하다.

(『나의 문화유산답사기 1(남도답사 일번지)』)

`ex` 사실 <u>그 **표현에서**</u> 지역적 편애**라는** 혐의를 피할 수만 있다면 나는 '남도답사 일번지'가 아니라 '남한답사 일번지'라고 불렀을 **답사의 진수처인 것이다.**

➜ 사실 <u>그 **표현에**</u> 지역적 편애가 있다는 혐의를 피할 수만 있다면 나는 '남도답사 일번지'가 아니라 '남한답사 일번지'라고 불렀을 **것이다. 이 지역은 답사의 진수다.**

• 부사어 '표현에서'가 수식하는 서술어가 없다. 수정한 문장에서는 '표현에'가 '편애가 있다'를 수식한다.

• "~ 불렀을 답사의 진수처인 것이다."에서는 수식하는 구절이 너무 길다. 이럴 때는 문장을 나누어 주는 게 좋다. '진수처'라는 말은 없다. 그냥 '진수'로 충분하다.

(『나의 문화유산답사기 3(말하지 않는 것과의 대화)』)

ex 운산에서는 찻길이 비좁아 **항시** 시가지를 빠져나가는 데 **좀** 애를 **먹는데** 운산에서 서산 마애불이 있는 용현 계곡으로 들어가기 위하여 고풍으로 꺾어 들어가 저수지 둑 위로 <u>오르니</u> 호수의 평온한 풍광도 풍광이지만 눈 아래 아련하게 **펼쳐지는** 고풍 마을의 모습이 더없이 평화롭게 느껴졌다.

➡ 운산에서는 찻길이 비좁아 시가지를 빠져나가는 데 **늘** 애를 **먹는다**. 운산에서 서산 마애불이 있는 용현 계곡으로 들어가기 위하여 고풍으로 꺾어 들어가 저수지 둑 위로 <u>오르니</u> 고풍 마을이 눈 아래 아련하게 **펼쳐졌다**. 호수의 평온한 풍광도 풍광이지만 고풍 마을의 모습이 더없이 평화롭게 느껴졌다.

해설 • "애를 먹는데"에서 '-는데'가 왜 들어갔는지 모르겠다. '오르니'는 '펼쳐지는'을 수식하므로 '둑 위로 오르니 고풍 마을이 눈 아래 아련하게 펼쳐졌다'로 고쳤다. 엉켜 있는 한 문장을 의미에 따라 세 문장으로 나누니 한결 가독성이 높아졌다.

(『우리들의 일그러진 영웅』)

ex1 "서울 무슨 학교랬지? 얼마나 커? 물론 우리 학교와는 댈 수 없을 만큼 좋겠지?"

엄석대가 먼저 그렇게 <u>물어 주어</u>, **엄청나게 많은 학생 수와** 오랜 전통이 있으며, 서울에서도 공부 잘하기로 소문난, 내가 다니던 학교를 <u>자랑할 수 **있게 해 주었다**</u>.

➡ "서울 무슨 학교랬지? 얼마나 커? 물론 우리 학교와는 견줄 수 없을 만큼 좋겠지?"

엄석대가 먼저 그렇게 <u>물어 주어</u>, **학생 수가 엄청나게 많고** 오랜 전통이 있으며, 서울에서도 공부 잘하기로 소문난, 내가 다니던 학교를 <u>자랑할 수 **있었다**</u>.

해설 • "물어 주어 ~ 내가 자랑할 수 있게 해 주었다."는 어색한 문장이다. 앞뒤 내용이 호응하려면 '물어 주어 ~ 내가 자랑할 수 있었다.'로 고쳐야 한다.

• "많은 학생 수"와 "오랜 전통"은 "있으며"로 연결된다. '오랜 전통이 있다'는 말이 되지만 '많은 학생 수가 있다'는 말이 되지 않는다. '많은'에 이미 '있다'의 의미가 내포되어 있기 때문이다. "많은 학생 수"는 "오랜 전통이 있으며"와 대구를 이루어야 하므로 '학생 수가 많고'로 고쳤다.

• '엄청나게 많은 학생 수와 오랜 전통이 있으며, 서울에서도 공부 잘하기로 소문난, 내가 다니던'이라는 수식어가 너무 길다. 문장을 나누어 주는 게 좋으나 여기서는 다루지 않겠다.

ex2 "공부는 어땠어? 거기서 몇 등이나 했지? 다른 건 뭘 잘해?"

(엄석대가) 그렇게 물어 **줌으로써** 내가 4학년 때 국어 과목에서 우등 상을 탄 것이며, 또한 그 전해 가을 경복궁에서 열린 어린이 미술 대회에서 특선한 걸 자연스럽게 자랑할 수 **있도록 해 주었다**.

➜ "공부는 어땠어? 거기서 몇 등이나 했지? 다른 건 뭘 잘해?"

(엄석대가) 그렇게 물어 **주어**, 내가 4학년 때 국어 과목에서 우등상을 탄 것이며, 또한 그 전해 가을 경복궁에서 열린 어린이 미술 대회에서 특선한 걸 자연스럽게 자랑할 수 있었다.

해설 • 앞의 예문과 마찬가지로 '물어 주어 ~ 내가 자랑할 수 있었다.'로 고쳤다. 영어식 표현인 "물어 줌으로써"는 '물어 주어'로 고쳤다.

ex3 빗질도 안 해 부스스한 머리에, 그날 아침 세수를 했는지조차 **의심스런 얼굴로 어머님**의 말씀을 듣는 둥 마는 둥 하고 있는 그 사람이 담임 선생님이라는 게 솔직히 그렇게 실망스러울 수가 없었다.

➜ 빗질도 안 해 부스스한 머리에, 그날 아침 세수를 했는지조차 **의심스러운 얼굴을 한 채 어머니**의 말씀을 듣는 둥 마는 둥 하는 그 사람이 담임 선생님이라는 게 솔직히 그렇게 실망스러울 수가 없었다.

해설 • 부사인 '얼굴로'는 동사 '듣다'와 연결되어야 한다. 얼굴로 말씀을 듣는 경우는 없다. 그래서 '얼굴을 한 채'로 고쳤다. '채'는 이미 있는 상태 그대로 있다는 것을 나타낸다.

(『태백산맥』)

ex1 분단에 대해서, 민족에 대해서, 역사에 대해서, 그리고 굳이 그것을 쓰고자 함에 대하여, 무엇을 쓰느냐에 대하여, 어떻게 쓸 것인가에 대하여 **질문은 무성했다.**

➤ 분단에 대해서, 민족에 대해서, 역사에 대해서, 그리고 굳이 그것을 쓰고자 함에 대하여, 무엇을 쓰느냐에 대하여, 어떻게 쓸 것인가에 대하여 **무수히 질문을 던졌다.**

`해설` • 부사어 '~ 대하여'가 수식할 수 있는 서술어는 '무성했다'뿐이다. 하지만 '~ 대하여 무성했다'라는 표현은 성립하지 않는다. 그래서 '대하여 무수히 질문을 던졌다.'로 고쳤다.

`ex2` 달빛과 어둠은 서로를 반반씩 섞어 묽은 안개가 자욱이 퍼진 것 같은 미명을 만들어 내고 있었다. 그 아슴푸레함 속으로 바닷물이 실려 있는 포구와 햇솜 같은 흰 꽃**의** 무리를 이루고 있는 갈대밭이 **아득히 멀었다.**

➤ 달빛과 어둠은 서로를 반반씩 섞어 묽은 안개가 자욱이 퍼진 것 같은 미명을 만들어 내고 있었다. 그 아슴푸레함 속으로 바닷물이 실려 있는 포구와 햇솜 같은 흰 꽃**이** 무리를 이루고 있는 갈대밭이 **빨려 들어갔다.**

`해설` • "그 아슴푸레함 속으로"는 어떤 서술어와 연결되는가? '아슴푸레'는 빛이 약하거나 멀어서 조금 어둑하고 희미한 모양'을 말하는 부사다. 부사는 서술어의 기능을 하는 동사와 형용사를 수식한다. 예문에서는 "그 아슴푸레함 속으로"가 수식하는 동사나 형용사를 찾을 수 없다.

군이 찾는다면 "아득히 멀었다."가 피수식어가 되어야 하는데, 그럴 경우 '그 아슴푸레함 속으로 ~ 아득히 멀었다.'라는 이상한 문장이 된다. 게다가 '아슴푸레함'과 "아득히 멀었다."는 사실상 같은 의미를 지니고 있다. 그래서 '그 아슴푸레함 속으로 포구와 갈대밭이 빨려 들어갔다.'로 고쳤다. 표현은 문맥에 따라 달라진다.

• "흰 꽃의 무리를 이루고 있는 갈대밭"은 어색한 표현이다. 갈대밭이 흰 꽃의 무리에 속할 수 없기 때문이다. 실제로는 갈대밭에서 갈대의 흰 꽃이 무리를 이루고 있다. 따라서 "흰 꽃의 무리를 이루고 있는 갈대밭"을 '흰 꽃이 무리를 이루고 있는 갈대밭'으로 고쳐야 한다. 이렇게 조사 한 자가 문장의 의미를 좌우한다.

ex3 위원장은 **거의 웃는 일이 없이** 냉혈적인 침착성을 가진 사람이었다.

➡ 위원장은 **냉혈적인 침착성을 지녔다.** (그는) **거의 웃는 일이 없었다.**

해설 • 부사어 "거의 웃는 일이 없이"가 '냉혈적인'을 수식하고 있다. 아무래도 어색하다. 이럴 때는 문장을 나누어 주는 게 좋다.

ex4 끝까지 성냥을 그어 대지 않았을 것이라는 확신을 정하섭은 자신의 의식 속에서 선뜻 건져 올릴 수가 없었다. 왜 나는 자신 있게 내보일 **그런** 의지를 갖추지 못하고 있을까. 그럼, 위원장은 그런 내 마음을 이미 간파하고 성냥을 회수했단 말인가. **이 불길한 생각을 뒤쫓아** 바늘 끝처럼 예리한 충격이 머리끝에서부터 등줄기까지 찌르르 관통**하고 있었다.**

➜ 끝까지 성냥을 그어 대지 않았을 것이라는 확신을 정하섭은 자신의 의식 속에서 선뜻 건져 올릴 수 없었다. 왜 나는 자신 있게 내보일 의지를 갖추지 못하고 있을까. 그럼, 위원장은 그런 내 마음을 이미 간파하고 성냥을 회수했단 말인가. **불길하게도 생각이 여기까지 미치자** 바늘 끝처럼 예리한 충격이 머리끝에서부터 등줄기까지 찌르르 관통**했다.**

해설 • "그런 의지"에서 '그런'은 바로 앞에 있는 "자신 있게 내보일"을 말한다. 따라서 '그런'은 불필요하다.

• "생각을 뒤쫓아"가 수식하는 말이 없다. "관통하고 있었다."와 연결되지는 않을 것이다. 그래서 "이 불길한 생각을 뒤쫓아"를 '불길하게도 생각이 여기까지 미치자'로 고쳤다.

(『잘못된 문장부터 고쳐라』)

ex 학교 현장**에서** 실질적 글쓰기 교육을 기대하기는 힘들다.

➜ 학교 현장**에서의** 실질적 글쓰기 교육을 기대하기는 힘들다.

➜ 학교 현장**에서** 글쓰기 교육이 실질적으로 **이루어지기를** 기대하기는 힘들다.

➜ **학교 현장에서 실질적 글쓰기 교육은 잘 이루어지지 않는다.**

해설 • '현장에서'는 '기대하기'를 꾸민다. 글쓴이의 의도를 최대한 살리면 '학교 현장에서의 실질적 글쓰기 교육을 기대하기는 힘들다.'로 고칠 수 있다. 하지만 이 문장은 '의'로 연결되어 딱딱한 느낌을 주므로 바람직한 문장이 아니다.

- '실질적'을 부사어로 바꿔 '이루어지기를' 앞에 놓았다. '학교 현장에서 글쓰기 교육이 실질적으로 이루어지기를 기대하기는 힘들다.' 이 문장에서 '학교 현장에서'는 '이루어지기를'을 수식한다.
- 언어의 경제성을 살려 최종적으로 '학교 현장에서 실질적 글쓰기 교육은 잘 이루어지지 않는다.'로 고쳤다.

(『대통령의 시간』)

ex 당시 가난한 집에서는 술지게미를 끓여 밥을 **대신하곤** 했다.

➡ 당시 가난한 집에서는 술지게미를 끓여 밥을 **대신해 먹곤** 했다.

해설 • '끓여'와 연결되는 말이 없다. 수정한 문장에서 '끓여'는 '먹다'로 이어진다.

(『유시민의 글쓰기 특강』)

ex 글쓰기에 대한 내 생각이 전적으로 옳지는 **않을 것이다.** 다른 사람은 나와 **다른 방식** 다른 경로를 거쳐 글쓰기를 익힐 수도 **있으며**, 내가 제안한 것과는 다른 글쓰기 훈련법을 찾아낼 수도 있다.

➡ 글쓰기에 대한 내 생각이 전적으로 옳지는 않다. 다른 사람은 나와 다른 방식으로, 다른 경로를 거쳐 글쓰기를 익힐 **수도 있다.** 내가 제안한 것과는 다른 글쓰기 훈련법을 찾아낼 수도 있다.

해설 • '다른 방식을 거쳐 글쓰기를 익힌다'라는 말은 부자연스럽다. '과정을 거치다', '경로를 거치다'라고는 쓰지만 '방식을 거치다'라고는 쓰지 않는다. '다른 방식으로 글쓰기를 익힐 수도 있다'가 자연스럽다.
- 예문의 두 번째 문장은 두 문장으로 나누었다. 두 문장은 '-며'라

는 연결 어미가 없어도 자연스럽게 이어진다. '도'라는 보조사가 두 문장을 이어 주는 역할을 하고 있기 때문이다.

(『토지』)

ex1 최 참판 댁에서 섭섭잖게 전곡이 나갔고, 풍년에는 미치지 못했으나 실한 평작임엔 틀림이 없을 것인즉 모처럼 허리끈을 풀어 놓고 <u>쌀밥에</u> 식구들은 배를 두드렸을 테니 하루의 근심은 잊을 만했을 것이다.

➡ **풍년에는 미치지 못했으나 실한 평작임엔 틀림이 없을 것이고,** 최 참판 댁에서는 섭섭잖게 전곡이 나갔을 것인즉, 식구들은 허리끈을 풀어 놓고 **모처럼 쌀밥을 먹으며** 배를 두드렸을 테니 하루의 근심은 잊을 만했을 것이다.

해설 • '전곡이 나갔고, 농사는 실한 평작이다'보다는 '농사가 실한 평작이어서 전곡이 나갔다'가 논리적으로 맞는 표현이다. 그래서 '풍년에는 미치지 못했으나 실한 평작임엔 틀림이 없을 것이고'를 문장 첫머리에 두었다.

• '쌀밥에'가 어디로 연결되는지 명확하지 않다. '쌀밥에'라는 표현은 '쌀밥에 고깃국을 먹다.'처럼 쌀밥과 다른 음식을 함께 먹는 상황에서 쓰는 게 일반적이다.

ex2 아낙들은 노인들 아이들 <u>틈새에서</u> 제 남편 노는 꼴을 반쯤은 **부끄럽고** 반쯤은 **자랑스러워** 콧물을 홀짝일 것이다.

➡ 아낙들은 노인들 아이들 <u>틈새에서</u> 제 남편 노는 꼴을 **보면서** 반쯤은 **부끄러워하고,** 반쯤은 자랑스러워하며 콧물을 홀짝일 것이다.

해설 • 부사어 '틈새에서'가 수식하는 서술어가 없다. 그래서 "노는 꼴을" 뒤에 '보면서'를 집어넣었다.

• 아낙들은 남편이 자랑스러워 콧물을 훌쩍이는 게 아니라 자랑스러워하며 콧물을 훌쩍이고 있다. 원인과 결과가 아니라 '동시 동작'을 나타낸다.

• '-고'로 어구를 나열할 때는 대구를 이루어야 한다. 그래서 '부끄러워하다', '자랑스러워하다'로 고쳤다.

(〈중앙일보〉 김영희 칼럼: 품격 잃은 전직 대통령의 회고록)

ex 중국 총리가 김정은 체제**가** 오래가지 않을 것이라고 예견한 것은 큰 사건이다. <u>원자바오가</u> 『대통령의 시간』을 읽는다면 **반응이** 궁금하다.

➡ 중국 총리가 김정은 체제는 오래가지 않을 것이라고 예견한 것은 큰 사건이다. <u>원자바오가</u> 『대통령의 시간』을 읽는다면 **어떤 반응을 보일지** (나는) 궁금하다.

해설 • 반응 자체가 궁금한 게 아니라 어떤 반응을 보일지가 궁금한 것이다. "반응이 궁금하다."를 '어떤 반응을 보일지 궁금하다' 혹은 '반응이 어떨지 궁금하다'로 고치는 게 좋다. 무리하게 생략하면 의미가 와 닿지 않을 수도 있다.

• '원자바오가 어떤 반응을 보일지 궁금하다.'는 말이 되지만, '원자바오가 반응이 궁금하다.'는 말이 안 된다.

3. 목적어도 서술어와 호응해야 한다

목적어는 일반적으로 서술어 앞에 오기 때문에 잘못 쓰는 경우가 적다. 하지만 다음과 같은 경우에는 목적어와 서술어가 서로 적절히 호응하는지 주의를 기울여 살펴볼 필요가 있다. 첫째, 목적어가 두 개 이상일 때 목적어마다 어울리는 서술어가 있는지 확인해야 한다.

침이나 담배꽁초를 버리지 마세요.

→ 침을 뱉거나 담배꽁초를 버리지 마세요.

둘째, 긴 문장에서 목적어나 서술어가 빠져 있는 경우가 종종 있다. 특히 많은 정보를 담으려는 신문 기사에서 이런 현상이 두드러진다. 실종된 목적어나 서술어를 넣어 서로 호응하도록 해야 한다.

주어·부사어·목적어가 서술어와 호응하지 못하는 문장이 많은 이유는 무엇일까. 글쓴이가 이것저것 생각하면서 글을 길게 쓰다 보면 문장 구조가 복잡해져 글의 흐름을 놓치기 때문이다.

불가피하게 문장을 길게 써야 할 경우에는 주어·부사어·목적어가 서술어와 호응하는지 따져 보는 습관을 들여야 한다.

(『나의 문화유산답사기 3(말하지 않는 것과의 대화)』)

ex 우리는 이 행복한 40분간의 <u>산책로를</u> 무감각하게도 문명의 이기를 이용하여 5분 만에 무위사 천왕문 앞에 당도해 버렸다.

➜ 우리는 이 행복한 40분간의 <u>산책로를</u> 무감각하게도 문명의 이기를 이용하여 5분 만에 **지나** 무위사 천왕문 앞에 당도해 버렸다.

• '산책로를'이라는 목적어가 있으면 서술어로 타동사가 나와야 한다. 문장을 완성하기 위해 '지나'를 집어넣었다.

(『유시민의 글쓰기 특강』)

ex **우리나라는** 지난 20년간 13만 8,000ha의 산림 면적이 감소되었다. 숲을 파괴하고 그 자리에 **도로나** 아파트를 지었기 때문이다. 이런 무분별한 파괴는 곧 인간에게 재앙으로 다가온다.

➡ 지난 20년간 13만 8,000ha의 **우리나라** 산림 면적이 감소되었다. 숲을 파괴하고 그 자리에 **도로를 깔거나** 아파트를 지었기 때문이다. 이런 무분별한 파괴는 곧 인간에게 재앙으로 다가온다.

해설 • "우리나라는 ~ 산림 면적이 감소되었다."에는 두 개의 주어가 있다. 이중 주어는 국문법에서 허용하고 있으나 절제해야 할 항목이다. 주술 관계의 혼란을 초래할 뿐만 아니라 문장을 부자연스럽게 만든다. 그래서 '우리나라 산림 면적이 감소되었다.'라고 고쳤다. '도로나 아파트를 짓다'는 '도로를 짓다'와 '아파트를 짓다'로 나눌 수 있다. 목적어 '도로를'은 '건설하다' 혹은 '깔다'와 호응하지 '짓다'와 호응하지는 않는다.

(〈중앙일보〉 분수대: 어느 회장님의 비과학적 철회)

ex1 라응찬 전 신한금융지주 회장이 한 대기업 사외 이사로 **선임돼 논란**이 됐다. 그는 수년 전부터 알츠하이머로 인한 치매 증상을 이유로 재판과 검찰 조사에 불응해 왔다.

➜ 라응찬 전 신한금융지주 회장이 한 대기업 사외 이사로 **선임된 것이 논란거리**가 됐다. 그는 수년 전부터 알츠하이머로 인한 치매 증상을 이유로 **내세우며** 재판과 검찰 조사에 불응해 왔다.

[해설] • "라응찬 전 회장이 선임돼 논란이 됐다."라는 표현은 비논리적이다. '라응찬 전 회장=논란'이라는 등식은 성립할 수 없다. '사외 이사로 선임된 것'이 '논란거리'가 되었다.

• 목적어는 타동사와 함께 움직인다. "치매 증상을"과 연결되는 타동사가 없다. '치매 증상을 이유로 내세우며'라고 표현해야 한다.

[ex2] 정상적으로 사외이사직을 수행했다면 **의학적 기적이 될 뻔했다.** 퇴행성 뇌질환인 알츠하이머는 진행을 늦출 수는 있어도 **호전은** 어려운 병이다.

➜ **라응찬 전 회장이** 정상적으로 사외이사직을 수행했다면, **의학적 기적이란 사례를 남길 뻔했다.** 퇴행성 뇌질환인 알츠하이머는 진행을 늦출 수는 있어도 **상태를 호전시키기는** 어려운 병이다.

[해설] • 첫 문장에는 주어가 없다. 무엇이 의학적 기적이 될 뻔했는지를 밝혀야 한다. '라응찬 전 회장'이 주어가 되려면 '라응찬 전 회장=의학적 기적'이라는 등식이 성립해야 한다. 하지만 이 등식은 비논리적이다. '라응찬 전 회장이 ~ 의학적 기적이란 사례를 남길 뻔했다.'라고 고치면 주어와 서술어가 서로 호응한다.

• "진행을 늦출 수는"은 '상태를 호전시키기는'과 서로 대구를 이룬다. 목적어가 필요한 곳에는 빠뜨리면 안 된다.

4. '-의'가 주어·목적어로 변신하다

관형격 조사 '의'는 소유·주체(주어)·대상(목적어)을 나타낸다. 영어의 'of'가 우리말의 '의'에 해당한다. 'of' 뒤의 명사가 주어나 목적어의 의미를 지니듯이 '의' 뒤의 명사도 주어나 목적어의 의미를 지닌다.

I am well aware of my want of ability.

이 문장은 '(나는) 나의 능력의 부족의 상태를 잘 안다.'로 직역할 수 있다. 의역하면 '나는 (나의) 능력이 부족하다는 사실을 잘 안다.'이다. 'of ability'에서 'of'는 주격 조사 '이'에 해당하고 'of my want'에서 'of'는 목적격 조사 '을(를)'에 해당한다.

'a photo of my dog'에서 'of'는 목적격 조사 '을(를)'에 해당한다. 직역하면 '나의 개의 사진'이 되고, 의역하면 '내 개(를 찍은) 사진'이 된다.

'the arrival of the police'는 '경찰이 도착한 것'을 의미하므로 'of'는 주격 조사 '이'에 해당하고, 'criticism of the police'는 '경찰을 비판하는 것'을 의미하므로 'of'는 목적격 조사 '을(를)'에 해당한다.

영어나 일본어의 영향을 받아 부자연스러운 조사 '의'가 남발되고 있다. '의'를 없애거나 '의'를 주어나 목적어 혹은 부사로 풀어 주는 게 좋다. 우리말다운 글을 쓸 때 아름다운 우리말을 지키고 가꾸어 나갈 수 있다.

- 불량 학생의 인간성의 상실을 안타까워했다.

→ 불량 학생이 인간성을 상실한 것을 안타까워했다.

- 그해 봄부터 가을까지의 힘들었던 싸움을 돌이켜보았다.

→ 그해 봄부터 가을까지 힘들게 싸웠던 것을 돌이켜보았다.

- 미래의 도약을 위해 노력했다 → 미래로 도약하기 위해 노력했다.

(『나의 문화유산답사기 3(말하지 않는 것과의 대화)』)

ex1 서산 **마애불의 발견** 아닌 **발견**은 실로 위대한 **발견**이었다.

➡ 서산 **마애불을 찾아낸 것은** 실로 위대한 발견이었다.

해설 • '발견'이 3번이나 반복되었다. 그래서 "서산 마애불의 발견 아닌 발견"을 '서산 마애불을 찾아낸 것'으로 고쳤다.

'-의' 앞의 명사는 주어나 목적어로 처리하는 게 좋다.

마애불의 발견은 → 마애불을 발견한 것은

나의 마애불 발견은 → 내가 마애불을 발견한 것은

ex2 그러나 **나의** 학생들은 극락보전의 낮은 목소리를 못 듣는 것 같았다.

➡ 하지만 **내가 인솔한 학생들은** 극락보전의 낮은 목소리를 못 듣는 것 같았다.

해설 • "나의 학생들"에서 '의'는 소유를 의미한다. 곧이곧대로 옮기면 '내가 소유한 학생들'이 된다. '내가 인솔한 학생들'로 고쳤다.

(『멈추면, 비로소 보이는 것들』)

ex 내 글을 읽는 사람들이 **자신의 존재의 소중함을** 깨닫고, 스스로를 사랑하고, 나아가 다른 사람도 껴안을 수 있게 되도록 작은 힘이라도 보태고 싶었다.

➡ 내 글을 읽는 사람들이 **자신이 소중한 존재라는 사실을** 깨닫고, 스스로를 사랑하고, 나아가 다른 사람도 껴안을 수 있도록 작은 힘이라도 보태고 싶었다.

• 영어식 표현인 '명사+의(조사)+명사'는 가능하면 절제하고, '이(가) 어떠하다'는 식으로 풀어 주는 게 좋다.

(『토지』)

ex 냉담한 **귀녀의 눈이 구천이의 옆모습을 따라가다가** 눈길을 거두며 실뱀이 꼬리를 치는 것 같은 미미한 웃음을 머금는다. (『토지』)

➡ 냉담한 **귀녀가 지나가는 구천이의 옆모습을 지켜보다가** 눈길을 거두며 실뱀이 꼬리를 치는 것 같은 미미한 웃음을 머금는다.

해설 • 귀녀가 눈길을 거둘 수는 있어도 '귀녀의 눈'이 눈길을 거둘 수는 없다.

(『태백산맥』)

ex ㅅ자를 옆으로 누인 대형을 이루며 기러기 떼가 동쪽으로 날아가고 있었다. 그다지 높게 뜨지 않은 것으로 보아 철교**쯤의 갈숲에서 날아오른 모양이었다.** 어느 **사냥꾼의 위험스런 그물**을 피해 **새벽잠을 팽개친 피난길인지도** 모른다.

➡ ㅅ자를 옆으로 누인 대형을 이루며 기러기 떼가 **동쪽으로 날아가고 있었다.** 그다지 높게 뜨지 않은 것으로 보아 철교 **근처 갈대숲에서** 날아오른 **듯하다.** 어느 **사냥꾼이 쳐 놓은 위험한 그물**을 피해 **새벽잠을 팽개치고 피난길에 오른** 것인지도 모른다.

해설 • "사냥꾼의 위험스런 그물"은 '사냥꾼이 쳐 놓은 위험한 그물'로 고쳤다. 조사 '의'를 주격으로 바꾸면 문장이 한결 자연스럽게 흘러간다. 문장이 자연스럽다는 것은 그만큼 의미가 명료해져 가독성이 높아진다는 것을 말한다.

• 고친 문장에서 '동쪽으로 날아가다'와 '피난길에 오르다'가 서로 대구를 이룬다.

(『공지영의 수도원 기행 2』)

ex1 **예수님의** 어머니께서 **예수님의** 가장 사랑받는 제자와 함께 **살았다고 여겨지기에는** 참 작고 초라하고 가난한 집이었다.

➜ **예수님** 어머니께서 **예수님이** 가장 사랑한 제자와 함께 **살았다는 집치고는** (성모님이 살던 집이) 참 작고 초라해 보였다.

해설 • "예수님의 어머니께서"에서 조사 '의'는 없어도 무방하다. 우리말에서는 '의'가 없어도 되는 경우가 대부분이므로 절제해야 한다.

• '의'가 의미상 주어나 목적어 역할을 하는 경우도 있다. "예수님의 가장 사랑받는 제자"는 '예수님이 가장 사랑한 제자'로 고쳤다.

• 고친 문장의 진짜 주어는 '성모님이 살던 집'이다. 진짜 주어로 골격을 잡으면 문장이라는 집을 쉽게 지을 수 있다. 진짜 주어 찾기는 문장론을 꿰는 핵심이다.

ex2 나는 일상생활 **속에서** 떠오른 생각들을 트위터에 기록했고, 모국의 언어로 대화해 주는 **사람들과의** 소통 **속에서** 큰 위안을 얻곤 했다.

➜ 나는 일상생활**에서** 떠오른 생각을 트위터에 기록했고, 모국의 언어로 대화해 주는 **사람과 소통하며** 큰 위안을 얻곤 했다.

해설 • "일상생활 속에서"와 "소통 속에서"는 어색한 표현이다. 그래서 "일상생활 속에서 떠오른 생각들"은 '일상생활에서 떠오른 생각'으로 고쳤고, "사람들과의 소통 속에서"는 '사람과 소통하며'로 고쳤다. '-고' 앞뒤는 두 문장으로 분리하는 게 자연스럽다.

- '생각들', '사람들'에서 '-들'은 불필요하다.

(『태백산맥』)

ex 희고 넓은 이마, 숱 **많은** 새까만 눈썹, 산줄기처럼 곧게 뻗어 내린 콧등, 골 깊은 인중 아래 뚜렷한 **윤곽의** 입술……. 세월은 한 소년을 이렇듯 준수한 남자로 바꾸어 **놓았고,** 그 남자의 땀을 손수 닦아 내고 있다는 사실에 그녀는 그저 **목메일** 뿐이었다.

➜ 희고 넓은 이마, 숱 **많고** 새까만 눈썹, 산줄기처럼 곧게 뻗어 내린 콧등, 골 깊은 인중 아래 **윤곽이** 뚜렷한 입술……. 세월은 한 소년을 이렇게 준수한 남자로 바꾸어 **놓았다.** 그 남자의 땀을 손수 닦아 내고 있다는 사실에 그녀는 그저 **목멜** 뿐이었다.

해설 • "숱 많은 새까만 눈썹"을 보면 형용사가 연이어 나온다. 이럴 때는 '-고'로 두 형용사를 연결해 주는 게 좋다. '숱 많고 새까만 눈썹'으로 고쳤다.

- "뚜렷한 윤곽의 입술"은 주술 관계를 밝혀 '윤곽이 뚜렷한 입술'로 바꾸었다. 주술 관계를 밝혀 주면 열거한 요소들과도 대구를 이루게 된다.

- 마지막 문장은 리듬감과 문맥을 살리고 가독성을 높이기 위해 '-고'에서 나누어 주는 게 좋다.

(『글 고치기 전략』)

ex 문장은 자기 **내부의 표현**이다. **그러나** 그 내용에는 **'질서'와 '통일'**이 있어야 한다.

➡ 문장은 자기 **내부를 표현**한 것이다. 그 내용은 **질서 정연하고 일관되어야** 한다.

해설 • "자기 내부의 표현이다."는 '자기 내부를 표현한 것이다'로 바꿔 쓸 수 있다.

• 문장과 문장은 접속어로 이어지는 게 아니라 문맥과 리듬으로 이어진다. 지시 대명사 '그'는 이미 문장을 접속하는 역할을 하고 있다.

• 추상 명사는 글의 내용을 명쾌하게 이해하는 데 걸림돌이 된다. 그래서 "'질서'와 '통일'이 있어야"는 '질서 정연하고 일관되어야'로 고쳤다.

(『우리들의 일그러진 영웅』)

ex1 **직접으로는** 제대로 겪어 보지 못했으나, 그 새로운 질서와 환경들을 수락한 **뒤의** 내가 견디어야 할 불합리와 폭력은 이미 막연한 예감을 넘어, 어김없이 이루어지게 되어 있는 어떤 끔찍한 예정처럼 보였다.

➡ **직접** 제대로 겪어 보지 못했으나, 그 새로운 질서와 환경들을 수락한 **후** 내가 견디어야 할 불합리와 폭력은 이미 막연한 예감을 넘어, 어김없이 이루어지게 되어 있는 어떤 끔찍한 예정처럼 보였다.

해설 • '직접으로는'은 '직접'이라고 고치는 게 좋다. "수락한 뒤의 내가"는 '수락한 후 내가'로 고쳤다. 불필요한 조사 '의'를 남발하고 있는 예다.

`ex2` 장관의 초도순시에 달려 나가 마중하지 않고 자기 일만 보고 **있었다고 직속 국장의 과잉 충성에 찍혀** 그리된 만큼 힘에 대한 갈증은 그 어느 때보다 **크셨을** 것이다.

➡ (아버지가) 장관의 초도순시에 달려 나가 마중하지 않고 자기 일만 보고 **있었다는 이유로** (장관에게) 과잉 충성하던 직속 국장에게 찍혀 그리된 만큼 (아버지가 가지게 된) 힘에 대한 갈증은 그 어느 때보다 **컸을** 것이다.

➡ 장관의 초도순시에 달려 나가 마중하지 않고 자기 일만 보고 **있었다는 이유로 과잉 충성하던 직속 국장에게 찍혀** 그리된 만큼 아버지는 그 어느 때보다 더 힘에 대한 갈증을 느끼셨을 것이다.

`해설` • 아버지는 과잉 충성에 찍힌 게 아니라 과잉 충성하던 직속 국장에게 찍혔다. 그것도 자기 일만 보고 있었다는 이유로. '갈증은 ~ 크셨을 것이다'는 갈증을 높이는 표현이므로 '갈증이 컸을 것이다'로 고쳐야 한다. 또 '갈증이 크다'라는 표현은 어색하므로 '갈증을 느끼다'로 쓰는 게 좋다. 이때 '느끼다'의 주어는 아버지이므로 '느끼셨다'로 쓰는 게 맞다.

(〈중앙일보〉 김영희 칼럼: 품격 잃은 전직 대통령의 회고록)

`ex1` 회고록에는 북한이 정상 회담의 조건으로 옥수수 10만t, 쌀 40t, 비료 30만과 국가개발은행 설립 자본금 100억 달러를 요구해 협상이 결렬됐다고 **나와** 있다. 앞뒤 맥락 없이 북한이 무리한 요구를 한 것처럼 썼다.

그러나 실상 북한의 그런 요구는 우리 측에서 바라던 납북자와 국군 포로의 **고향 방문 간의** 교환 조건으로 제시된 것이었다. 100억 달러도 정상 회담이 성사되고 남북 관계가 개선될 경우 한국이 북한의 개발은행 설립에 필요한 외자 유치를 돕겠다는 취지였다.

➡ 회고록에는 '북한이 정상 회담의 조건으로 옥수수 10만t, 쌀 40t, 비료 30만과 국가개발은행 설립 자본금 100억 달러를 요구해 협상이 결렬됐다'고 **쓰여** 있다. 앞뒤 맥락 없이 북한이 무리한 요구를 한 것처럼 썼다.

그러나 실상 북한의 그런 요구는 우리 측에서 바라던 납북자와 국군 포로의 **고향 방문을** (교환) 조건으로 제시된 것이었다. **100억 달러**도 정상 회담이 성사되고 남북 관계가 개선될 경우 한국이 북한의 개발은행 설립에 필요한 외자 유치를 돕겠다는 **취지로 제시되었다.**

해설 • "고향 방문 간의 교환 조건으로"는 '고향 방문을 (교환) 조건으로'라고 고쳤다.

• '100억 달러=취지'라는 등식은 성립하지 않으므로 '100억 달러도 ~ 취지로 제시되었다.'로 고쳤다.

ex2 **김정은의 생각 하나에 따라서는** 김양건을 벼랑 끝에 **몰** 수도 있는 내용이다.

➡ **김정은이 어떻게 생각하느냐에 따라** 김양건이 벼랑 끝에 **몰릴** 수도 있다.

해설 • 생각은 사고의 덩어리다. 개수를 셀 수 있는 것이 아니다. 그래서 "김정은의 생각 하나에 따라서는"을 '김정은이 어떻게 생각하느냐에 따라'로 고쳤다.

5. 가능한 피동문은 능동문으로 바꾸어라

언어도 사회의 영향을 받는다. 자신을 드러내는 광장 문화의 영향을 받아 영어에서는 행위의 주체에 따라 능동문과 피동문이 비교적 자유롭게 사용된다. 주어가 무생물인 경우도 흔하다. 반면 우리나라 문화는 자신을 드러내려 하지 않는 것이 특징이다. 그래서 언어를 사용할 때도 주어를 밝히지 않는 경우가 많다. 영어의 영향까지 받아 진짜 주어를 숨기는 피동문을 쓰는 경향이 강해지기도 했다. 피동형을 이중으로 쓰는 경우도 있다.

피동문은 다음 두 가지 경우에 흔히 쓰인다.

첫째, 행위의 주체가 불분명할 때다.

둘째, 행위의 주체를 감추고 싶거나 책임을 피하고 싶을 때다.

특히 80년대 군부 독재 시절에 언론사에서 피동문을 자주 사용했다. 피동문에는 주어가 숨어 있어 책임 소재를 밝히기 어렵기 때문이다.

주어를 숨겨야 할 경우와 대구를 이루도록 할 경우에는 피동문을 쓸 수도 있다. 하지만 우리말에서는 피동문이 부자연스럽다. 무엇보다 피동문은 이해하기 어렵다. 완곡하게 표현하기 위해 피동문을 쓰는 경우도 있으나 피동문을 쓰면 오히려 독자의 신뢰를 얻기 어려워진다. 주장을 명확하게 드러내려면 가능한 한 피동문은 능동문으로 바꾸는 게 좋다.

(『글쓰기의 공중 부양』)

ex1 그대가 만약 **이 책을** 충분히 숙지하고, **노력하거나 미치거나 즐길 수만 있다면,** 그대에게도 '떴어요'라고 <u>표현될</u> 수 있는 공중 부양의 날이 오고야 말 것이다.

➡️ (그대가) 만약 **이 책의 내용을 숙지하고, 노력하고, 즐기고, 미칠 수만 있다면** 그대에게도 '떴어요'라고 **말할** 수 있는 공중 부양의 날이 오고야 말 것이다.

> 해설 • '숙지하다'는 '충분히 알다'를 의미하므로 "충분히 숙지하고"에서 '충분히'는 삭제해야 한다.

• '그대가'라는 주어는 불필요하다. 독자가 주어라는 것은 누구나 알 수 있기 때문이다. 더구나 뒤에 '그대에게도'라는 말이 나오므로 중복을 피하기 위해서라도 생략하는 게 좋다.

• 예문에서는 공중 부양을 할 수 있는 조건으로 이 책을 숙지하는 것, 노력하는 것, 미치는 것, 즐기는 것이 제시되었다. '-거나'는 나열된 동작이나 상태, 대상들 중에서 어느 것이든 선택될 수 있음을 나타내는 연결 어미다. 공중 부양 수준에 도달하기 위해서는 네 가지 조건 중에서 하나를 선택하는 게 아니라 네 가지 모두 필수적으로 거쳐야 한다. 따라서 '-거나'를 사용해서는 안 된다.

• 문장 전체가 능동문으로 표현되어 있으므로 "표현될 수 있는"은 '말할 수 있는'으로 고쳤다.

> ex2 글은 충동과 의욕에 의해서 **쓰여지는** 것이다. **그리고** 충동과 의욕은 외부로부터의 **자극에 의해서** 고개를 쳐드는 성질을 가지고 있다.

➡️ 글은 충동과 의욕에 의해서 **쓰이는** 것이다. 충동과 의욕은 외부로부터 **자극을 받으면** 고개를 쳐드는 성질을 지니고 있다.

> 해설 • '쓰여지는'은 이중 피동형이므로 '쓰이는'으로 고쳤다. '그리고'는 단어, 구, 절, 문장 등을 병렬적으로 연결할 때 쓰는 접속어다. '그

리고' 뒤에 있는 "충동과 의욕"이 앞 문장에서도 이미 언급되었으므로 '그리고'라는 접속어가 필요 없다.

- "외부로부터의 자극에 의해서"는 영어식 표현이어서 '외부로부터 자극을 받으면'으로 고쳤다.

(『우리들의 일그러진 영웅』)

ex 도무지 불의의 존재 자체를 인정하지 않는 것 같은 **소리였다.** 후끈 단 나는 합리적으로 **선거되고** 우리의 자유를 제한한 적이 없던 서울의 급장 제도를 얘기했던 것 같다. 그러나 아버지에게는 그 합리와 자유에 대한 내 애착이 나약의 표지로만 **이해되는** 것 같았다.

➡ 도무지 불의의 존재 자체를 인정하지 않는 것 같은 **말이었다.** 후끈 단 나는 합리적으로 **선거를 치르고** 우리의 자유를 제한한 적이 없던 서울의 급장 제도를 **얘기한** 것 같다. 그러나 아버지는 그 합리와 자유에 대한 내 애착을 나약의 표지로만 **이해하신** 것 같았다.

해설 • 문학 작품이기는 하지만 아버지의 말씀을 '소리'라고 낮추어 말하는 것은 바람직하지 않다. 독자인 아이들에게 잘못된 인식을 심어 줄 수 있기 때문이다.

- '제한하다'가 능동형이므로 대구를 이루는 '선거되다'도 능동형이어야 한다. 그래서 '선거를 치르다'로 고쳤다.

- '급장 제도를 얘기하다'라는 표현보다는 '급장 제도에 관해 얘기하다'가 자연스럽다.

(『토지』)

ex 아랫목에 깔아 놓은 이부자리는 반쯤 **걷혀져** 있었으며 벼룻집의 벼루랑 연적, 붓, 두루마리에 먼지가 뿌옇게 앉아 있었다.

➡ 아랫목에 깔아 놓은 이부자리는 반쯤 **걷혀** 있었고 벼룻집의 벼루랑 연적, 붓, 두루마리에는 먼지가 뿌옇게 앉아 있었다.

해설 • 걷다의 피동사는 '걷히다'이다. '걷혀져'는 이중 피동형이므로 '걷혀'로 고쳤다.

(『글 고치기 전략』)

ex 재미있게 **구성된** 글, 즉 독자가 싫증나지 않게, 끝까지 긴장감 있게 **짜인 글이 '좋은 글'이다.**

➡ 재미있게 **구성한** 글이 좋은 글이다. 그러려면 독자가 싫증나지 않게, 끝까지 긴장감 있게 **글을 짜야 한다.**

해설 • 능동문을 쓸 수 있으면 피동문은 피해야 한다. 그래서 '구성된'은 '구성한'으로, '짜인'은 '짜야'로 고쳤다.

(『대통령의 시간』)

ex 이명박 대통령은 북한에서 젊은 김정은이 권력을 승계해 앞으로 50~60년은 집권할 **것이 걱정된다**고 말했다.

➡ 이명박 대통령은 "북한에서 젊은 김정은이 권력을 승계해 앞으로 50~60년은 집권할 **것 같아 걱정스럽다."**라고 말했다.

해설 • '걱정된다'와 같은 피동형은 될 수 있으면 쓰지 않는 게 좋다. 그래서 '집권할 것 같아 걱정스럽다.'로 고쳤다.

3장 부사를 사랑하다! | 부사, 형용사, 동사

1. 형용사는 부사로, 명사는 동사로 풀어 주어라

영어에서는 주어와 목적어가 발달하다 보니 이들을 꾸미거나 연결하는 형용사와 접속어도 발달했다. 반면에 우리말에서는 주어가 생략되는 경우가 많아 자연히 동사와 부사가 발달하게 되었다.

명사는 멈춰 있으려는 속성이 강해 변화가 적다. 반면에 동사나 동사를 수식하는 부사는 움직이려는 속성이 강해 변화가 많다.

영어식으로 표현한 '형용사+명사'가 부자연스러울 경우 '부사+동사'로 바꾸는 게 좋다. 동사는 인간 사고의 기본 개념인 '누가 ~하다'에서 '~하다'에 해당한다. 명사를 동사로, 형용사를 부사로 바꾸면 문장을 생기 있게 풀어 쓰는 효과를 거둘 수 있다. 예를 들어 보겠다.

'It is our obligation that this nation shall have a new birth of generation'은 '이 나라가 세대의 새로운 탄생을 가지도록 하는 것은 우리의 의무다'로 직역할 수 있다.

위 영문은 다음처럼 의역할 수 있다. '이 나라에서 우리 뒤 세대가 새롭게 태어나도록 하는 것은 우리의 의무다.' 우리말은 동사와 부사가 발달했으므로 형용사는 부사로, 명사는 동사로 바꾸었고 사물 주어는 부사어로 바꾸었다.

(『나의 문화유산답사기 1(남도답사 일번지)』)

ex1 국토의 최남단, 전라남도 강진과 해남을 '나의 문화유산답사기' 제(1) 제1절로 **삼은 것은 결코 <u>무작위</u>의 선택이 아니다.** 답사라면 사람들은 으레 경주·부여·공주 같은 옛 왕도의 화려한 유물을 **구경 가는** 일로 생각할 **것이며,** 나 또한 **답사의 초심자** 시절에는 그런 줄로만 알았다.

➡ 국토의 최남단, 전라남도 강진과 해남을 '나의 문화유산답사기' 제(1) 제1절로 **삼은 데는 다 이유가 있다. 결코 무작위로 선택한 게 아니다.** 답사라면 사람들은 으레 경주·부여·공주 같은 옛 왕도의 화려한 유물을 **구경하러 가는** 일로 생각할 **것이다.** 나 또한 **답사 초심자** 시절에는 그런 줄로만 알았다.

해설 • '제(1) 제1절로 삼은 것≠무작위의 선택'이라는 등식에서 '삼은 것'과 '선택'은 같은 의미를 지니고 있다. 여기서 '의'라는 표현은 일본어에서 온 것이므로 절제하는 게 좋다. '의'가 있으면 가독성이 떨어지고 문장의 흐름도 매끄럽지 않다. '의+명사'는 '부사+동사'로 바꾸는 게 좋다. 그래서 "무작위의 선택이 아니다."를 '무작위로 선택한 게 아니다.'로 고쳤다.

• '또한', '도' 등이 '-고' 뒤에 올 때는 문장을 나누어 주는 게 좋다. '또한', '도'는 접속어나 연결 어미 없이도 문장을 이어 주는 기능을 하기 때문이다.

ex2 언제 어느 때 보아도 저 극락보전은 나에게 "너도 인생을 가꾸려면 내 모습처럼 되어 보렴." 하는 **조용한 충언을 들려주는** 것 같다.

➡ 언제 어느 때 보아도 저 극락보전은 나에게 "너도 인생을 가꾸려면 내 모습처럼 되어 보렴." **이라고 조용히 충언하는** 것 같다.

해설 • '~ 하는'과 '조용한'이 '충언'을 수식하고 있다. 관형어가 중복되어 매끄럽지 못한 느낌을 준다. 그래서 '조용한'을 부사인 '조용히'로 고쳤다.

(『나의 문화유산답사기 일본 편 3(교토의 역사)』)

ex 내가 교토의 문화유산을 완전히 **파악한 것은 아니지만** 이 정도 이야기를 하는 데에도 오랜 시간이 걸렸다.

➜ 교토의 문화유산을 완전히 **파악하지는 못했지만,** 이 정도 이야기 하는 데에도 오랜 시간이 걸렸다.

해설 • "파악한 것"에서 '것' 같은 의존 명사를 사용하기보다는 '파악하다'와 같은 동사를 사용하는 게 좋다. 문장의 기본은 '~(이)가 ~다'이기 때문이다.

(『글쓰기의 공중부양』)

ex1 일반 사람들이 재능을 타고났다고 생각하는 사람들도 알고 보면 **피눈물 나는 노력에 의해** 그런 경지에 도달해 있는 경우가 대부분이다.

➜ 일반 사람들이 재능을 타고났다고 생각하는 사람들도 알고 보면 **피눈물 나게 노력해** 그런 경지에 도달한 경우가 대부분이다.

해설 • "노력에 의해"는 영어식 표현이다. '~에 의해'는 영어의 'by'에 해당한다. 우리말답게 표현하려면 명사를 동사로 바꾸면 된다.

ex2 시대적 감각이 뒤떨어지는 축구 해설가들은 선수들이 **융통성 없는 볼 처리를 하면** 버릇처럼, 축구도 머리를 써야 해요라는 **소리를 남발한다.**

➜ 시대적 감각이 뒤떨어지는 축구 해설가는 선수가 **융통성 없이 볼을 처리하면** "축구도 머리를 써야 해요."라고 **입버릇처럼 말한다.**

해설• "융통성 없는 볼 처리를 하면"은 '융통성 없이 볼을 처리하면'으로 고쳤다. 형용사 '없는'을 '없이'로, 명사 '처리'를 '처리하다'로 바꾸니 문장이 한결 자연스러워졌다.

• '버릇처럼 ~ 소리를 남발한다'는 '버릇처럼 말한다'로 고쳤다. '말을 남발한다'라고 쓸 수는 있어도 '소리를 남발한다'라고 쓰지는 않는다. '버릇처럼'에는 '남발한다'는 의미가 포함되어 있다.

(『우리들의 일그러진 영웅』)

ex 그 **아이의 철저한 복종이** 다시 묘한 힘으로 나를 몰아, 잠시 머뭇거린 **것으로** 저항에 갈음하고 나도 자리를 옮겼다.

➜ **그 아이가 철저하게 복종하자** 나도 묘한 힘에 이끌려 자리를 옮겼다. 잠시 머뭇거린 **것이** 저항이라면 저항이었다.

해설• 예문이 너무 뒤틀어져 있다. 명사는 동사로, 형용사는 부사로 바꿔 주면 글이 자연스럽게 흘러간다. "그 아이의 철저한 복종이"를 '그 아이가 철저하게 복종하자'로 고쳤다.

• '복종이 나를 몬다'라는 표현은 문학적이라고 볼 수는 없을 듯하다. 영어에서 온 사물 주어는 부사어로 표현하는 게 바람직하다.

(『잘못된 문장부터 고쳐라』)

ex 일본의 독도 영유권 주장에 대해서는 역사를 바탕으로 해 현재 시점에서 **냉엄한 대응을 하는** 것이 필요합니다.

➜ 일본의 독도 영유권 주장에 대해서는 역사를 바탕으로 현재 시점에서 **냉엄하게 대응하는** 것이 필요합니다.

해설 • 형용사 '냉엄한'은 부사 '냉엄하게'로 바꾸고, '대응을 하다'는 '대응하다'로 쓰는 게 바람직하다.

(『대통령의 시간』)

ex 유난히 내성적이었던 나는 **부끄러움에** 차마 앞에 서지 못했다. 맨 뒤에 섰더니 내 차례가 되기도 전에 옷은 동났다. **허탈한 마음에** 한 동안 자리를 뜰 수 없었다.

➡ 유난히 내성적이었던 나는 **부끄러워서** 차마 앞에 서지 못했다. 맨 뒤에 섰더니 내 차례가 되기도 전에 옷은 동났다. **마음이 허탈해져** 한동안 자리를 뜰 수 없었다.

해설 • '명사+조사'로 억지 부사어를 만들기보다는 고유한 부사어를 사용하는 게 자연스럽다.

2. 꾸미는 말은 꾸밈을 받는 말 앞에 두어라

문장에서 부사의 위치는 중요하다. 문장 부사어는 문장의 앞에 오는 게 자연스럽지만 일반 부사어는 가능한 한 주어 뒤, 서술어 바로 앞에 오는 게 자연스럽다. '주어+목적어+부사어+서술어' 순서로 된 우리말은 안정감을 준다.

문장 부사는 문장 전체를 꾸미는 부사다. 화자(話者)의 태도를 나타내는 양태 부사와 단어와 단어, 문장과 문장을 이어 주는 접속어로 나뉜다. 양태 부사로는 '과연', '설마', '제발', '정말', '결코', '모름지기', '응당', '어찌', '아마', '정녕', '아무쪼록', '하물며' 등이 있고, 접속어로는 '그리고', '그러나', '그러므로', '즉', '곧', '및', '혹은', '또는' 등이 있다.

(『멈추면, 비로소 보이는 것들』)

ex 나는 **그들에게** 법회를 통해, 그리고 트위터나 페이스북, 블로그와 같은 온라인상**에서** <u>말을 걸기 시작했다.</u>

➔ 나는 법회**에서**, 트위터・페이스북・블로그와 같은 온라인상**에서** **그들에게** 말을 걸기 시작했다.

➔ 나는 **법회나** 트위터・페이스북・블로그와 같은 **온라인상에서** 그들에게 말을 걸기 시작했다.

해설 • '그들에게'를 "말을 걸기 시작했다." 바로 앞에 두었다.

• '법회에서'와 '온라인상에서'는 대구를 이룬다. '~를 통해'는 번역투의 표현이다. 굳이 '법회를 통해'라는 표현을 쓰고 싶으면 '온라인상에서' 대신 '온라인을 통해'라고 쓰는 게 좋다.

• '그리고'와 같이 있으나 마나 한 접속어는 쓰지 않는 게 좋다.

(『글쓰기의 공중부양』)

ex 아무도 **감동받지** 못하는 글이라면 가치 면에서는 **차라리** 백지가 **더 나을지도** 모른다.

➡ 아무에게도 **감동을 주지** 못하는 글이라면 가치 면에서는 **그 글보다** 백지가 **차라리 더 나을지도** 모른다.

해설 • '감동받다'라는 피동형보다는 '감동을 주다'라는 능동형으로 쓰는 게 좋다. 이 경우에 '감동을 주다'의 주체는 '글'이다.

• '더 ~하다'는 '~보다'와 함께 쓰인다. 그래서 '그 글보다'를 집어넣었다. 생략해도 무방하다.

(『우리들의 일그러진 영웅』)

ex1 그날 내가 **다시** 그 새로운 환경과 질서에 대해 **다시** 곰곰이 생각하기 시작한 것은 수업이 끝나고 집으로 돌아온 뒤였다. **학교에서는** 내가 갑자기 던져지게 된 그 환경의 지나친 생소함에서 온 어떤 정신적인 마비와, 또한 갑자기 나를 억눌러 오는 그 질서의 강력함이 주는 위압감이, 내 머릿속을 온통 짙은 안개와 같은 것으로 채워 몽롱하게 만들어 **버린 탓에** <u>아무것도 **생각할 수가 없었던 것이다.**</u>

➡ 그날 내가 그 새로운 환경과 질서에 대해 **다시** 곰곰이 생각하기 시작한 것은 수업이 끝나고 집으로 돌아온 후였다. <u>학교에서는 아무것도 생각할 수가 없었다.</u> 내가 갑자기 던져지게 된 그 환경의 지나친 생소함에서 온 어떤 정신적인 마비와, 갑자기 나를 억눌러 오는 그 질서의 강력함이 주는 위압감이 내 머릿속을 온통 짙은 안개와 같은 것으로 채워 몽롱하게 **만들어 버렸기 때문이다.**

해설 • '학교에서는'이라는 부사어와 "생각할 수가 없었던 것이다."라는 피수식어가 너무 멀리 떨어져 있다. 두 어구를 가까이 붙여 '학교에서는 아무것도 생각할 수가 없었다'로 고치고, 뒤이어 그 이유를 설명하는 문장을 두었다.

ex2 나는 아무래도 그 새로운 환경과 질서에 그대로 편입될 수는 없다는 기분이 들었다. 그때껏 내가 길들어 온 원리(어른들 식으로 말하면 합리와 자유)에 **너무도** 그것들이 **어긋나기** 때문이었다.

➡ 나는 아무래도 그 새로운 환경과 질서에 그대로 편입될 수는 없다는 기분이 들었다. 그때껏 내가 길들어 온 원리, 어른들 식으로 말하면 합리와 자유에 그것들이 **너무도 어긋나기** 때문이었다.

해설 • 괄호 안의 "어른들 식으로 말하면 합리와 자유"는 동격으로 처리하는 게 좋다. '원리=합리와 자유'의 등식이 성립한다.

• '너무도'는 '어긋난다'를 수식하므로 피수식어 바로 앞에 두었다.

(『공지영의 수도원 기행 2』)

ex1 온 유럽을 헤매고 다니고 편지를 띄웠지만 조선에 파견할 인력은 없었다. 그때 로마에서 **마지막으로** 혹시나 뮌헨 근교의 오틸리엔 수도원을 **찾아가라는** 이야기를 듣고 마침내 오틸리엔을 직접 방문했다.

➡ 온 유럽을 헤매고 다니며 편지를 띄웠지만 조선에 파견할 인력은 없었다. 그때 **혹시 모르니** 뮌헨 근교의 오틸리엔 수도원을 **마지막으로 찾아가 보라는** 이야기를 **로마에서 듣고** 마침내 오틸리엔을 직접 방문했다.

• '마지막으로 찾아가다', '로마에서 듣다'와 같이 수식어와 피수식어가 가까이 있어야 문장을 바로 이해할 수 있다.

• '혹시'는 '그러할 리는 없지만 만일에'를 의미한다. 예문에서는 '혹시'라는 부사어가 수식하는 대상이 없다. '혹시 찾아가다'라고는 쓰지 않는다. '혹시 모르니 찾아가다'로 써야 한다. '혹시'는 '모르니'를 꾸미고, '혹시 모르니'는 '찾아가다'를 꾸민다. 부사어와 서술어는 물론 부사어와 부사어도 서로 호응해야 한다.

ex2 **유럽의** 호화롭고 **웅장하며** 고풍스러운 <u>수도원</u>들만 보다가 <u>미국의 수도원</u>은 **처음이라** 더 그랬다.

➡ 호화롭고 **웅장하고** 고풍스러운 **유럽** <u>수도원</u>들만 보다가 **미국** 수도원을 **처음 보니** 더 그랬다.

• 단순히 열거할 때는 '-고'를 써야 한다. '-고'를 써도 되는 곳에 '-며'를 쓰면 왠지 부자연스럽다. "호화롭고 웅장하며 고풍스러운"을 '호화롭고 웅장하고 고풍스러운'으로 고쳤다.

• "유럽의 수도원"은 '유럽 수도원'으로, "미국의 수도원"은 '미국 수도원'으로 고쳤다. 있어도 되고 없어도 되는 '의'는 생략하는 게 좋다.

• 수식하는 말은 수식받는 말 가까이에 있어야 한다. 그래서 '유럽의 ~ 수도원들'을 '~ 유럽 수도원은'으로 고쳤다.

• 고친 문장에서 '유럽 수도원들을 보다'와 '미국의 수도원을 보다'가 대구를 이룬다.

(〈조선일보〉 만물상: 흰 쌀밥과 잡곡밥)

ex 김대중 대통령 주치의였던 허갑범 연세대 내과 명예 교수는 당뇨병 대가다. 수천 명 단골 환자 가운데 정치인·사업가도 많다. **그중에 간혹** 허 교수가 특별한 치료를 하지 않았는데도 한동안 연락이 없다가 당뇨가 몰라보게 좋아져서 나타나는 **경우가 있다**. 감옥에 갔다 온 이들이다. 날마다 콩 섞인 밥을 먹고 금주했으니 혈당 관리가 잘됐다.

➜ 김대중 대통령 주치의였던 허갑범 연세대 내과 명예 교수는 당뇨병 치료의 대가다. 수천 명 단골 환자 가운데 정치인·사업가도 많다. (환자 누군가에게) 허 교수가 특별한 치료를 하지 않았는데도 한동안 연락이 없다가 당뇨가 몰라보게 좋아져서 나타나는 **환자가 간혹 있다**. 감옥에 갔다 온 이들이다. (이들은) 날마다 콩 섞인 밥을 먹고 금주했으니 혈당 관리가 잘됐다.

해설 • '그중에 간혹 ~ 나타나는 경우가 있다'에서 '그중에'는 앞 문장에서 말한 단골 환자를 가리키는 말이다. 따라서 '경우'는 사람을 나타내야 한다. 하지만 '경우=사람'의 등식은 성립하지 않는다. '경우'를 사람으로 바꾸거나 '그중에'를 삭제해야 한다.

• "경우가 있다"는 '환자가 간혹 있다'로 고쳤다. 바로 이어지는 문장인 "감옥에 갔다 온 이들이다."가 와도 자연스럽게 연결된다. 문장은 꼬리에 꼬리를 물고 이어져야 한다.

• 부사 '간혹'은 피수식어인 '있다' 앞에 두었다. 수식어와 피수식어는 가능한 가까이 있어야 한다.

3. 사물 주어는 부사어로 바꾸어라

우리말에서는 의인화하지 않은 사물 주어를 사용하지 않는 것이 일반적이지만 영어에서는 사물도 얼마든지 주어로 쓰일 수 있다. 영어에서 사물 주어가 흔히 쓰이는 것은 물질문명을 발전시킨 서구 문화와 무관하지 않을 것이다.

영문법의 영향을 받은 우리말의 사물 주어는 부사어로 바꾸어 주는 게 좋다. 그래야 우리말이 우리말다워진다. 예를 들어 보겠다.

"한 단어는 여러 가지 속성을 가지고 있다."에서 주어로 쓰인 명사 '단어'나 동사 '가지고 있다'는 물질문명이 발달한 서구 문화의 특징을 잘 보여 준다. 사물 주어를 부사어로 바꿔 '한 단어에는 여러 가지 속성이 있다'로 고치는 게 바람직하다.

(〈중앙일보〉 김영희 칼럼: 품격 잃은 전직 대통령의 회고록)

ex1 『**대통령의 시간**』은 이명박 정부 5년 동안 남북한이 벌인 비밀 협상의 내용을 무용담처럼 **나열하고 있다**.

➡ 『**대통령의 시간**』**에는** 이명박 정부 5년 동안 남북한이 벌인 비밀 협상의 내용이 무용담처럼 **나열되어 있다**.

해설 • 책은 나열하는 행위를 할 수 없다. 영어에서는 사물 주어를 흔히 사용하지만, 우리말에서는 사물 주어를 사용하면 문장이 어색해진다. 자연스럽게 의인화된 경우가 아니면 가능한 한 사물 주어를 피해야 한다. 지면 사정으로 신문에는 사물 주어가 흔히 사용된다. 하지만 사물 주어를 쓴다고 해서 글자 수가 많이 줄어드는 것도 아니다.

`ex2` 김양건에 관한 언급은 특히 위태롭다. 김양건은 북한 권력층 내부의 대표적인 대화파다.『**대통령의 시간**』은 그가 임태희 장관에게 "합의문 없이 돌아가면 나는 죽는다."고 하소연했다고 **썼다**.

➡ 김양건에 관한 언급은 특히 위태롭다. 김양건은 북한 권력층 내부의 대표적인 대화파다.『**대통령의 시간**』에는 김양건이 임태희 장관에게 "합의문 없이 돌아가면 나는 죽는다."라고 하소연했다고 **쓰여 있다**.

`해설` • 책이 글을 쓸 수는 없다. 그렇다고 해서 『대통령의 시간』의 저자는 ~ 하소연했다고 썼다'라고 쓰는 것도 어색하다. 그래서 '『대통령의 시간』에는 ~ 하소연했다고 쓰여 있다'로 고쳤다.

(『나의 문화유산답사기 3(말하지 않는 것과의 대화)』)

`ex` **길가에는** 국보 제13호라는 큰 글씨와 이발소 그림풍의 관음보살상 **입간판이** 오른쪽으로 **화살표를 해 놓고 있다**.

➡ 국보 제13호라는 큰 글씨와 이발소 그림풍의 관음보살상으로 **채워진 입간판에는** 오른쪽으로 향하는 **화살표가 표시되어 있다**.

`해설` • "입간판이 오른쪽으로 화살표를 해 놓고 있다."에는 영어식 표현인 사물 주어가 사용되었다. 의인화했다고 볼 수도 없다. 입간판에 이미 화살표가 그려져 있으므로 논리적으로도 부자연스럽다. 이럴 때는 사물 주어를 부사어로 바꾸면 된다. '입간판에는 오른쪽으로 향하는 화살표가 표시되어 있다'로 고쳤다.

• '길가에는'과 호응하는 단어가 없다. 입간판은 당연히 길가에 있으므로 필요도 없는 부사다.

(『나의 문화유산답사기 일본 편 3(교토의 역사)』)

ex 교토의 관광 **안내서들을 보면** 낙중과 낙외의 명소를 구역별로 **소개하고 있다.**

➡ 교토의 관광 **안내서들에는** 낙중과 낙외의 명소가 구역별로 **소개되어 있다.**

해설 • 누가 소개하고 있는 것일까. 관광 안내서가? 안내원이? 예문은 '관광 안내서들에는 ~ 소개되어 있다'로 고쳐야 한다.

(〈중앙일보〉 사설: 국정 난맥 이토록 심각한데 전 · 현직 대통령이 다툴 땐가)

ex 이명박 전 **대통령의** 회고록(『대통령의 시간』) **발간**(2월 2일)이 박근혜–이명박 정부 간 갈등 양상으로 비화하고 있다.

➡ 이명박 전 **대통령이** 2월 2일에 **회고록**『대통령의 시간』을 **발간해** 박근혜 정부와 이명박 정부 간에 갈등이 빚어지고 있다.

해설 • '발간=양상'의 등식은 성립하지 않는다. 사물 주어는 부사어로 바꾸는 게 좋다.

• 괄호를 남발하면 보기에도 좋지 않고 읽기에도 좋지 않아 괄호를 벗겼다.

• 갈등은 '두 가지 이상의 상반되는 상황에 직면하였을 때 선택을 하지 못하고 괴로워하는 상태'를 의미하고 양상은 '사물의 상태'를 의미한다. "갈등 양상"에는 상태라는 의미가 중첩되어 있다.

(『동양 철학사를 보다』)

ex 1세기 무렵 불교가 전파된 후, **중국은** 불교와 도가를 합쳐 중국 특유의 선종을 <u>형성하였다</u>.

➜ 1세기 무렵 불교가 전파된 후, **중국에서는** 불교와 도가가 합쳐져 중국 특유의 선종이 <u>형성되었다</u>.

해설 • '중국'은 무생물 주어이므로 주도적 행위를 할 수 없다. '중국에서는'으로 고치면 '선종이'가 주어가 된다. 물론 '중국 사람이 불교와 도가를 합쳐 중국 특유의 선종을 형성하였다.'라고 고칠 수도 있으나 중국 사람은 일반적인 사람이므로 선종을 주어로 내세우는 것이 바람직하다.

PART 2
꼬리에 꼬리를 무는 문장 행진! (잇는 법칙)

글 쓰는 데 가장 중요한 원칙은 '꼬리 물기'다. 다른 원칙은 이 원칙에 수렴한다. 글은 앞과 뒤가 꼬리에 꼬리를 물듯이 자연스럽게 이어져야 한다. 이 생각, 저 생각을 원칙 없이 나열해서는 안 된다.

문장들이 긴밀하게 연결되면 하나로 묶을 수 있는 문단(文段)이 된다. 문단은 가능한 한 짧은 게 좋다. 문단이 길면 생각이 엉킬 뿐 아니라 가독성도 떨어진다.

단락(段落)은 긴 글을 내용에 따라 나눌 때 하나하나의 짧은 이야기 토막이다. 문장과 문장은 물론 문단과 문단, 작은 제목과 작은 제목, 큰 제목과 큰 제목도 가능한 한 논리적으로 연결되어야 한다.

꼬리 물기의 잣대만 들이대더라도 어떤 글이 비문인지 아닌지를 쉽게 알 수 있다. 문장과 문장을 연결할 때는 접속사 남용을 피해야 한다. 보조사 · 공통어 · 지시어 · 리듬으로 자연스럽게 문장을 잇는 게 좋다.

1장 '-고', '-며', '-는데'를 구별하라 | 연결 어미

1. 연결 어미 '-고', '-며'를 구별하라

'-고'와 '-며'의 용법 차이를 명확히 이해하면 문장을 일목요연하게 정리할 수 있다. '-고'와 '-며'를 구분하지 않고 무분별하게 사용하면 문장이 꼬일 뿐만 아니라 부자연스러워진다. 이럴 때는 문장을 나누어 주는 게 좋다.

'-며'는 주로 다음과 같은 의미로 쓰인다.

첫째, '-며'는 두 가지 이상의 동작이나 상태 따위를 나열할 때 쓰는 연결 어미이다. 일반적으로 '-고'는 유사한 요소를 나열할 때 사용하고, '-며'는 다른 성격의 내용을 연결할 때 사용하는 것이 자연스럽다.

예를 들어 "이것은 감이며 저것은 사과이다."는 '이것은 감이고 저것은 사과이다.'로 쓰는 것이 좋다.

'-고'를 사용하다가 변화를 주려고 억지로 '-며'를 끼워 쓰는 경향이 있다. '-며'는 성격이 다른 것을 구분할 때 사용하는 것이 좋다.

둘째, "음악을 들으며 공부하다."에서처럼 '-며'는 '-면서'와 같이 동시 동작을 의미한다.

(『잘못된 문장부터 고쳐라』)

　ex　4편의 연극 무대의 배우로 **서고**, 3편의 연극을 **기획했으며**, 1편의 **연극의 연출을 역임했습니다.**

➜ 저는 4편의 연극 무대에 배우로 **섰습니다.** 3편의 연극을 **기획하고** 1편의 **연극을 연출하기도 했습니다.**

해설 • '-고'와 '-며'가 원칙 없이 뒤섞이는 것은 바람직하지 않다. 예문의 경우에는 두 문장으로 나누어 배우 활동과 기획·연출 경험을 대비하는 것이 좋다.

(『아주 가벼운 깃털 하나』)

ex1 **전문가들에 따르면** 우리가 하고 있는 걱정의 80퍼센트는 일어나지 않을 **일이며**, 나머지 **20퍼센트 중에서도** 우리 힘으로 **어쩔 수 없는 일들이 대부분이며** 우리 힘으로 할 수 있는 일은 2퍼센트도 안 된다는 것이다.

➡ 우리가 하는 걱정의 80퍼센트는 일어나지 않을 **일이고**, 나머지 **20 퍼센트는** 우리 힘으로 해결할 수 없는 일**이라고 한다.** 우리 힘으로 할 수 있는 일은 **채** 2퍼센트도 안 된다는 것이다.

해설 • '-며'가 두 번이나 무분별하게 사용되어 문장이 부자연스럽다. 내용을 구분하기 위해 '우리 힘으로 할 수 있는 일은' 앞에서 문장을 나누었다. "전문가들에 따르면"은 군더더기 표현이다. 전문가를 구체적으로 밝혀 줄 수 없다면 '~라고 한다.' 정도로 처리하는 게 좋다.

ex2 모든 일이 자기 원하는 대로 쉽게 되면 게을러지고 **교만해지며, 노력하지 않게 되고** 다른 사람의 어려움도 모르게 됩니다.

➡ 모든 일이 원하는 대로 쉽게 되면 게을러지고 **노력하지 않게 되며, 교만해지고** 다른 사람의 어려움도 모르게 됩니다.

해설 • '-고'는 같은 부류의 내용을 열거할 때, '-며'는 열거된 것을 내용별로 묶어서 나누어 줄 때 사용하면 문장이 자연스러워진다. '게을러지는 것'과 '노력하지 않게 되는 것'은 서로 관련성이 있어 '-고'로 연결했고, '교만해지는 것'과 '다른 사람의 어려움을 모르게 되는 것'도 서로 관련이 있어 '-고'로 연결했다. 이 두 묶음은 '-며'로 연결했다.

(『토지』)

ex 농부들은 지금 꽃 달린 고깔을 흔들면서 **신명을 내고 괴롭고 한스러운 일상을 잊으며 굿 놀이에 열중하고** 있을 것이다.

➜ 농부들은 **괴롭고 한스러운 일상을 잊으려** 지금 꽃 달린 고깔을 흔들면서 **굿 놀이에 신명을 내고** 있을 것이다.

해설 • 굿 놀이를 하는 부분과 일상을 잊는 부분을 구분해 주는 게 좋다. 의미에 따라 구분하면 가독성이 한결 높아진다. '신명을 내는 것'과 '열중하는 것'은 비슷한 의미로 보아 '열중하고'를 생략했다. 비슷한 의미의 표현들이 동시다발적으로 제시되다 보니 문장이 정리되지 않은 측면이 있다.

2. 연결 어미 '-고', '-는데'를 구별하라

'-고'와 '-는데'를 혼동해서 사용하는 경우가 많다. '-고'는 유사한 요소를 나열할 때 사용하고, '-는데'는 앞의 내용을 뒤에서 부가적으로 설명할 때 사용한다. '-는데' 앞에는 상황이 미리 설정되고, 뒤에는 부가적 설명이 이어진다. '-는데' 바로 뒤에서 앞의 말을 받거나 지시어를 사용할 때는 숨을 고르는 의미에서 '-는데' 뒤에 쉼표를 붙여 주는 게 좋다.

'-는데'는 대체로 다음 4가지 경우에 사용한다.

첫째, 부가 설명

- 길목에 돌무지가 세워져 있는데, 여기는 원래 백암사 터다.

둘째, 미리 상황을 설정

- 텔레비전을 보고 있는데 전화벨이 울렸다.

셋째, 대조

- 그 애는 노래는 잘 부르는데 춤은 잘 못 춰.

넷째, 그런데도

- 눈이 오는데 (그런데도) 차를 몰고 나가도 될까?

(『잘못된 문장부터 고쳐라』)

ex1 '공부에 불이 붙는다'는 카피를 동료들과 협력해서 **만들고 그것이** 전파를 탈 때 느꼈던 감동은 **대단한 것이었습니다.**

➜ '공부에 불이 붙는다.'라는 카피를 동료들과 협력해서 **만들었는데, 그 카피가** 전파를 탔을 때 느꼈던 감동은 **지금도 잊을 수 없습니다.**

해설 • "만들고 그것이"를 '만들었는데, 그 카피가'로 고쳤다. '-는데' 뒤에는 앞의 내용을 부가적으로 설명하는 내용이 나온다.

ex2 아주 엉성하게 지어진 오두막이 한 채가 **있었고** 그 주변에는 야생 사과나무가 무성하게 자라고 있었다.

➡ 엉성하게 지어진 오두막이 한 채 **있었는데**, 그 주변에는 야생 사과나무가 무성하게 자라고 있었다.

해설 • "있었고"를 '있었는데,'로 고쳤다. '-는데' 뒤에는 앞에서 언급한 오두막의 주변에 대한 묘사가 이어진다.

(『공지영의 수도원 기행 2』)

ex1 나는 파리에서 뮌헨으로 들어가는 비행기를 탔다. 오후 늦게 **거기 도착하게 되어 있었는데 뮌헨 공항에서 미리 차를 빌리기로 예약을 해 놓았고,** 지도를 **보고** 내가 직접 운전해 상트 오틸리엔 대수도원으로 갈 예정이었다.

➡ 나는 파리에서 뮌헨으로 들어가는 비행기를 **탔는데, (그 비행기는)** 오후 늦게 뮌헨에 **도착하게 되어 있었다. 공항에서 예약한 차를 타고** 지도를 **보며** 내가 직접 운전해 상트 오틸리엔 대수도원으로 갈 예정이었다.

해설 • 예문에서 쓴 '-는데'는 그 자리에 들어가야 할 이유가 없다. '-는데' 다음에는 앞의 내용을 부가적으로 설명하는 내용이 나오는데, 그런 내용이 이어지지 않는다. '-는데'는 도리어 "비행기를 탔다." 다음에 사용해야 한다. "오후 늦게 거기 도착하게 되어 있었는데"가 앞 문장을 부가적으로 설명하기 때문이다. '-는데' 뒤에는 앞의 내용을 받는 지시어가 흔히 나오는데, 지시어는 생략되는 경우가 많다.

• "미리 차를 빌리기로 예약을 해 놓았고"는 너무 늘어지는 표현이다. 그래서 '예약한 차를 타고'로 바꾸었다. "지도를 보고"는 '지도를 보며'로 고쳤다. 외국에서 지도를 한 번만 보고 운전할 수 있는 사람은 없을 것이다. '-고'는 순차적인 진행을, '-며'는 동시 동작을 나타낸다.

ex2 터키는 그즈음 성모님이 살던 곳에서 일어난 기적 때문에 온 나라가 떠들썩했다고 이난아 교수는 전했다. 터키에서 큰 **산불이 나** 인간의 손으로는 도저히 **끌 수 없이 번져 갔는데 그게** 성모님이 **요한 사도와** 마지막까지 살았다고 전해지는 그 집 **근처에 가서** 아무 이유도 없이 순하게 다 꺼져 버렸다는 것이었다.

➜ 터키는 그즈음 성모님이 살던 곳에서 일어난 기적 때문에 온 나라가 떠들썩했다고 이난아 교수는 전했다. 터키에서 큰 **산불이 났는데,** 인간의 손으로는 도저히 **끌 수 없을 정도로 번져 갔다. 그 산불이 성모님과 요한 사도가** 마지막까지 살았다고 전해지는 집 근처에 이르자 아무 이유도 없이 순하게 다 꺼져 버렸다는 것이었다.

해설 • 예문의 두 번째 문장을 '산불이 났는데, ~ 끌 수 없을 정도로 번져 갔다.'와 '그 산불이 ~ 다 꺼져 버렸다.'로 나누었다. '-는데' 뒤에는 산불에 대한 부가적인 설명이 이어지고 있으므로 '-는데'의 위치를 앞으로 옮겼다.

ex3 멀리서도 눈에 띄는 **탑이었고** 종소리가 특히 아름다웠다.

➡ 멀리서도 눈에 띄는 **탑이었는데**, (종탑의) 종소리가 특히 아름다웠다.

해설 • '-고'는 두 가지 이상의 사실을 대등하게 나열하는 연결 어미다. '눈에 띄는 탑이다'와 '종소리가 아름답다'는 대등한 내용이 아니다. 종은 탑에 속해 있기 때문이다. '종탑이 눈에 띄었다'는 상위 개념이고 '종소리가 아름답다'는 상위 개념을 보충 설명하는 하위 개념이다. 이 둘을 '-는데'가 이어 준다.

(『나의 문화유산답사기 3(말하지 않는 것과의 대화)』)

ex1 **삼국 시대 불상들을 보면** 6세기부터 7세기 전반에 걸친 **불상들에는 대개 미소가 나타나 있고, 이는** 동시대 중국과 일본의 불상에서도 마찬가지다.

➡ 6세기부터 7세기 전반에 걸친 **삼국 시대 불상은 대개 미소를 띠고 있는데, 이는** 동시대 중국과 일본의 불상에서도 마찬가지다.

해설 • "삼국 시대 불상을 보면"은 군더더기 표현이어서 생략했다. '삼국 시대 불상은'이라고 간명하게 표현하면 된다.

• '-고'는 나열할 때 사용하고 '-는데'는 부가 설명할 때 사용한다. '-는데' 뒤에는 앞의 말을 받은 지시어가 흔히 온다.

ex2 백제 불상의 외형적 특색은 그 둥글고 복스러운 얼굴에 **있으며,** **그 얼굴에는** 천진난만하고 낙천적인 소녀 같은 웃음이 흐르고 있다. (「한국 고미술의 미학」)

➜ 백제 불상의 외형적 특색은 둥글고 복스러운 얼굴에 **있는데,** 그 **얼굴에는** 천진난만하고 낙천적인 소녀 같은 웃음이 흐르고 있다.

➜ 백제 불상의 외형적 특색은 둥글고 복스러운 얼굴에 **있다.** 그 얼 **굴에는** 천진난만하고 낙천적인 소녀 같은 웃음이 흐르고 있다.

해설 • '-는데'는 앞의 말을 받아 부가적으로 설명할 때 사용하는 연결 어미다. '-는데'를 기준으로 문장을 나누어도 무방하다. "그 얼굴에는"에서 '그'가 이미 문장을 연결하는 기능을 하고 있기 때문이다.

(『나의 문화유산답사기 일본편 3(교토의 역사)』)

ex1 이제야 대략 그 윤곽을 파악하여 감히 교토 답사기를 쓰고 **있는 데,** 독자들이 나처럼 오랜 시간 헤매지 **않고** 교토를 보고, 배우고, 즐길 수 **있는** 답사 일정의 **'모범 답안' 같은 것을 염두에 두고 이 책의 차례를** **짰다.**

➜ 이제야 대략 그 윤곽을 파악하여 감히 교토 답사기를 쓰고 **있다.** 독자들이 나처럼 오랜 시간 헤매지 **않으면서** 교토를 보고, 배우고, 즐길 수 **있도록** 이 책의 **차례를 구성했다.** '모범 답안' 같은 답사 일정을 짜는 데 도움이 될 것이다.

해설 • '-는데'는 뒤이어서 부가적인 설명을 할 때 사용한다. 예문에서는 부가적인 설명을 하고 있지 않으므로 문장을 나누는 게 좋다. "답사 일정의 모범 답안"이라는 표현을 뒤로 보내니 뜻이 명료해졌다.

ex2 세 번째 코스는 우지에 있는 **평등원을 답사하는 것이다.** 평등원은 헤이안 시대의 실세였던 후지와라씨의 **씨사(氏寺)인데,** 연못을 앞에 둔 봉황당 건물은 극락세계를 구현한 **것으로** 헤이안 시대 건축 · 정원 · 조각의 진면목을 보여 준다.

➡ 세 번째 코스는 우지에 있는 **평등원이다.** 평등원은 헤이안 시대의 실세였던 후지와라씨의 **씨사(氏寺)다.** 연못을 앞에 둔 봉황당은 극락세계를 구현한 **것인데,** (봉황당 건물은) 헤이안 시대 건축 · 정원 · 조각의 진면목을 보여 준다.

해설 • '코스=평등원을 답사하는 것'의 등식은 성립하지 않는다. 그래서 "평등원을 답사하는 것이다."를 '평등원이다.'로 고쳤다.

• 하나의 문장에 여러 개념이 혼재되어 있으면 문장의 균형과 리듬이 깨지기 쉽다. '~인데'에서 문장을 나누고 '것으로'는 '것인데'로 고쳤다.

(『대통령의 시간』)

ex 상춘재는 건평 110평 남짓 되는 목조 한옥 **건물로,** 주로 귀빈들과 식사나 간담회를 할 때 사용하는 장소다.

➡ 상춘재는 건평 110평 남짓 되는 목조 한옥 **건물인데,** (이 건물은) 주로 귀빈들과 식사나 간담회를 할 때 사용하는 장소다.

해설 • 부사어로 사용된 '건물로'는 어떤 말과도 이어지지 않는다. 그래서 '건물로'를 '건물인데'로 고쳤다. '-ㄴ데,' 뒤에는 앞의 구절이나 단어를 설명하는 내용이 나온다.

(『고종석의 문장』)

ex 한국 좌파가 과격하다고들 **하는데,** 제가 보기에 세계에서 제일 온순한 좌파가 **한국 좌파**입니다.

➡ 한국 좌파가 과격하다고들 **하는데,** 제가 보기에 **한국 좌파는** 세계에서 제일 온순한 좌파입니다.

해설 • 예문은 '한국 좌파가 과격하다.'는 주장에 대해 부가 설명하는 문장이다. 부가 설명할 때는 '-는데,' 뒤에 설명하고자 하는 단어를 반복해 주면 된다. 수정한 문장을 보면 '한국 좌파는 과격하다.'와 '한국 좌파는 온순하다.'가 대구를 이룬다. 문장 요소가 대구를 이루어야 문장을 빠르고 정확하게 이해할 수 있다.

(『토지』)

ex1 서희는 어머니인 별당 아씨를 닮았다고들 **했으며 할머니 모습도 있다** 했다.

➡ 사람들은 서희가 어머니인 별당 아씨를 닮았다고들 **말했는데, 할머니를 닮았다고** 말하기도 했다.

해설 • '-고'나 '-며' 앞뒤는 서로 대구를 이루어야 한다. '서희가 별당 아씨를 닮았다.'는 '서희가 할머니를 닮았다.'와 대구를 이룬다.

• '할머니를 닮았다.'는 앞의 내용을 보충 설명하는 것이므로 '-며' 대신 '-는데'를 사용하는 게 좋다.

`ex2` 일단 방에 들어온 뒤에는 나가도 좋다는 말이 떨어지지 않는 이상 서희는 일어설 수 **없다.** 숨소리를 **죽이며, 그래서** 가냘픈 가슴이 더 **뛰고** 양어깨로 숨을 쉴 수밖에 **없었는데** 움직이지 못한다는 것은 어린 것에게 얼마나 큰 고통인가.

➡ 일단 방에 들어온 뒤에는 나가도 좋다는 말이 떨어지지 않는 이상 서희는 일어설 수 **없었다.** 숨소리를 **죽이느라** 가냘픈 가슴이 더 **뛰어** 양어깨로 숨을 쉴 수밖에 **없었다.** 움직이지 못한다는 것은 어린것에게 얼마나 큰 고통인가.

`해설` • '그래서'와 같은 접속어는 가능하면 문장 속에 녹이는 게 좋다. "죽이며, 그래서"를 '죽이느라'로 고쳤다.

• "가슴이 더 뛰고 양어깨로 숨을 쉴 수밖에 없었는데"라는 표현이 매끄럽지 않다. '뛰고' 앞뒤가 원인과 결과를 나타내므로 '뛰고'를 '뛰어'로 고쳤다.

• '없었는데'에서 문장을 나누었다. 연결 어미 앞뒤 주어와 문장 구조가 다르면 가독성을 위해 문장을 나누는 게 좋다.

2장 접속사가 없어졌어요! | 접속사, 보조사, 지시어

1. 접속어를 남용하지 말라

문장을 연결하는 것 가운데 대표적인 것이 접속어다. '그리고, 그러나, 그래서' 등의 접속어는 꼭 필요한 경우가 아니면 사용하지 않는 게 좋다.

우리말에서는 그 뜻 속에 접속어의 의미가 내포된 경우가 많다. 문장과 문장은 접속어로 연결되는 게 아니라 문맥, 리듬, 논리 전개 등으로 연결된다.

문장과 문장의 내용이 자연스럽게 이어지면 접속어가 필요 없다. 그런데도 접속어를 집어넣는다면, 그건 군더더기다. 흔히 문장의 앞뒤를 논리적으로 연결할 자신이 없을 때 접속어를 사용한다.

(『글쓰기의 공중부양』)

ex 문학은 예술이다. **그러나** 글쓰기를 통하지 않고서는 도달할 수 없다는 특성을 **가지고** 있다. 예술이 아름다움을 **궁극으로 한다면** 문학도 예외는 아니다. **따라서 글쓰기는 아름다움의 모색으로부터** 출발한다.

➡ 문학은 예술이다. **문학은** 글쓰기를 통하지 않고서는 예술에 도달할 수 없다는 특성을 **지니고** 있다. 예술이 아름다움을 **궁극적으로 추구한다면** 문학도 예외는 아니다. **글쓰기도 아름다움을 모색하는 데서** 출발한다.

➜ 문학은 글쓰기로 표현하는 예술이다. 예술의 목적은 궁극적으로 아름다움을 추구하는 것이다. 문학도 마찬가지다. 글을 쓸 때도 아름다움을 모색하는 데서 시작해야 한다.

해설 • '그러나'는 앞 내용과 뒤 내용이 상반될 때 쓰는 접속어다. "문학은 예술이다."와 "글쓰기를 통하지 않고서는 도달할 수 없다는 특성을 가지고 있다."는 상반된 내용이 아니다. 불필요한 접속사는 군더더기에 불과하다.

• "특성을 가지고 있다."는 '특성을 지니고 있다.'로 고쳤다. '가지고 있다.'는 서구의 자본주의 사고방식을 반영하는 영어식 표현이다. 예문에서는 '특성을 지니고 있다.'가 더 자연스럽다.

• "예술이 아름다움을 궁극으로 한다면"은 '예술이 아름다움을 궁극적으로 추구한다면'으로 고쳤다.

• 영문법의 산물인 '명사+의+명사'는 바로 이해하기 힘들다. 그래서 "아름다움의 모색으로부터"를 '아름다움을 모색하는 데서'로 고쳤다. 이렇게 문장을 풀어 주면 직관적인 이해가 가능해진다.

• 예문의 마지막 문장에서 '따라서'는 불필요하다. '따라서'는 앞에서 말한 일이 뒤에서 말할 일의 원인이나 근거가 됨을 나타내는 접속어다. 뒤에서 말할 일의 원인은 이미 앞에서 밝혀 놓았다. "문학도 예외는 아니다."에서 '도'가 '따라서'라는 의미를 이미 내포하고 있다.

• "(문학은) 글쓰기를 통하지 않고서는 도달할 수 없다는 특성을 지니고 있다." 이 말은 해도 되고 안 해도 되는 당연한 사실이다. 따라서 '문학은 글쓰기로 표현하는 예술이다.'로 간명하게 고쳤다. 그래야 뒤의 문장과도 자연스럽게 이어진다.

- "예술이 아름다움을 궁극적으로 추구한다면"에서 사물 주어인 '예술'이 의인화되지도 않았는데 주체적인 행위를 하고 있어 어색하다. 그래서 '예술의 목적은 (사람들이) 궁극적으로 아름다움을 추구하는 것이다.'로 고쳤다. 이때 아름다움을 추구하는 주체는 '예술의 목적'이 아니라 '사람들'이다.

(『우리들의 일그러진 영웅』)

ex 벌써 30년이 다 되어 **가지만,** 그해 봄부터 가을까지의 외롭고 힘들었던 싸움을 돌이켜 보면, 언제나 그때처럼 막막하고 암담해진다. **어쩌면 그런** 싸움이야말로 우리가 살아가면서 흔히 빠지게 되는 **일이고, 그래서 실은 아직도** 내가 **거기서** 벗어나지 못했기 때문에 받게 되는 느낌인지도 모르겠다.

➜ 벌써 30년이 다 되어 **간다.** 그해 봄부터 가을까지의 외롭고 힘들었던 싸움을 돌이켜 보면, 언제나 그때처럼 막막하고 암담해진다. **그런** 싸움이야말로 우리가 살아가면서 흔히 빠지게 되는 **일이다.** 내가 **그 싸움에서 아직도** 벗어나지 못했기 때문에 **막막한 느낌**을 받는지도 모르겠다.

해설 • '어쩌면'은 '확실하지 않지만 짐작하건대'를 의미한다. 그런데 뒤이어 '흔히'라는 단어가 나온다. 흔한 일과 확실하지 않은 일은 논리적으로 양립하기 힘들다. 문장의 설득력을 높이기 위해서라도 '어쩌면'이라는 부사는 넣지 않는 게 좋다.

• "그래서 실은 아직도"에서 '그래서'도 삭제하는 게 좋다. 더구나 부사어가 3개나 나열되어 문장의 리듬이 깨졌다. '아직도'는 피수식어

인 '벗어나지' 앞에 두는 게 좋다.

- '거기서'는 '흔히 빠지게 되는 싸움'이고, "받게 되는 느낌"은 '막막하고 암담한 느낌'이다. 내가 흔히 빠지게 되는 싸움에서 벗어나지 못했기 때문에 '막막하고 암담한 느낌'을 받게 된 것이다. 흔히 빠지게 되는 일이기 때문에 막막한 느낌을 받게 된 것이 아니다. '그래서'라는 불필요한 접속어가 혼선을 초래하므로 삭제하는 게 좋다.

(『정글만리』)

ex1 1980년대의 일이었다. 개혁 개방한 중국의 미래에 대해 전망하는 자리가 있었다.

"라면 하나씩만 팔아도 10억 개다."

"그들이 양말 한 짝씩만 만들어도 5억 켤레다."

그리고 6년쯤 지나 **소설 취재를 위해** 중국에 **갔었다.** 그때 **왜** 소련은 몰락했는데 중국은 **건재한지 그** 이유를 확인했다. **그 발견과 함께** 중국을 무대로 새 소설을 써야겠다는 생각이 일었다. 새 소설을 취재하면서 또 다른 새 소설을 **생각하곤 하는 습관성이** 또 고개를 든 것이다.

➔ "그들이 양말 한 짝씩만 만들어도 5억 켤레다."

6년쯤 지나 **소설을 쓰기 위해 취재차** 중국에 **갔다.** 그때 소련은 몰락했는데 중국은 **건재한** 이유를 확인했다. **그러자** 중국을 무대로 새 소설을 써야겠다는 생각이 일었다. **새 소설을 쓰기 위한 취재를** 하면서 또 다른 새 소설을 **구상하는 습관이** 또 고개를 든 것이다.

해설 • '그리고'를 쓰지 않아도 글의 흐름에 전혀 지장이 없다. 불필요한 접속어를 사용하면 문장의 속도감만 떨어진다. "6년쯤 지나"라는 부사어가 이미 접속어의 역할을 하고 있다. '소설 취재'라는 말은 없다. 새 소설을 쓰기 위해 관련 지역 취재는 해도 소설 자체에 대한 '소설 취재'는 하지 않는다. "그 발견과 함께"는 부자연스러운 표현이다. 이유를 확인하는 것이 '발견'이 될 수는 없다.

`ex2` **그런데** 지금 중국의 인구는 14억에 이르렀고, 중국은 G2가 되었다. 이 느닷없는 사실에 **세계인들이** 놀라고, **중국** 스스로도 놀라고 있다.

➡ 지금 중국의 인구는 14억에 이르렀고, 중국은 G2가 되었다. 이 느닷없는 사실에 **세계인이** 놀라고, **중국인** 스스로도 놀라고 있다.

`해설` • '그런데'는 앞의 내용과 관련시키면서 화제를 전환하거나 앞의 내용과 상반되는 내용을 이끌 때 쓰는 접속어다. 중국이 G2가 된 사실이 새 소설을 구상하는 요인이 되었다는 것은 문맥으로 파악할 수 있다. 구태여 화제 전환을 위해 '그런데'를 쓸 필요가 없다.(ex2는 ex1에 이어지는 내용이다.)

• '세계인' 자체가 복수이므로 복수를 나타내는 접미사인 '-들'을 쓸 필요가 없다. '중국'은 '세계인'과 대구를 이루도록 '중국인'이라고 써야 한다.

(『토지』)

`ex` 질식하는가 싶더니 기침은 **멎고** 가래가 끓어 분간하기 어려운 목소리로 **간신히 치수는** 말했다.

➔ 질식하는가 싶더니 기침은 **멎었다. 하지만** 가래가 끓어 분간하기
어려운 목소리로 **치수는 간신히** 말했다.

해설 • '기침은 멎고 가래가 끓었다'는 '기침은 멎었다. 하지만 가래가
끓었다'로 고쳐야 한다. '-고' 앞뒤 내용이 상반되기 때문이다.

2. 보조사·공통어·지시어·리듬이 문장을 잇는다

문장과 문장 사이에는 보이지 않는 끈이 있다. 논리적 순서와 문맥이 바로 그것이다. 글의 리듬도 문장을 잇는 역할을 한다. 문장과 문장은 논리·문맥·리듬으로 잇는 것이므로 접속어가 거의 필요 없다. 접속어나 연결 어미를 남발하면 문장이 복잡해져 리듬감과 속도감이 떨어진다. 글맛이 떨어진다는 얘기다.

'그러나', '그리고'와 같은 접속어는 논리적으로 보더라도 절제해서 사용해야 한다. 세상에는 완전한 역접 관계나 순접 관계는 있을 수 없기 때문이다. 말하고자 하는 대상이 조금씩 다른 특성을 보일 수는 있는데, 이를 두고 역접이나 순접 관계라고 말할 수는 없다.

지시어나 이미 언급된 어구가 나올 때도 접속사를 사용하지 않는 게 좋다. 지시어나 공통어가 이미 문장을 연결하는 역할을 하고 있기 때문이다.

'은·는·도·만·까지·마저·조차·부터'와 같은 보조사는 명사, 부사, 활용 어미 등에 붙어서 앞 문장과 관련하여 특별한 의미를 더해 주기 때문에 문장 맨 앞에 접속어가 있으면 오히려 어색하다.

보조사는 주어·목적어·보어에 어떤 뜻을 더해 준다. 부사어·서술어와 결합해 특별한 의미를 첨가하기도 한다.

- 우리**만** 극장에 가서 미안하다. → 단독을 의미(주어 역할)
- 잘못된 문장**부터** 고쳐라. → 시작을 의미(목적어 역할)
- 철수는 가까스로 부반장**은** 되었다. → 대조를 의미(보어 역할)
- 이곳에서**는** 수영을 하면 안 된다. → 대조를 의미(부사어와 결합)

- 내 생각이 전적으로 옳지**는** 않다. → 대조를 의미(서술어와 결합)
- 이 지갑은 마음에 들지**도** 않아요. → 역시를 의미(서술어와 결합)

보조사는 다른 언어가 흉내 낼 수 없는 우리말의 특장점이다. 보조사 한 자가 어떻게 문장의 의미를 바꾸는지 예를 들어 보겠다.
- 철수는 운동**을** 잘한다. → 단순히 운동을 잘함
- 철수는 운동**은** 잘한다. → 다른 것은 못하지만 운동 하나는 잘함
- 철수는 운동**도** 잘한다. → 다른 것도 잘하고 운동도 잘함

보조사

(『우리들의 일그러진 영웅』)

`ex` 한 학년이 겨우 여섯 학급밖에 안 된다는 **것도** 그 학교를 까닭 없이 **얕보게 했고,** 남학생 반과 여학생 반을 갈라놓은 **것도** 촌스럽게만 보였다.

➜ 한 학년이 겨우 여섯 학급밖에 안 된다는 **것에 나는** 그 학교를 까닭 없이 **얕보게 되었다.** 남학생 반과 여학생 반을 갈라놓은 **것도** (내게는) 촌스럽게만 보였다.

`해설` • 예문을 보면 "여섯 학급밖에 안 된다는 것"이 "얕보게 했고"의 주어다. 굳이 그대로 고친다면 '여섯 학급밖에 안 된다는 것도 그 학교를 얕보게 된 원인이다'라고 해야 한다. '것도'와 '것에'의 차이는 크다. 조사 하나가 문장의 의미를 크게 바꾸어 놓는다.

'도'는 이미 어떤 것이 포함되고 그 위에 더함의 뜻을 나타내는 보조사다. 보조사 '도'는 문장을 연결하는 기능이 있으므로 '도'가 들어가는

문장 앞에는 접속어나 연결 어미를 쓸 필요가 없다. 접속어나 연결 어미가 없어야 문장의 리듬도 살아난다.

(『공지영의 수도원 기행 2』)

ex 성당 **내부는** 선교사를 **싣고** 세계 곳곳으로 나아가는 세 척의 배 **모양이라고** 했다. **그리고 창문에는** 선교사들의 활동을 묘사한 스테인드글라스가 있었다.

➡ 성당 **내부는** 선교사를 **태우고** 세계 곳곳으로 나아가는 세 척의 배 **모양을 하고 있다고** 했다. **창문에는** 선교사들의 활동을 묘사한 스테인드글라스가 있었다.

해설 • '내부=모양'의 등식은 성립하지 않는다. 그래서 "배 모양이라고"를 '배 모양을 하고 있다고'로 고쳤다.

• 접속어 '그리고'는 글의 흐름을 오히려 방해하고 있다. '창문에는'에 이미 '그리고'의 의미가 포함되어 있다.

(『작가의 문장 수업』)

ex 나는 입말을 글말로 바꾸는 데 프로라고 **자신하고** 경험도 **노하우도** 가지고 있다.

➡ 나는 입말을 글말로 바꾸는 데 프로라고 **자신한다.** 경험과 **노하우도** 가지고 있다.

해설 • '-고' 앞뒤 내용이 대구를 이루지 않으면 문장이 어색해진다. 특별한 의미를 더해 주는 보조사 '도'는 문장을 이어 주는 기능을 하므로 앞에서 문장을 나누는 게 좋다.

(『데일 카네기 나의 멘토 링컨』)

ex 링컨의 어머니 낸시 행크스는 친척 집에서 **자랐으며, 아마도** 학교 교육이라고는 전혀 받지 못한 것 같다. **그리고** 문서에 서명 대신 표식을 한 것으로 보아 글을 **쓰지 못했음을** 알 수 있다.

➜ 친척 집에서 **자란** 링컨의 어머니 낸시 행크스는 학교 교육이라고는 전혀 받지 못한 것 같다. 문서에 서명 대신 표식을 한 것으로 보아 글을 **쓰지도 못했다는 것을** 알 수 있다.

해설 • '-며'와 '아마도'의 연결이 부자연스럽다. '아마도'는 군더더기 표현이다. '~ 것 같다'에 이미 '아마도'라는 의미가 내포되어 있다.

• '그리고'는 생략해도 문장 흐름에 이상이 없다. "글을 쓰지"는 '글을 쓰지도'로 고쳐 '도'로 '그리고'의 의미를 내포했다.

(『잘못된 문장부터 고쳐라』)

ex 철수는 친구와 친해지기 위해 **게임을 같이할** 것이라고 말했다. **그러나 나는** 친구와 운동을 할 것이다.

➜ 철수는 친구와 친해지기 위해 **같이 게임을 할** 것이라고 말했다. **나는** 친구와 운동을 할 것이다.

해설 • 예문에서 접속어로 '그러나'를 쓸 수도 있고 '그런데'를 쓸 수도 있다. 접속어는 의미가 명쾌하지 않으므로 가능한 한 쓰지 않는 게 좋다. '나는'에서 '는'은 보조사다. 보조사는 주격 조사나 목적격 조사 대신 쓸 수 있다. 보조사는 주어에 어떤 특별한 의미를 부여하므로 문장과 문장을 연결하는 역할을 한다. 보조사 '은, 는'이 사용된 문장의 맨 앞에 접속어를 쓰면 오히려 어색하다.

(『글 고치기 전략』)

ex1 **문장은** 상대방에게 <u>전달</u>하는 것을 **목적으로** 한다. **그러므로** '효과적인 <u>전달</u>'이 늘 문제가 **된다.**

➡ **문장의 목적은** 상대방에게 <u>전달</u>하는 것이다. '효과적인 <u>전달</u>'이 늘 문제**다.**

해설 • '(으)로'는 주술 관계의 혼란을 초래하고 문장을 늘어지게 하므로 가능한 한 쓰지 않는 게 좋다.

• 문장은 접속어로 연결되기 이전에 문맥으로 연결되어야 한다. 앞 문장의 내용을 뒤 문장이 자연스럽게 받아 주어야 한다. 지시어나 다시 언급된 단어가 그 역할을 한다. 예문에서는 '전달'이 앞 문장에도 나오고 뒤 문장에도 나온다. 이런 경우에는 구태여 접속어를 사용할 필요가 없다.

• "'효과적인 전달'이 늘 문제가 된다."에서 '된다'는 불필요한 서술어다. "'효과적인 전달'이 늘 문제다.'로 충분하다.

ex2 인간은 **감정의** 동물이다. **그러나** 인간의 **감정은** **복잡 미묘해서** **그것을** 글로 묘사하기가 쉽지 않다.

➡ 인간은 **감정을 지닌** 동물이다. **감정은** **복잡하고 미묘해서** 글로 묘사하기 쉽지 않다.

해설 • '그러나, 인간의, 그것을'을 생략하면 문장이 깔끔해진다. 앞 문장과 뒤 문장은 역접 관계가 아니다. 예문을 세 문장으로 나누면 다음과 같다.

1. 인간은 감정의 동물이다.

2. 인간의 감정은 복잡 미묘하다.

3. 인간의 감정을 글로 묘사하는 것은 쉽지 않다.

2와 3을 합친 게 뒤 문장이다. 이 문장은 "인간은 감정의 동물이다."와 상반되는 게 아니라 감정에 대해 부연 설명하는 것에 불과하다. 따라서 '그러나'가 들어가서는 안 된다. '그러나'가 없어도 '감정'이란 공통 단어가 앞뒤 문장을 잇는 역할을 한다.

• '그것'이라는 지시 대명사 역시 쓸 필요가 없다. 앞에 "인간의 감정"이 있으므로 구태여 목적어를 집어넣을 필요가 없다. '인간의'는 중복을 피하기 위해 생략하는 게 좋다.

(『글 고치기 전략』)

ex **최후** 목표인 '주제(메시지)'가 있어야 한다. **따라서** '주제'는 그 문장의 총사령관이라 할 수 있다.

➡ (글에는) **최종** 목표인 '주제(메시지)'가 있어야 한다. '주제'는 그 문장의 총사령관이라 할 수 있다.

해설 • '주제'가 두 문장에 공통으로 들어가므로 '따라서'라는 접속어는 불필요하다. "최후 목표"는 너무 거창한 표현이어서 '최종 목표'로 바꾸었다.

(『나의 문화유산답사기 일본 편 3(교토의 역사)』)

ex **교토의** 기온에는 가마쿠라 시대에 정토종을 일으킨 **법연 스님의 지은원과 임제종이라는 선종을 들여온 영서 스님의** 건인사가 있다. **그러나** 이 절엔 그런 상징성만 있을 뿐 남아 있는 건축은 모두 후대의 것이니 기온 지역을 산책할 **때** 그런 역사적 **사실을 기억하는 것으로** 족하다.

➜ **교토** 기온에는 가마쿠라 시대에 정토종을 일으킨 **법연 스님이 창건한 지은원과, 임제종을 들여온 영서 스님이 창건한** 건인사가 있다. **이 절에는** 그런 상징성만 있을 뿐 남아 있는 건축은 모두 후대의 것이니 기온 지역을 산책할 **때는** 그런 역사적 **사실만 기억해도** 족하다.

해설 • "법연 스님의 지은원"을 보면, 지은원이 법연 스님 소유의 절인지, 지은원의 주지가 법연 스님인지 알 수 없다. 구체적으로 '법연 스님이 창건한'이라고 표현하는 게 좋다.

• '그러나'는 앞의 내용과 뒤의 내용이 상반될 때 쓰는 접속어다. 예문에서는 앞 문장과 뒤 문장이 상반되지 않는다. 더구나 "이 절엔 그런 상징성만"에서 '이'와 '그런'이 이미 접속어 역할을 하고 있다. 문장은 문맥으로 이어져야지, 불필요한 접속어로 이어져서는 안 된다.

(『작가의 문장 수업』)

ex 작가로서 일한 지 15년, 책 작업에 종사한 지 10년 가까이 **지났지만** 그간 내가 일관되게 계속해 온 일은 **그야말로** '입말'을 '**글말**'로 **바꾸는 작업이며,** '말로 하지 않은 이야기'를 글로 **바꾸는 작업이었다.**

➜ 작가로서 일한 지 15년, 책 작업에 종사한 지 10년 가까이 **지났다.** 그간 내가 일관되게 계속해 온 일은 '입말'을 **'글말'로,** '말로 하지 않은 이야기'를 글로 **바꾸는 작업이었다.**

해설 • '지났지만' 앞의 주어는 '15년'과 '10년'이고 뒤의 주어는 '계속해 온 일'이다. 연결 어미 앞뒤 주어가 다를 경우에는 문장을 분리하는 게 좋다. '지났지만'을 '지났다.'로 바꾸어 문장을 나누었다.

• '그야말로'는 있어도 되고 없어도 되는 군더더기이므로 생략하는 게 좋다.

• "바꾸는 작업이며"는 "바꾸는 작업이었다."와 중복되므로 생략하는 게 좋다. 군더더기나 중복 표현이 있는 문장은 다듬어지지 않은 것처럼 보인다.

(『토지』)

ex 행랑은 행랑대로 먼 곳 가까운 곳에서 모여 온 **마름과** 작인들이 득실득실 **판을 치고 있었으며** 그들을 위해 큰 가마솥은 쉴 새 없이 밥을 삶아 내야만 했다.

➜ **먼 곳, 가까운 곳에서 모여든 마름들과** 작인들이 **행랑에서** 득실득실 **판을 벌이고 있었다.** 그들을 위해 큰 가마솥은 쉴 새 없이 밥을 삶아 내야만 했다.

해설 • '있었으며' 앞뒤 어구는 형식과 내용에서 서로 대구가 되어야 하나 예문에서는 그렇지 못하다. 이럴 때는 문장을 분리해 주는 게 좋다. 뒤 문장의 '그들'이라는 지시어가 앞 문장의 '마름과 작인들'과 이어지기 때문에 접속사를 생략해도 문장이 자연스럽게 연결된다.

- 예문에는 주어가 두 개 있다. '행랑'과 '마름과 작인' 중에서 진짜 주어는 '마름과 작인'이다. 부사절인 "행랑은 행랑대로"가 수식하는 말이 없다. '판을 치고 있다.'와는 호응하지 않으므로 '행랑에서 판을 벌이고 있다.'로 고쳤다.

- '행랑에서'라는 수식어는 피수식어인 '판을 벌이다.' 앞에 두었다. 수식어와 피수식어는 늘 가까이 있고 싶어 한다.

리듬과 운율

(『나의 문화유산답사기 1(남도답사 일번지)』)

ex 답사라면 사람들은 으레 경주·부여·공주 같은 옛 왕도의 화려한 유물을 구경하러 가는 일로 생각할 것이다. 나 또한 답사 초심자 시절에는 그런 줄로만 알았다.

그러나 지난 20년간 내가 **답사의 광**(狂)이 되어 제철이면 나를 **부르는 곳을 따라 가고 또** 가고, 그리하여 나에게 다가온 저 **문화유산의 느낌을** 확인하고 확대하기를 **되풀이하는 동안** 나도 모르는 사이 **여덟 번을** 다녀온 곳이 바로 이 강진·해남 땅이다.

➜ 답사라면 사람들은 으레 경주·부여·공주 같은 옛 왕도의 화려한 유물을 구경하러 가는 일로 생각할 것이다. 나 또한 답사 초심자 시절에는 그런 줄로만 알았다.

하지만 지난 20년간 내가 **답사광**(狂)이 되어 제철이면 나를 **부르는 곳에 가고 또 가고, 그리하여** 나에게 다가온 저 **문화유산에 대한 느낌을** 확인하고 확대하기를 **되풀이하면서 나도 모르는 사이 여덟 번이나** 다녀온 곳이 바로 이 강진 · 해남 땅이다.

➡ 답사라면 사람들은 으레 경주 · 부여 · 공주 같은 옛 왕도의 화려한 유물을 구경하러 가는 일로 생각할 것이다. 나 또한 답사 초심자 시절에는 그런 줄로만 알았다.

하지만 지난 20년간 나는 답사광(狂)이 되어 제철이면 나를 부르는 곳에 **가고 또 갔다.** 나에게 다가온 저 **문화유산에 대한 느낌을** 확인하고 확대하기를 **되풀이하였다. 그 사이에 나도 모르게** 여덟 번이나 다녀온 곳이 (경주 · 부여 · 공주 땅이 아니라) 바로 강진 · 해남 땅이다.

해설 • '그러나'는 앞의 내용과 뒤의 내용이 상반될 때 쓰는 접속어다. 세상에는 조금 다른 것은 있어도 엄밀히 말해 상반되는 것은 없다. 글을 쓸 때 논리적으로 따져 '그러나'를 써야 할 경우는 거의 없다.

• 굳이 써야 한다면 '그러나' 대신 서로 일치하지 않는 두 문장을 이어 주는 '하지만'을 쓰는 게 바람직하다. '하지만'은 앞의 내용을 인정하면서 뒤의 내용을 이어 나가는 '그렇지만'과 비슷한 의미를 지닌다.

• '~ 곳을 가다'라는 말은 쓰지 않는다. '~ 곳으로 가다' 혹은 '~ 곳에 가다'와 같이 써야 한다.

• "문화유산의 느낌을 확인하고 확대하기를 되풀이하는 동안 나도 모르는 사이 여덟 번을 다녀온 곳이 바로 이 강진 · 해남 땅이다."라는 문장은 부자연스럽다. 그래서 "되풀이하는 동안"을 '되풀이하면서'로 고쳤다.

• '-느라고'는 앞 절의 내용이 뒤 절의 원인이나 목적이 됨을 나타내는 연결 어미다. "철수는 어제 책을 읽느라고 밤을 새웠다."와 같이 사용할 수 있다.

• 일본식 표현인 '의'는 될 수 있으면 쓰지 않는 것이 좋다. 그래서 "답사의 광"은 '답사광'으로, "문화유산의 느낌"은 '문화유산에 대한 느낌'으로 고쳤다.

• 마지막으로 수정한 문장을 살펴보자. 한 문장을 두 문장으로 나누고 '그리하여'는 불필요해 삭제했다. 앞 문장의 "가고 또 가고"가 뒤 문장의 "확인하고 확대하기를"로 이어지기 때문이다.

• 문장을 나누어 보니 경주나 부여, 공주보다 강진이나 해남을 더 자주 가게 된 연유가 자연스레 드러난다. 수정한 문장을 소리 내어 읽어 보면 '그러나', '그리하여'라는 부사어가 없어도 문장들이 문맥에 따라 흘러가는 것을 느낄 수 있을 것이다.

(『공지영의 수도원 기행 2』)

ex 여행은 늘 **익숙했고 더구나** 독일은 더 익숙했다. 예약 상황도 **완벽했다.** 국제 운전면허증도 **있었고** 뮌헨 공항에 내리자마자 렌터카 센터도 쉽게 찾았다.

➡ **여행에는** 늘 **익숙했다. 특히** 독일에 익숙했다. 예약 상황도 **완벽했고** 국제 운전면허증도 **있었다.** 렌터카 센터도 뮌헨 공항에 내리자마자 쉽게 찾았다.

해설 • 일정이 순조롭게 진행되고 있음을 나타내고 있다. '더구나'와 같은 부사 앞에서는 문장을 나누어 주는 게 자연스럽다. 상황 전개에 따라 문장을 나누어 주고 운을 맞추면 글에 리듬과 힘이 생긴다. 무엇보다 글을 이해하기 쉬워진다.

3. 대명사나 지시어는 가능한 구체적으로 표현하라

주어는 문장 전체를 장악하는 열쇠를 쥐고 있다. 영어에서는 문장 성분 가운데서도 특히 주어가 언제나 얼굴을 내민다. 반복되는 경우에는 대명사의 형태로라도 주어를 드러낸다. 그래서 영어는 대명사와 지시어가 발달했다.

우리말에는 본래 '그'나 '그녀'라는 대명사가 없었다. 신문학 초창기에 김동인과 〈창조〉 동인들이 '그'와 '그녀'라는 3인칭 대명사를 쓰기 시작했다. '그'는 영어 'he'를 번역한 것이다. 'she'는 대응하는 마땅한 말이 없어 일본어 '彼女'를 직역해서 썼는데, 그것이 바로 '그녀'다.

요즘 영어의 영향으로 지시 대명사 · 인칭 대명사 · 지시 형용사 · 지시 부사 등이 남발되고 있다. 반복을 피하고자 대명사나 지시어를 사용하는 것은 바람직하지만 지나치게 사용해 무엇을 가리키는지 모호해지는 상황은 피해야 한다.

이해하기 쉬운 글이 좋은 글이다. 문장의 흐름에 지장을 주지 않는 한 대명사나 지시어에 해당하는 말을 구체적으로 명시하면 독자가 더욱 쉽게 글을 이해할 수 있다. 글 쓰는 이는 글 읽는 이를 배려해야 한다. 중복되는 표현은 삼가야 하지만 문장의 리듬을 위해 필요한 내용은 반복할 수 있다.

예를 하나 들어 보겠다. "원숭이 궁둥이는 빨갛다. 빨간 것은 사과. 사과는 맛있다. 맛있는 것은 바나나. 바나나는 길다. 긴 것은 기차. 기차는 빠르다. 빠른 것은 비행기. 비행기는 높다. 높은 것은 백두산."에서 사과 · 바나나 · 기차 등을 뭉뚱그려 모두 '그것'이라고 표현할 수는 없다. 리듬을 갖춘 반복이 문장의 의미를 명료하게 하는 경우도 있다.

(『공지영의 수도원 기행 2』)

ex 고통이 올 때마다 내가 드렸던 기도와 다짐이 떠올랐다. 어떤 일도 **주님의** 허락 없이는 일어나지 **않으며 이것은** 결국 **커다란** 선으로 나를 **인도할 것이고 그리고** 나는 **여기서** 하느님의 사랑을 배우게 될 것이다.

➡ 고통이 올 때마다 내가 드렸던 기도와 다짐이 떠올랐다. 어떤 일도 **하느님의** 허락 없이는 일어나지 **않을 것이다. 하느님이 허락하신 일은** 결국 **궁극적인** 선으로 나를 **인도할 것이다.** 나는 **하느님이 인도하신 곳에서** 하느님의 사랑을 배우게 될 것이다.

해설 • '이것'과 '여기'가 무엇을 가리키는지 얼른 떠오르지 않는다. 이러한 지시 대명사는 구체적으로 명시하는 게 좋다. '이것은'은 '하느님이 허락하신 일은'으로, '여기서'는 '하느님이 인도하신 곳에서'로 고쳤다.

• "커다란 선"은 '궁극적인 선'으로 고쳤다. 십일조가 많든 적든 그 의미가 달라지지 않듯 선도 크기에 따라 의미가 달라지는 것은 아니다.

• '-고' 앞뒤 주어가 다를 경우에는 문장을 나누는 게 좋다. 하나의 문장에는 하나의 주어만 사용하는 게 바람직하다.

• '그리고'는 없어도 된다. '~ 궁극적인 선으로 나를 인도할 것이다.'와 '나는 하느님이 인도하신 곳에서 ~'의 두 문장은 '인도'라는 단어로 이미 자연스럽게 연결되어 있다.

• 문장과 문장은 문맥과 리듬으로 꼬리에 꼬리를 물고 이어져야 한다. 대다수 접속어는 군더더기에 불과하다.

(『나의 문화유산답사기 1(남도답사 일번지)』)

ex1 나는 이 글을 쓰기 전에 '일번지'를 멋지게 장식해 볼 **의욕을 갖고** 1박 2일 코스로 다시 한 번 답사하고 돌아왔다. 때마침 그럴 수 있는 좋은 계기가 **생겼던 것이다. 그러나 그것은 나의 큰 실수였고, 과욕이었다.**

➡ 나는 이 글을 쓰기 전에 '일번지'를 멋지게 장식해 볼 **의욕에 넘쳐** 1박 2일 코스로 다시 한 번 답사하고 돌아왔다. 때마침 그럴 수 있는 좋은 계기가 **생겼다. 하지만 과욕으로 그 답사에 나선 것은 큰 실수였다.**

해설 • "의욕을 갖고"는 '의욕에 넘쳐'로 고쳤다. 영어 동사 'have'가 우리말에까지 깊숙이 스며들어 '가지다'라는 표현을 사용하는 빈도가 늘어났다. '가지다'의 목적어와 어울리는 우리말 표현을 쓰는 편이 자연스럽다.

• "그것은 나의 큰 실수였고"에서 '그것은'은 '그 답사'를 의미한다. 서술어는 '큰 실수였다.'와 '과욕이었다.'이다. 서술어가 두 번이나 나올 경우에는 논리적으로 재배치할 필요가 있다. 그래서 '과욕으로 그 답사에 나선 것은 큰 실수였다.'로 고쳤다.

• '그러나'는 앞 내용과 뒤 내용이 상반될 때 쓰는 접속어다. 비슷한 단어로 '하지만'이 있다. '하지만'은 서로 일치하지 아니하는 경우에 사용한다. 앞뒤 문장이 완전히 상반되는 경우는 많지 않으므로 일반적으로 '그러나' 대신 '하지만'을 사용하는 것이 좋다. 논리적으로도 '그러나'보다는 좀 더 완화된 의미를 지닌 '하지만'이 바람직하다.

ex2 고려 불화라면 협시보살(脇侍菩薩)로 설정한 **관음과** 지장보살을 아미타여래 무릎 **아래로** 그려 위계질서를 강조하면서 부처의 권위를 **극대화시켰겠지만** 무위사 벽화에서는 협시보살이 양옆에 서고 그 **위로는** 6인의 나한상이 구름 속에 **싸이면서** 부처님을 중심으로 행복한 친화 관계를 유지하고 있다.

같은 불화라도 상하 2단 구도와 원형 구도는 **이처럼 신앙 형태상의 차이를 반영하고 있는 것이니 미술이 그 시대를 드러내는 것은 꼭 내용만이 아니라 이처럼 형식에서도 구해진다.**

➡ 고려 불화라면 협시보살(脇侍菩薩)로 설정한 **관음보살과** 지장보살을 아미타여래 무릎 **아래에** 그려 위계질서를 강조하면서 부처의 권위를 **극대화했을 것이다.** 무위사 벽화에서는 협시보살이 양옆에 서고 그 **위에는** 6인의 나한상이 구름 속에 **싸여** 부처를 중심으로 행복한 친화 관계를 유지하고 있다.

이처럼 같은 불화라도 상하 2단 구도는 **권위를,** 원형 구도는 **친화 관계를 보여 준다.** 미술의 내용뿐만 아니라 형식에서도 그 시대의 모습을 알 수 있다.

해설 • '극대화시켰겠지만' 앞부분의 주어는 화공이고, 뒷부분의 주어는 화공이 그린 협시보살과 6인의 나한상이다. 앞뒤가 대구를 이룰 수 없는 문장이다. 이럴 때는 문장을 나누는 게 정석이다. 억지로 문장을 붙이면 가독성이 떨어진다. 문장을 나누면서 '-지만'을 '하지만'으로 바꿀 필요는 없다. 비교하는 것까지 역접 관계로 처리할 필요는 없기 때문이다.

• '이처럼'이 두 번이나 들어가 문장이 산만해졌다. "이처럼 신앙 형

태상의 차이를 반영하고 있는 것이니"에서는 '이처럼' 대신 구체적인 내용을 명시하는 것이 이해하는 데 도움이 된다. 그러면 '신앙 형태상의 차이를 반영한다.'라는 이해하기 힘든 표현을 할 필요가 없다.

• 주로 '것이니' 앞은 원인을, 뒤는 결과를 나타내는데, 예문에서는 인과 관계가 명료하지 않다. 연결 어미 앞뒤가 대구를 이루지 않으므로 문장을 나누는 게 좋다.

• "드러내는 것은 ~ 형식에서도 구해진다."에서는 주어와 서술어가 호응이 안 돼 무엇이 구해진다는 것인지 알 수 없다. 그래서 '미술의 내용뿐만 아니라 형식에서도 그 시대의 모습을 알 수 있다.'라고 고쳤다.

• 접속어, 지시어, 연결 어미, 군더더기 표현 등의 사용만 절제해도 이해하기 쉬운 문장을 쓸 수 있다.

ex3 **군수리 출토** 여래 좌상은 인자한 아버지가 머리를 앞으로 내밀고 어린아이들의 이야기라도 **듣고 앉은 것 같은** 인간미 흐르는 얼굴과 자세를 **하고 있어서** 백제 불상의 안락하고 현세적인 특징을 **단적으로 표시하고 있다.** (「한국 고미술의 미학」)

➡ **군수리에서 출토된** 여래 좌상은 인자한 아버지가 머리를 앞으로 내밀고 어린아이들의 이야기라도 **들으며 앉아 있는 것 같은** 인간미 흐르는 얼굴과 자세를 **하고 있는데, 이는** 백제 불상의 안락하고 현세적인 특징을 **잘 보여 준다.**

➡ 군수리에서 출토된 여래 좌상은 인자한 아버지가 머리를 앞으로 내밀고 어린아이들의 이야기라도 들으며 앉아 있는 것 **같다. 여래 좌상의 인간미 흐르는 얼굴과 자세는** 백제 불상의 안락하고 현세적인 특징

을 잘 보여 준다.

• "군수리 출토"는 '군수리에서 출토된'으로 고쳤다. 문장 구성 요소를 너무 많이 생략하면 문장이 자연스럽게 흘러가지 않는다.

• "듣고 앉은 것"은 '듣고 난 후 앉은 것'을 의미한다. 하지만 예문에서는 동작이 순차적으로 진행되는 것이 아니라 동시에 일어나고 있다. 그래서 '듣고'를 '들으며'로 고쳤다. '-으며'는 두 가지 이상의 동작이나 상태 따위를 나열할 때 쓰는 연결 어미다. 또 "앉은 것"이 아니라 '앉아 있는 것'이라고 고쳐야 한다. 여래 좌상이 부서지지 않았다면 지금도 앉아 있을 것이다.

(『태백산맥』)

정하섭은 두 팔을 휘저으며 울음도 비명도 아닌 소리를 다급하게 지르고 있었다. **흉악한 꿈에** 쫓기고 있거나 가위에 눌리고 있음이 분명했다. **그녀는 그를** 깨워야 한다고 생각했다. 팔을 **뻗쳤다. 그러나 그녀의** 손은 그의 몸 가까이에서 **멈춰지고** 말았다. 감히 **그의** 몸에 손을 댈 수가 없었다. **그가** 맨몸이어서가 아니었다. **그는** 계속 **괴로운 몸부림을 하고 있었다. 그녀**의 손은 허공만을 자꾸 잡아 쥐며 가늘게 떨렸다.

➜ 정하섭은 두 팔을 휘저으며 울음도 비명도 아닌 소리를 다급하게 지르고 있었다. **꿈속에서 흉악한 사람에게** 쫓기고 있거나 가위에 눌리고 있음이 분명했다. **소화는** 깨워야 한다고 생각했다. 팔을 **뻗쳤으나** 손은 **정하섭**의 몸 가까이에서 **멈추고** 말았다. 감히 몸에 손을 델 수가 없었다. 맨몸이어서가 아니었다. **정하섭은** 계속 **괴로운 듯 몸부림을 쳤다. 소화**의 손은 허공만을 자꾸 잡아 쥐며 가늘게 떨렸다.

`해설` • 다친 정하섭과 무당 딸인 소화가 함께 있는 장면이다. '그'와 '그녀'를 자주 사용해 상황 파악이 바로 되지 않는다. 삼인칭 대명사 대신 구체적인 이름을 사용했고, 반복되는 삼인칭 대명사는 생략했다.

(『정글만리』)

`ex` **예상을** 40년이나 앞당겼기 때문이다. **그러나 그건 흔히 말하는** 기적이 아니다. 중국 전 **인민들이** 30여 년 동안 흘린 피땀의 결실이다. 우리의 지난날이 **그렇듯이.**

➔ **예상한 시기를** 40년이나 앞당겼기 때문이다. **하지만 중국이 단기간에 G2가 된 것은** 기적이 아니다. 중국 전 **인민이** 30여 년 동안 흘린 피땀의 결실이다. 우리의 지난날이 **그랬듯이.**

`해설` • '예상을 40년 앞당겼다.', '중국이 G2가 된 것은 기적이 아니다.' 두 문장의 내용은 상반되지 않아 '그러나'를 쓸 이유가 없다.

• '예상을 40년 앞당겼다.'라는 표현에도 문제가 있다. '예상'이 아니라 '예상한 시기를 앞당긴 것이다. 시기는 앞당길 수 있지만 예상은 앞당길 수 없다.

• "그건 흔히 말하는 기적이 아니다."에서 '그건'이 가리키는 대상이 모호하다. 예상 기간을 40년 앞당긴 것인지, 중국이 G2가 된 것인지, 아니면 둘 다인지 헷갈린다. '그건'이 예상 시기를 40년 앞당겨 G2가 된 것을 의미한다면 '중국이 예상 시기를 40년 앞당겨 G2가 된 것은 기적이 아니다.'라고 친절하게 밝혀 주는 게 좋다. 지시 대명사의 내용을 구체적으로 밝히면 그 자체로 문장의 흐름이 명료해진다.

• "흔히 말하는"은 있으나 마나 한 군더더기 표현이므로 굳이 쓸 필

요가 없다.

- 단어 자체가 복수의 의미를 지니고 있다면 복수형 접미사인 '-들'을 쓰지 않는 편이 좋다. 따라서 '인민들'이 아니라 '인민'이라고 써야 한다. 더구나 앞에 '전체'를 뜻하는 관형사 '전'이 있지 않은가.

- "지난날이 그렇듯이"는 '지난날이 그랬듯이'로 고쳤다. '지난날'은 과거 시점이기 때문이다.

3장 대구를 이루게 하라 | 대구

1. 연결 어미 앞뒤는 대구를 이루게 하라

두 개 이상의 문장을 이어 하나로 만든 문장을 '이어진 문장'이라고 한다. '이어진 문장'은 두 문장의 관계에 따라 '대등하게 이어진 문장'과 '종속적으로 이어진 문장'으로 구분할 수 있다.

'대등하게 이어진 문장'을 만드는 대등적 연결 어미에는 '-고', '-며', '-나' 등이 있다. "겨울에는 눈이 오고, 여름에는 비가 온다."에서 앞 절과 뒤 절은 각각 독립적인 의미를 지니고 있다.

종속적 연결 어미에는 '-니', '-면', '-려' 등이 있다. "봄이 되면 강산에 꽃이 핀다."에서 앞 절과 뒤 절의 의미는 서로 긴밀하게 연결되어 있다. 절들이 독립적이지도 않고, 단순한 나열로 볼 수도 없다.

연결 어미 '-고', '-며', '-나', '-니', '-다가' 등의 앞뒤는 서로 대등한 어구로 연결되어야 한다. 그래야 문장이 질서 정연해지고 가독성도 높아진다. 독자는 연결 어미 다음에 대등한 어구가 나오리라 예측하면서 글을 읽는다. 예측이 빗나가면 글을 다시 읽어야 할지도 모르니 독자를 위해 대등한 어구를 배치하는 편이 좋다.

대구가 이루어진 문장은 읽기에도 좋고 듣기에도 좋다. 이어진 내용을 예측해서 읽을 수 있기 때문이다. 리듬도 살아 있어 읽는 재미를 더한다. 시에서 각운을 맞추는 것도 일종의 대구이다. 대구는 문장 내에서도 필요하지만 문장과 문장을 비교할 때도 필요하다.

이어진 문장에서 능동형과 피동형을 연이어 쓰거나, 사람 주어와 사물 주어를 연이어 쓰는 것은 피해야 한다. 동사의 형태가 바뀌거나 주어가 달라지면 문장이 비문이 되기 쉽다. 우리말에서는 주어가 자주 생략되어 주어와 서술어가 호응하지 않는 경우가 흔히 나타난다. 이럴 때는 해당 서술어의 진짜 주어가 무엇인지 찾아보고 연결된 어구는 대구를 이루도록 해야 한다.

(『유시민의 글쓰기 특강』)

ex1 글을 쓸 때 감정에 빠지면 길을 잃기 쉽다. 주제를 벗어나 글이 엉뚱한 곳으로 흐르게 되고 주제와 **상관없는 것을 들여와 글을 망치게 된다.**

➡ 글을 쓸 때 감정에 빠지면 길을 잃기 쉽다. 주제를 벗어나 글이 엉뚱한 곳으로 흐르게 되고, 주제와 **상관없는 것이 들어가 글이 혼란스러워진다.**

해설 • 예문의 두 번째 문장은 '길을 잃기 쉽다.'라는 주장을 뒷받침하는 문장이다. 이 문장은 본래 다른 두 문장을 하나로 이어 만들었다. "(감정에 빠지면) 주제를 벗어나 **글이** 엉뚱한 곳으로 흐르게 된다. (감정에 빠지면) 주제와 상관없는 것을 들여와 (글 쓰는 이가) **글을** 망치게 된다." 앞 문장의 주어는 '글'이고 뒷문장의 주어는 '글 쓰는 이'이다. 주어가 다른 두 문장을 '-고'로 연결하면 문장의 흐름이 어색해진다. 이 경우 '-고' 앞뒤 주어를 일치시키거나 문장을 나누어야 한다. '글이 엉뚱한 곳으로 흐른다.'와 대구를 맞추기 위해 "글을 망치게 된다."를 '글이 혼란스러워진다.'로 고쳤다.

ex2 A spectre is haunting Europe — the spectre of communism. All the powers of old Europe have entered into a holly alliance to exorcise this spectre: Pope and Tsar, Metternich and Guizot, French Radicals and German police-spies.

하나의 유령이 **유럽에 떠돌고 있다** — 공산주의라는 유령. **옛** 유럽의 모든 **세력들, 즉** 교황과 차르, 메테르니히와 기조, 프랑스 급진파와 독일의 **경찰관은 이 유령에 대항하는 신성한 몰이사냥을 위해 동맹하였다.** (『공산당 선언』(강유원 번역))

➔ **하나의** 유령이 **유럽을 배회하고 있다.** 공산주의라는 유령이. **낡은** 유럽의 모든 **권력이,** 교황과 차르, 메테르니히와 기조, 프랑스 급진파와 독일 **비밀경찰이, 이 유령을 사냥하기 위한 신성 동맹을 체결했다.** (『유시민의 글쓰기 특강』)

➔ **어떤** 유령이 **유럽에 출몰하고 있다.** 공산주의라는 유령이. **오랜** 유럽의 모든 권력이 **유령을 몰아내기 위해 신성 동맹을 체결했다. 교황과 차르, 메테르니히와 기조, 프랑스 급진파와 독일 비밀경찰이.**

해설 • 번역문은 원문이 지닌 의미의 범주를 넘어서는 안 된다. 원문에 없는 의미를 담을 경우 번역이 아니라 어설픈 창작이 된다. 'haunt'는 일차적으로 '(어떤 장소에) 유령이 나타나다(출몰하다)'를 의미한다. 이차적으로는 '(귀신처럼) 따라다니다'를 의미한다. 'haunt'에는 '배회하다', '떠돌아다니다'라는 의미가 없다. 'exorcise'는 '(귀신을) 몰아내다'를 의미한다. 'exorcise'에는 '사냥하다'라는 의미가 없다. 'old'는 '오래된, 나이 많은, 낡은'을 의미한다. 예문의 'old'를 무슨 말로 옮길지는 논리적 판단에 달렸다. "old Europe"을 물건 취급해 "낡은 유럽"이라고 해석해서는 곤란하다. 예문의 'old'에는 '역사가 오래된, 그래서 굳어진'이라는 의미가 내포되어 있다.

• 『공산당 선언』의 첫 두 문장은 짜 맞춘 듯이 대구를 이룬다. '어떤 유령=공산주의'라는 등식이 성립하듯, '오랜 유럽의 모든 권력=교황과 차르, 메테르니히와 기조, 프랑스 급진파와 독일 비밀경찰'이라는 등식도 성립한다. 의역해야 의미가 살아나는 경우도 있지만, 여기서는 단어의 일차적 의미와 대구를 그대로 살려야 한다. 그래야 말맛이 살고 새롭게 일어나는 공산주의와 기존의 기득권 세력들이 선명하게 대비된다.

ex3 그동안 육상에서의 사회 재난과 자연 재난을 **관장하는 부서가 각각 본부 조직과 외청으로 이원화되어 있고, 해상에서의 재난은** 해수부와 해경으로 **분산되어 있어** 재난 안전을 **통합적으로 기획하고** 관리하지 못했습니다.

이제는 **육상과 해상의 재난, 사회 재난과 자연 재난을 모두 통합하여 국가안전처로 일원화하여 효율적으로 대처하고 철저히 책임 행정으로 할 것입니다. 그러기 위해서는 국가안전처가** 하루라도 빨리 **출범해야 국민의 생명과 안전 보호를 위한 획기적 변화가 시작될 수 있을 것입니다.** (2014년 7월 8일 「국무총리 담화문」)

➜ 그동안 **육지의 사회 재난과 자연 재난을 책임지는 부서가** 안전행정부와 소방방재청으로 **나뉘어 있고 바다의 재난 대처는** 해수부와 해경으로 **갈라져 있어서** 정부가 재난 안전을 **제대로 기획** 관리하지 못했습니다.

이제는 **책임과 권한 모두 국가안전처 한곳에 모아 육지와 바다의 재난, 사회 재난과 자연 재난 모두에 더 잘 대처하고 철저하게 책임지는 행정을 하겠습니다. 국가안전처를** 하루라도 빨리 출범시켜 획기적 변화를 시작함으로써 정부는 국민의 생명과 안전을 더 확실하게 보호하겠습니다. (『유시민의 글쓰기 특강』)

➡ **육지의 재난을 관장하는 부서는** 안전행정부와 소방방재청으로 나뉘어 있고, **바다의 재난을 관장하는 부서는** 해수부와 해경으로 **나뉘어 있었습니다.** 정부는 그동안 재난 안전을 **통합적으로 기획하고** 관리하지 못했습니다.

이제는 **육지와 바다의 사회 재난과 자연 재난을 모두 국가안전처가 맡도록 하여 효율적으로 대처하고 철저히 책임지는 행정을 구현하겠습니다.** 국가안전처를 하루라도 빨리 출범시켜 국민의 **생명을 안전하게 보호하는 획기적 변화를 꾀하겠습니다.**

해설 • 『유시민의 글쓰기 특강』에서 고친 예문은 「국무총리 담화문」의 의도를 제대로 반영하지 못한 것 같다. 새로 작문한 느낌을 준다. 담화문은 나름의 형식과 격조를 갖추어야 한다. 너무 쉬운 말로 풀어 쓰면 담화문의 권위가 떨어지고 의미를 정확하게 전달하지 못할 수도 있다. 예컨대 재난 안전을 '제대로 관리하는 것'과 '통합적으로 관리하는 것'은 다른 의미를 지닌다.

• 관청에서 쓰는 '해상, 육상'이라는 용어는 수정해야 한다. 정부는 해상과 육상의 재난은 물론 지하와 해저의 재난도 관리해야 하므로 '육상과 해상'은 '육지와 바다'로 바꿨다.

• 격식을 갖춘 글은 정확하게 대구를 이루는 편이 좋다. '육지의 재

난을 책임지는 부서'라고 표현했으면, "해상에서의 재난"은 대구를 맞추어 '바다의 재난을 책임지는 부서'로 고쳐야 한다.

(『나의 한국현대사』)

ex 야학에서 같은 연배의 노동자들을 **가르쳤으며,** 학생회 임원을 **맡았다가 감옥 구경을 하기도** 했다.

➡ 야학에서 같은 연배의 노동자들을 **가르치기도 했고,** 학생회 임원을 **맡다가 감옥을 구경하기도** 했다.

- '가르쳤으며'가 '구경하기도 했다.'와 대구를 이루도록 고쳤다.
- "구경을 하다"는 '구경하다'로 고쳤다.

(『나의 문화유산답사기 3(말하지 않는 것과의 대화)』)

ex 서산 마애불은 미술사적으로 두 가지 측면에서 크게 주목받고 **있는데 그것이 바로 이 불상의** 양식적 특징이자 **매력의 포인트**이기도 하다. 하나는 삼존불 형식이면서도 곁 보살이 독특하게 배치된 **점이며,** 또 하나는 저 신비한 **미소의 표현**이다.

➡ 서산 마애불은 미술사적으로 두 가지 측면에서 크게 주목받고 **있다.** 하나는 삼존불 형식이면서도 곁 보살이 독특하게 **배치된 점이고,** 또 하나는 저 신비한 **미소를 표현한 점이다. 이 두 가지는 서산 마애불의** 양식적 특징이자 **매력 포인트**이기도 하다.

해설 • 두 가지 측면이 있다는 사실을 언급했으면 그 두 가지가 무엇인지를 먼저 설명해야 한다. 글과 말은 물고 물리면서 이어져야 한다.

- '-고' 앞뒤는 대구를 이루는 게 좋다. '독특하게 배치한 점'과 '미소

를 표현한 점'이 대구를 이룬다.

· '의'는 일본식 표현이므로 사용하지 않는 게 좋다. 우리말에서는 대체로 '의'가 없어도 자연스럽게 명사가 연결이 된다. '의'를 남발하면 가독성이 떨어진다.

(『공지영의 수도원 기행 2』)

ex 고통의 배를 가르고 솟아 나온 그 세계는 **여태까지 여자가 알던** 행복을 불행으로, **여자가 생각한** 성공을 재앙으로, 대화를 소음으로, **적막을 아름다운 침묵으로, 여자가 생각한** 사랑을 거짓으로 만들었다.

거꾸로 **여자가 생각한** 비참을 영광으로, **여자가 생각한** 외로움을 축복으로, **여자가 생각한** 모욕을 영화로, **여자가 두려워한** 가난을 풍요로 만들며 모든 가치를 전복하기 시작했다.

➡ 고통의 배를 가르고 솟아 나온 그 세계는 **여자가 생각한** 행복을 불행으로, 성공을 재앙으로, 대화를 소음으로, 사랑을 거짓으로 만들었다.

거꾸로 **여자가 두려워한** 비참을 영광으로, 외로움을 축복으로, 모욕을 영화로, 가난을 풍요로, **적막을 아름다운 침묵으로** 만들며 모든 가치를 전복하기 시작했다.

해설 · "여자가 생각한"이 지나치게 여기저기 반복되어 문장이 산만해졌다. 앞 문장에서는 '여자가 생각한' 것들을, 뒤 문장에서는 '여자가 두려워한' 것들을 나열했다. 문장을 대구 형식으로 정리하였다.

· "적막을 아름다운 침묵으로"는 '부정적인 것을 긍정적인 것으로'에 해당하는 다음 문장으로 옮겼다.

(『태백산맥』)

ex1 **갈숲이** 희디흰 **꽃더미로** 나부끼고, 그 속에 **기러기며** 또 다른 **철새가 깃들이면** 어느덧 가을은 **깊어져 있었다.**

➡ **갈대숲에** 희디흰 **꽃 더미가** 나부끼고, **기러기나** 또 다른 **철새가 깃들이면** 어느덧 가을은 **깊어 갔다.**

해설 • 연결 어미 '-고' 앞뒤는 대구를 이루어야 한다. "기러기나 또 다른 철새가 깃들이다."는 '희디흰 꽃 더미가 나부끼다.'와 대구를 이룬다.

ex2 그의 눈앞에는 집 모습이 어리고, 집 언저리에 감돌고 있는 특이한 냄새까지 **맡고 있었다.**

➡ 그의 **눈앞에는** 집 모습이 어리고, **코끝에는** 집 언저리에 감돌고 있는 특이한 냄새까지 **스며들고 있었다.**

해설 • '-고' 앞의 주어(집 모습이)와 뒤의 주어(그가)가 다르다. 그럴 때는 '-고' 앞뒤가 대구를 이루도록 해야 한다. "눈앞에는 집 모습이 어리고"와 대구를 이루도록 "~냄새까지 맡고 있었다."를 "코끝에는 ~ 특이한 냄새까지 스며들고 있었다."로 고쳤다.

(『나의 문화유산답사기 1(남도답사 일번지)』)

ex1 **무위사를** 몇 년 전 능력 있는 스님이 들어와 손을 대기 시작했다. **담장이 둘러지고** 천왕문을 새로 지었으며 입구에는 매표소도 만들어 놓았다.

➜ **무위사**에 몇 년 전 능력 있는 스님이 들어와 손을 대기 시작했다. **담장을 두르고** <u>천왕문을 새로 지었으며</u> 입구에는 매표소도 만들어 놓았다.

해설 • 예문 첫 문장에는 목적어가 두 개 있다. 그래서 '무위사를'은 '무위사에'로 고쳤다.

• '천왕문을 새로 짓다.'가 능동형이므로 '담장이 둘러지다'는 '담장을 두르다'로 고쳐야 한다.

ex2 극락보전을 감싸고 있던 대밭을 몽땅 베어 버렸고 경내 한쪽의 목백일홍도 **온데간데없다.**

➜ 극락보전을 감싸고 있던 대밭을 몽땅 베어 버렸고 경내 한쪽의 목백일홍도 **온데간데없이 없애 버렸다.**

• 예문에서 "베어 버렸고"의 주어는 '스님'이고 '온데간데없다'의 주어는 '목백일홍'이다. 이어진 문장에서 가능하면 주어를 일치시키는 게 좋다. 그래야 독자가 문장의 흐름을 예측하면서 글을 읽을 수 있다.

(『글쓰기의 공중부양』)

ex1 **내게는,** 타고난 재능으로 **고수에** 이른 사람보다는 피나는 노력으로 **고수에** 이른 사람이 **훨씬 더** 위대해 보이고, **피나는 노력으로 고수에 이른 사람**보다는 그 일에 미쳐 있는 사람이 훨씬 더 위대해 보인다.

➜ 타고난 재능으로 **고수의 경지에** 이른 사람보다는 피나는 노력으로 **경지에** 이른 사람이 더 위대해 보이고, **피나게 노력하는 사람**보다는 **그 일에 미쳐 있는 사람**이 훨씬 더 위대해 보인다.

해설 • "훨씬 더"가 두 번 중복되어 있다. 앞에는 '더', 뒤에는 '훨씬 더'라고 쓰면 중복을 피할 수 있을 뿐 아니라 논리적으로도 타당하다.

• '내게는 ~ 위대해 보인다.'는 주어와 서술어가 너무 떨어져 있어 읽기에 불편하다. 더구나 '내게는'은 군더더기로 이 문장에서는 불필요하다. '내게는'이라고 쓰지 않아도 독자들은 이 책을 저자가 썼다는 사실을 이미 알고 있다.

• "피나는 노력으로 고수에 이른 사람"은 "그 일에 미쳐 있는 사람"과 대구를 이루도록 '피나게 노력하는 사람'으로 고쳤다.

• '고수에 이른다.'는 부자연스러운 표현이다. '고수가 된다.'라고 쓰거나 '고수의 경지에 이른다.'라고 쓰는 게 자연스럽다.

ex2 효과적으로 글을 쓰려면 **겉으로 판단되는** 속성은 물론이고 보다 **내면적인** 속성을 찾아내는 일을 게을리하면 안 된다. **그것은** 사물에 대한 사유의 힘을 키우는 **가장 기본적인 자세다.**

➜ 글에 생동감을 부여하려면 **겉으로 보이는** 속성은 물론이고 **내면에 숨어 있는** 속성을 찾아내는 일도 게을리하면 안 된다. **외면과 내면의 속성을 찾는 것은** 사물에 대한 사유의 힘을 키우는 **데 큰 도움이 된다.**

해설 • '판단되는'과 같은 영어식 표현은 가능하면 쓰지 않는 게 좋다. '물론이고' 앞뒤는 대구가 되어야 한다. "내면적인 속성"은 '겉으로 보이는 속성'과 대구를 이루도록 '내면에 숨어 있는 속성'으로 바꾸었다.

- '~은 물론이고'는 '~도'와 호응한다. '~뿐만 아니라' 역시 '~도'와 호응한다. 예문에서 '보다'는 왜 썼는지 모르겠다. 외면과 내면은 상대되는 것이지 비교되는 것이 아니다.

- 가능하면 '그것' 같은 지시 대명사도 사용하지 않는 게 좋다. 지시 대명사를 쓰는 것보다는 앞 문장의 내용을 정리해 제시하는 쪽이 내용 이해에 더 도움을 준다.

- "효과적으로 글을 쓰려면"은 내용에 걸맞게 '글에 생동감을 부여하려면'으로 고쳤다. 작가는 다음 글을 예시로 들었다. "성난 불은 잔인하다. 격정적인 불이 나를 덮친다. 불이 물 한 대야를 얻어맞고 정신을 잃는다. 불은 재를 낳고 죽는다." 예시 문장은 효과적인 글이라기보다는 생동감 있는 글이다.

ex3 **지성은 뇌 안의 범주에 속하고** 인간을 아는 경지에 이르게 만들고 **감성은 심안의 경지에 속하며** 인간을 깨닫는 경지에 이르게 만든다.

➡ **뇌 안의 범주에 속하는 지성은** 인간을 아는 경지에 이르게 만들고, **심안의 범주에 속하는 감성은** 인간을 깨닫는 경지에 이르게 만든다.

해설 • 한 문장에 '경지'라는 단어가 세 번이나 나온다. '-고' 앞뒤는 대구를 이루어야 하므로 "심안의 경지"를 '심안의 범주'로 바꾸었다.

- 예문에는 두 개의 개념이 혼재되어 있고 '-고'와 '-며'가 반복되어 쉽게 읽히지 않는다. 그래서 관형사절이 각각의 주어를 수식하도록 고쳤다.

(『고종석의 문장』)

ex 글쓰기 비결 하나를 **말씀드리자면,** 시를 **읽으라는 것입니다.**

➔ (내가) 글쓰기 비결 하나를 **말씀드려야 한다면,** (나는) **'시를 읽으시라'고 권할 것입니다.**

➔ 글쓰기 비결 하나를 **말씀드리겠습니다.** 시를 **읽으세요.**

해설 • 종속적으로 이어진 문장에서 조건절과 주절의 주어는 가능한 한 일치해야 한다. 예문에서 조건절의 주어는 '나는'이고 주절의 주어는 '당신'이다. 그래서 '~를 말씀드려야 한다면, ~라고 권할 것입니다.'로 고쳤다. 여기서 '내가 말씀드리다.'와 '나는 권하다.'가 대구를 이루고 있다.

(〈조선일보〉 만물상: 섹스와 건강)

ex **임상 시험이라면 '마루타'라며** 다들 기피했지만 **비아그라에는 신청 전화가 빗발쳤다.**

➔ **다른 임상 시험은 "마루타냐."라며** 다들 기피했지만, **비아그라 임상 시험은 앞 다퉈 전화로 신청했다.**

해설 • '~이라면'은 '~에 대해 말하자면' 정도의 의미를 지닌다. 중언부언하는 표현이지 깔끔한 표현은 아니다. 더구나 정보를 충실히 담기 위해 생략된 표현을 흔히 쓰는 신문 기사에는 바람직하지 않다.

• '다들 기피하다.'와 '신청 전화가 빗발치다.'의 주어가 달라 어색한 문장이 되었다. 그래서 "신청 전화가 빗발쳤다."를 '앞다퉈 전화로 신청했다.'로 고쳤다.

(『토지』)

ex 서희로부터 시선을 돌린 치수는 서안 위에 펼쳐 놓은 책의 갈피를 넘긴다. 허약한 체질에 비하면 뼈마디는 굵은 **편이었다.** 그러나 가엾을 만큼 **여위고 창백한 그의 손이** 책갈피를 **누르면서** 눈은 글자를 더듬어 내려간다.

➜ 서희로부터 시선을 돌린 치수는 서안 위에 펼쳐 놓은 책의 갈피를 넘긴다. 허약한 체질에 비하면 뼈마디는 굵은 **편이다.** 그러나 가엾을 만큼 **손은 여위고 창백하다. 그의 손은** 책갈피를 **누르고** 눈은 글자를 더듬어 내려간다.

해설 • '그러나' 앞뒤도 대구를 이루어야 한다. 고친 문장에서 '뼈마디는 굵은 편이다.'와 '손은 여위고 창백하다.'가 대구를 이룬다. 대구가 되지 않으면 문장을 나누어 주는 게 좋다. '누르면서'는 '누르고'로 고쳤다. '-고' 앞뒤가 대구를 이루면 문장이 안정되어 보인다.

• 시제를 일치시키기 위해 '편이었다'는 '편이다'로, '창백했다'는 '창백하다'로 바꾸었다.

2. 열거하거나 비교하는 요소는 대등해야 한다

단어를 열거할 때는 단어의 특성이 같아야 하고, 구나 절을 열거할 때는 구나 절의 구조가 같아야 한다. 열거한 요소들의 특성이나 구조가 다르면 글의 흐름이 부자연스러워진다.

질서 정연한 문장을 위해서는 앞뒤를 대등하게 배치해야 한다. 열거하거나 비교하는 요소는 대구를 이루어야 한다. 문장의 균형이 잡혀 있으면 읽는 사람은 내용을 예측하며 독서할 수 있다.

(『문재인의 운명』)

ex 우리가 노무현 대통령과 이별한 지 어느덧 두 해가 됐다. 그 느낌은 저마다 다를 것이다. 어떤 **이들에게** '그를 떠나보낸 날'은 여전히 충격이고 비통함이며, 어떤 **이들에게** '노무현'은 아직도 **서러움이며 아픔이다.** 그리고 어떤 **이들에게** '그와 함께 했던 시절'은 그리움이고 추억일 것이다.

➡ 우리가 노무현 대통령과 이별한 지 어느덧 두 해가 됐다. 그 느낌은 저마다 다를 것이다. 어떤 **이에게** '그를 떠나보낸 날'은 여전히 충격이고 비통함이며, 어떤 **이에게** '노무현'은 아직도 **설움이고 아픔일 것이다.** 어떤 **이에게** '그와 함께 했던 시절'은 그리움이고 추억일 것이다.

해설 • 리듬과 대구가 글을 살아 있게 한다. "설움이며 아픔"은 '충격이고 비통함', '그리움이고 추억'과 대구를 이루도록 "설움이고 아픔"으로 고쳤다.

• '이들'에서 '들'은 없어도 된다. 영어 문법 용어로 표현하면 '이'는 '대표 단수'에 해당한다.

• 충격은 '슬픈 일로 마음에 받은 심한 영향'을 뜻하고 '비통(悲痛)'은 '몹시 슬퍼서 아픔'을 뜻한다. '서러움'은 '설움'으로 써야 한다. '서럽다'는 '원통하고 슬프다'를 뜻한다. '아픔'은 '육체적으로나 정신적으로 괴로운 느낌'을 뜻한다. 쉬운 단어도 만만치 않다. 세상일도 그렇듯이.

단어의 의미를 살펴보면 어떤 단어를 어디에 사용해야 할지 미세하게 드러난다. 충격과 비통이 어울리고, 설움과 아픔이 어울린다. 운이 맞아 떨어져 '사별은 충격이고, 노무현은 설움이다.'라는 의미가 잘 전달된다.

• '그리고'는 없어도 된다. 있어도 되고 없어도 되는 접속어는 오히려 걸림돌이다. 천의무봉(天衣無縫), 하늘의 선녀가 만든 옷에는 바느질 땀이 없다.

• '이다'는 단정적인 표현이고 '일 것이다'는 추정적인 표현이다. 예문은 추정적인 성격이 강하므로 '일 것이다'로 통일하는 게 좋다. 대구가 이뤄지면 예측하면서 읽는 게 가능해진다. 글이든 사람이든 예측 가능해야 한다.

(『자존감 수업』)

ex 살다 보면 자존감이 바닥까지 내려가는 일도 생길 **것이고,** 큰 실수도 할 것이고, 통제하기 힘들 정도로 **지칠 것도 안다.** 그럴 때 어떻게 그 **순간들을** 극복할지 **구체적인 매뉴얼로** 정리해두고 싶었다.

➜ 살다 보면 자존감이 바닥까지 내려가는 일도 생길 **것이다.** 큰 실수도 할 것이고, 통제하기 힘들 정도로 **지치기도 할 것이다.** 그럴 때 어떻게 그 **상황을** 극복할지 **구체적으로** 정리해두고 싶었다.

해설 • '~ㄹ 것이다'가 대구를 이루어야 한다. 가능하면 '~ㄹ 것이다'는 '~ㄴ다'로 바꾸는 게 좋다. 첫 문장은 주어에 따라 나누었다. 앞의 주어는 '자존감이'이고 뒤의 주어는 '나는'이다.

• '그 순간들'에서 '들'은 없어도 된다. '순간'은 '상황'으로 바꾸는 게 자연스럽다.

• '구체적인 매뉴얼로'는 '구체적으로'로 고쳤다. 인간은 기계가 아니라서 자존감 하락 극복 매뉴얼에 따라 움직일 수 있을지는 모르겠다.

(〈조선일보〉 만물상: 역사가의 국제 연대)

ex 아베는 일본군 위안부 문제에 대해서도 "(진실을 밝히는 건) 역사학자들에게 맡겨야 한다."고 했다. 일본의 **침략사와 위안부 동원 만행**을 역사학자들 논쟁 영역으로 떠넘긴 것이다.

➡ 아베는 일본군 위안부 문제에 대해서도 "(진실을 밝히는 건) 역사학자들에게 맡겨야 한다."라고 했다. 일본의 **침략과 위안부 동원 만행**을 역사학자들의 논쟁 영역으로 떠넘긴 것이다.

해설 • '침략사'라고 썼으면 뒤이어 나오는 "위안부 동원 만행"도 '위안부 동원 만행사'라고 써야 한다. 접속 조사 '와'의 앞뒤에는 같은 자격의 표현이 나와야 한다.

(『공지영의 수도원 기행 2』)

ex1 1908년 당시 오틸리엔 수도원 소속 사제는 총 50명이었는데, 이 중 **아프리카에 23명, 독일 각지에 파견된 18명**을 제하면 9명의 사제가 **있을 뿐이어서** 한국 교회의 요청을 받아들일 만한 입장이 못 되었다.

➜ 1908년 당시 오틸리엔 수도원 소속 사제는 총 50명이었는데, 이 중 **아프리카에 파견된 23명, 독일 각지에 파견된 18명**을 제하면 9명의 사제만 **남게 되어** (오틸리엔 수도원 측은) 한국 교회의 요청을 받아들일 만한 입장이 못 되었다.

`해설` • 고친 문장에서 '독일 각지에 파견된 18명'은 '아프리카에 파견된 23명'과 대구를 이룬다.

• '50명에서 41명을 제하면 9명이 있을 뿐이다.'라는 문장은 부자연스럽다. 관용적으로는 '50명에서 41명을 제하면 9명이 남는다.'라고 쓴다.

`ex2` 돌아서서 수도원으로 **돌아오는데** 저 텅 빈 창고에서 칠십 대의 아빠 스님이 치는 <u>**록 기타**</u>와 할머니들이 지르는 <u>**멋진 함성 소리**</u>가 들리는 것 같았다.

➜ 돌아서서 수도원으로 **향하는데** 저 텅 빈 창고에서 칠십 대의 아빠 스님이 치는 <u>**록 기타 소리**</u>와 할머니들이 지르는 <u>**즐거운 함성**</u>이 들리는 것 같았다.

`해설` • '돌아서서'와 '돌아오는데'의 음이 비슷해 서로 충돌한다. 그래서 '돌아오는데'를 '향하는데'로 고쳤다.

• 록 기타가 들리는 게 아니므로 "록 기타"는 '록 기타 소리'로 고쳤다. 함성은 소리를 의미하므로 "함성 소리"를 '함성'으로 고쳤다.

• '록 기타 소리'와 '함성'은 '들리는 것 같았다.'로 연결된다. '록 기타 소리가 들리다.'와 '함성이 들리다.'는 서로 대구를 이룬다.

• '멋진 함성 소리'는 어색한 표현이다. '멋진'은 '즐거운'으로 바꿨다.

ex3 나는 **생각했다.** 어쩌면 **목숨을.** 그러니까 산짐승과 자연재해, 산적 등의 모든 위험을 **각오하고** 이 동굴로 들어서던 **그의 모습을.** 환영 속에 나타난 여인의 모습에 몸부림치며 가시덤불에 뒹굴던 **모습을.** 로마노 수사가 내려 주는 아주 적은 양의 빵만으로 살며 종일 하느님을 생각하던 **그를.**

➡️ 나는 **떠올렸다. 그의** 목숨을, **아니 산짐승과 산적, 자연재해 등** 모든 위험을 **무릅쓰고** 이 동굴로 들어서던 **그의 모습을.** 환영 속에 나타난 여인의 모습에 몸부림치며 가시덤불에 뒹굴던 **그의 번뇌를.** 로마노 수사가 내려 주는 아주 적은 양의 빵만으로 **연명하며** 종일 하느님을 생각하던 **그의 신앙을.**

해설 • 횡설수설에 해당하는 '어쩌면'과 '그러니까'는 삭제했다. "어쩌면 목숨을, 그러니까"는 '목숨을 잃을 각오로'로 고쳤다.

• '~ 그의 모습', '~ 뒹굴던 모습', '~ 생각하던 그'는 비슷한 구조로 열거되고 있다. 서로 대구를 이루도록 내용에 맞춰 '그의 모습', '그의 번뇌', '그의 신앙'으로 바꾸었다.

• "산짐승과 자연재해, 산적"은 '산짐승과 산적, 자연재해'로 고쳤다. 산짐승과 자연재해를 묶는 것보다는 산짐승과 산적을 묶는 게 자연스럽다.

• 관용적으로 사용하는 '위험을 무릅쓰다.'가 '위험을 각오하다.'보다 더 자연스럽다.

(『나의 문화유산답사기 1(남도답사 일번지)』)

ex **월출산, 도갑사,** 월남사 터, 무위사, 다산초당, 백련사, 칠량면의 옹기 마을, 사당리의 고려청자 가마터, 해남 대흥사와 일지암, 고산 윤선도 고택인 녹우당, 그리고 달마산 미황사와 땅끝(土末)에 이르는 이 답삿길을 나는 언제부터인가 '남도답사 일번지'라 명명하였다.

➡ **월출산 도갑사에서** 월남사 터, 무위사, 다산초당, 백련사, 칠량면의 옹기 마을, 사당리의 고려청자 가마터, 해남 대흥사와 일지암, 고산 윤선도 고택인 녹우당, 그리고 달마산 미황사와 땅끝(土末)에 이르는 이 답삿길을 나는 언제부터인가 '남도답사 일번지'라 명명하였다.

해설 • 도갑사는 월출산에 있으므로 "월출산, 도갑사"에서 쉼표를 뺐다.

  • '~에 이르는'은 '~에서'와 함께 쓰인다.

(『나의 문화유산답사기 일본 편 3(교토의 역사)』)

ex 나의 교토 **답사기가 맨 먼저 찾아갈 곳은 광륭사(고류지)다.** 광륭사는 교토에서 가장 오래된 사찰일 뿐만 아니라 **이곳에는** 신라에서 보내 준 것으로 전하는 일본 국보 제1호 '목조 미륵 반가 사유상'이 **있기 때문이다.**

➡ 나의 교토 **답사 첫 코스는 광륭사(고류지)로 정했다.** 광륭사는 교토의 사찰 중에서 가장 오래되었을 뿐만 아니라 신라에서 보내 준 것으로 전하는 일본 국보 제1호 '목조 미륵 반가 사유상'도 **보유하고 있다.**

해설 • "나의 교토 답사기가 맨 먼저 찾아갈 곳은 광륭사다." 이 문장은 답사기를 의인화해 표현한 것이지만 답사기가 찾아간다는 게 좀 억지스럽다. 그래서 '나의 교토 답사의 첫 코스는 광륭사로 정했다.'로 고쳤다.

- '~ 뿐만 아니라' 앞뒤에는 대등한 어구가 오는 게 좋다 "라일락은 예쁠 뿐만 아니라 향기도 좋다."에서 '예쁘다'와 '향기도 좋다'는 둘 다 라일락의 특징이다. 이와 마찬가지로 "교토에서 가장 오래된 사찰이다" 와 "목조 미륵반가사유상을 보유하고 있다"는 모두 광륭사의 특징이다. 따라서 예문은 '광륭사는 교토의 사찰 중에서 가장 오래되었을 뿐만 아니라 ~ 목조 미륵 반가 사유상도 보유하고 있다.'라고 고쳤다.

(『아프니까 청춘이다』)

`ex` 대학은 원석을 갈고닦아 가장 찬란한 광채를 <u>내뿜을 수 있도록 하는,</u> '최선의 자기'를 **발견하는 곳이므로,** 대학에서는 육중한 교문의 <u>푸른 **녹슬음,**</u> 우람한 교정 느티나무의 **푸르름**조차 가르침을 준다.

➡ 대학은 원석을 갈고닦아 가장 찬란한 광채를 <u>내뿜을 수 있도록</u> **하는 곳일 뿐만 아니라** '최선의 자기'를 **발견하도록 하는 곳이다.** 대학에서는 육중한 교문의 **푸른 녹,** 우람한 교정 느티나무의 **푸른 잎**조차 가르침을 준다.

`해설` • "있도록 하는"과 대구가 되도록 '발견하는'은 '발견하도록 하는'으로 고쳤다.

• '곳이므로,' 앞뒤를 나누어 두 문장으로 만들었다. '-므로'는 까닭이나 근거를 나타내는 연결 어미인데, 이 문장의 앞부분은 뒷문장의 까닭을 나타낸다고 볼 수 없다.

• "푸른 녹슬음"은 억지 표현이다. 대구를 이루도록 "교문의 푸른 녹슬음"은 '교문의 푸른 녹'으로, "느티나무의 푸르름"은 '느티나무의 푸른 잎'으로 고쳤다.

(『토지』)

ex1 이때부터 타작마당에 사람들이 **모이기 시작하고 들뜨기 시작하고 —** 남정네 노인들보다 아낙들의 채비는 아무래도 더디어지는데 그럴 수밖에 없는 것이 <u>식구들 **시중에** 음식 간수를 끝내어도</u> 제 자신의 치장이 남아 있었으니까.

➡ 이때부터 타작마당에 사람들이 **모이면서** 들뜨기 **시작하였다.** 남정네 노인들보다 아낙들의 채비는 아무래도 더디어지는데, 그럴 수밖에 없는 것이 <u>식구들 **시중들고** 음식 간수를 끝내어도</u> 제 자신의 치장이 남아 있었으니까.

해설 • 줄표는 문장 중간에 앞 내용을 부연하는 구절이 끼어들 때 쓴다.

"그 신동은 네 살에 — 보통 아이 같으면 천자문도 모를 나이에 — 벌써 시를 지었다."와 같이 쓸 수 있다. 앞의 말을 정정하거나 변명하는 내용이 이어질 때도 줄표를 쓴다. "이건 내 것이니까 — 아니, 내가 처음 발견한 것이니까 — 절대로 양보할 수 없다." 그런데 『토지』의 예문에서는 줄표의 쓰임새가 모호하다. 이미 말한 내용을 부연 설명하기 위해 줄표를 사용했다 하더라도 얼른 이해하기 힘들다. 따라서 문장을 분리해 줄표를 없앴다.

• '-는데' 뒤에는 앞의 어구를 부연 설명하는 내용이 이어진다. 따라서 '-는데' 뒤에는 한 호흡 멈춘다는 의미로 쉼표를 붙여 주는 게 좋다. 쉼표 뒤에는 대체로 앞의 말을 받는 지시어가 나온다.

• "식구들 시중에"라는 부사어가 어느 말과 연결되는지 불명확하다. 더구나 "식구들 시중"과 "음식 간수를 끝내어도"는 서로 호응하지

않는다. 그래서 열거하는 요소가 대구를 이루도록 '식구들 시중들고 음식 간수를 끝내어도'로 고쳤다.

ex2 울타리 **건너편은 대숲이었고** 대숲을 등지고 있는 기와집에 안팎일을 다 맡는 김 서방 내외가 살고 **있었는데** 울타리와 기와집 **사이는 채마밭이다.**

➡ 울타리 **건너편에는 대숲이 있고** 울타리와 기와집 **사이에는 채마밭이 있다.** 대숲을 등지고 있는 기와집에 안팎일을 다 맡는 김 서방 내외가 살고 있었다.

해설 • "울타리 건너편은 대숲이었고 울타리와 기와집 사이는 채마밭이다."라는 문장에 "대숲을 등지고 있는 기와집에 안팎일을 다 맡는 김 서방 내외가 살고 있었는데"가 끼어들어 이해하기 힘든 문장이 되었다. 문장을 분리하면 한결 이해하기 쉬워진다.

ex3 안존하지 못한 것은 **나이 탓이라 하고** 기상이 강한 것은 <u>할머니 편의 기질이라</u> 했다.

➡ 안존하지 못한 것은 **자신의 나이 탓이라 하고** 기상이 강한 것은 <u>할머니 편의 **기질 덕이라**</u> 했다.

해설 • "기상이 강한 것"은 긍정적인 의미이므로 '탓'과 대구를 이루는 '덕'을 넣어 주는 게 좋다.

(『멈추면, 비로소 보이는 것들』)
ex1 내 글에 위로를 받았다는 사람들에게 깊은 고마움을 표하고 싶다. 그들 덕분에 하루 4시간씩만 자면서 투잡을 뛰는 <u>분</u>, 자살하고 싶을 정도로 괴롭다는 <u>학생</u>, 취업에 자꾸 **미끄러져** 슬프다는 **청년 실업**의 아픔을 알게 되었기 때문이다.

➡ 내 글에 위로를 받았다는 사람들에게 깊은 고마움을 표하고 싶다. 그들 덕분에 하루 4시간씩만 자면서 투잡을 뛰는 <u>분</u>, 자살하고 싶을 정도로 괴롭다는 <u>학생</u>, 취업에 자꾸 **실패해** 슬프다는 **청년**의 아픔을 알게 되었기 때문이다.

해설 • '취업에 실패하다.', '입사 시험에서 미끄러지다.'처럼 단어에는 어울리는 짝이 있다. '취업에 미끄러지다.'는 쓰지 않는 표현이다.

• 열거할 때는 서로 대등한 것끼리 병치해야 한다. "투잡을 뛰는 분"과 "괴롭다는 학생"은 '슬프다는 청년'과 어울리지 "슬프다는 청년 실업"과는 어울리지 않는다.

ex2 손뿐인가, 뜰아래 물기 잃은 목련의 앙상한 **가지처럼,** 그러나 동정을 받을 수 있는 비참한 느낌이기보다 도리어 **상대에게 <u>견딜 수 없는, 숨이 막히게,</u>** 견딜 수 없어 결국은 공포심을 불러일으키게 하는 강한 분위기를 그는 내어 뿜고 있었다.

➡ 손뿐인가, 뜰아래 물기 잃은 목련의 앙상한 **가지처럼 보이는 것이,** 그러나 동정을 받을 수 있는 비참한 느낌이라기보다 도리어 **상대를 <u>견딜 수 없게 하는, 숨이 막히게 하는,</u>** 견딜 수 없어 결국은 공포심을 불러일으키게 하는 강한 분위기를 그는 내어 뿜고 있었다.

해설 • '가지처럼'은 '가지처럼 보이는 것이'로 고쳤다. 문장을 분리해야 할 곳이지 쉼표로 연결할 곳이 아니다. 이 문장은 '~ 가지처럼 보이는 것이 손뿐이겠는가'로 고칠 수도 있다.

• "공포심을 불러일으키게 하는"과 다른 어구들이 대구를 이루어야 한다. 공포의 정도는 점점 고조되고 있다.

'상대를 견딜 수 없게 하는' → '숨이 막히게 하는' → '견딜 수 없어 결국은 공포심을 불러일으키게 하는'

이와 같이 문장의 뜻을 점점 강하게 하거나, 크게 하거나, 높게 하여 마침내 절정에 이르도록 하는 수사법을 점층법이라고 한다. 크고 높고 강한 것에서부터 점차 작고 낮고 약한 것으로 끌어내려 강조의 효과를 얻으려는 수사법은 점강법이라고 한다. 점강법의 예를 들어보겠다. '지금은 인생이라는 영화에서 주연이지만, 좀 있으면 조연이 되고, 더 지나면 엑스트라가 되고, 드디어는 영원히 사라져야 한다.'

(『나의 한국현대사』)

ex 데모를 하지 못하게 하려고 동숭동에 있던 캠퍼스를 관악산 <u>아래</u> 골프장으로 옮겼다는 **이야기를 들었다.**

➡ "데모하지 못하게 하려고 <u>동숭동에 있던</u> 캠퍼스를 관악산 **<u>아래에</u> <u>있는</u>** 골프장으로 옮겼다."라는 **이야기가 나돌았다.**

해설 • 내용이 눈에 더 잘 들어오도록 큰따옴표를 사용했다.

• "동숭동에 있던"은 '관악산 아래에 있는'과 대구를 이룬다. 부사어 '아래'는 형용사인 '있는'을 꾸미지 명사인 '골프장'을 꾸밀 수는 없다.

• '이야기를 들었다.'보다는 '이야기가 나돌았다.'가 훨씬 생동감이 있다. 나만 들은 게 아니라 많은 사람이 들었다는 사실을 강조할 수 있다.

(『유시민의 글쓰기 특강』)

[ex] 중·고등학교 수행 평가 **글쓰기부터 대입 논술,** 기업 입사 시험의 **인문학 논술,** 대학생 리포트, 신문 기사와 사설, 칼럼, 블로그 글, 가전제품 사용 설명서, 문화재 안내문, 공공 기관의 보도 자료, 사회 비평과 학술 논문, 대법원과 헌법 재판소의 판결문까지, 논리적인 글은 구조와 **특성이** 모두 같다.

➡ **논리적인 글**은 중·고등학교 수행 평가 **글부터 대입 논술문,** 기업 입사 시험의 **인문학 논술문,** 대학생 리포트, 신문 기사와 사설, 칼럼, 블로그 글, 가전제품 사용 설명서, 문화재 안내문, 공공 기관의 보도 자료, **사회 비평문**과 학술 논문, 대법원과 헌법 재판소의 판결문까지 **다양하다.** 논리적인 글의 구조와 **특성은** 모두 같다.

[해설] • '까지'는 어떤 일이나 상태에 관련되는 범위의 끝임을 나타내는 보조사다. 흔히 앞에는 시작을 나타내는 '부터'나 출발을 나타내는 '에서'가 와서 짝을 이룬다. 예를 들어 보겠다.

"오늘은 1번부터 10번까지가 청소를 한다."

"서울에서 부산까지 고속버스로 가면 시간이 얼마나 걸리지요?"

'까지'라고 범위를 설정하면서 장황하게 열거하는 것은 비논리적이다. '논리적인 글에는 ~ 등이 있다.'라고 처리하는 게 무난하다.

• 열거되는 요소나 비교되는 요소는 동등한 자격을 갖추어야 할 뿐만 아니라 정확히 대구를 이루어야 한다. 예문에서는 여러 종류의 글이 열거되고 있다. 따라서 '글'이라는 공통점을 지녀야 한다. "대입 논술"은 '대입 논술문'으로, "인문학 논술"은 '인문학 논술문'으로, "사회 비평"은 '사회 비평문'으로 고쳤다.

• "논리적인 글은 구조와 특성이 모두 같다."에는 주어가 두 개 있다. 이중 주어를 피하기 위해 '논리적인 글의 구조와 특성은 모두 같다.'로 고쳤다.

(『대통령의 시간』)

`ex` 중국 국가주석 **특사 접견에 이어** 타이 총리의 <u>예방</u>을 **받고** 4대강 살리기 사업의 노하우를 타이에서 되살리는 방안을 협의했다.

➡ 중국 국가주석 **특사를 접견한 데 이어** 타이 총리의 <u>예방</u>을 **받았다. 타이 총리와는** 4대강 살리기 사업의 노하우를 타이에서 되살리는 방안을 협의했다.

`해설` • '타이 총리의 예방을 받다.'는 '특사를 접견하다.'와 대구를 이룬다. 대구법에서 명사는 명사, 동사는 동사와 호응한다. 명사인 '특사 접견'이 동사인 '받다'와 대구를 이루지는 않는다.

3. 어울리는 단어와 짝 지어라

단어의 운명은 문맥이 결정한다. 완성된 문장에는 문맥에 따라 가장 적확한 단어가 자리 잡고 있어야 한다. 글을 쓸 때 생각이 정리되어 있지 않으면 문맥에서 벗어난 단어를 사용하는 경우가 많다. 앞의 표현과 뒤의 표현이 달라지는 경우도 나온다.

단어를 골라 쓸 때는 문맥을 고려해야 할 뿐만 아니라 관용적 표현에도 유의해야 한다. 문학적 표현과 관용적 표현은 다른 개념이다. 관용적 표현은 오랫동안 사용해 굳어진 표현이다. 관용적 표현을 어기면 문장이 어색해진다.

단어에는 고유한 의미와 특징이 있다. 이에 따라 단어는 특정한 단어와 어울리려는 성질이 있다. 단어의 의미로 말미암아 단어를 선택하는데 제약을 받게 되는데, 이를 '의미상의 선택 제약'이라고 부른다.

단어와 단어를 어울리게 짝 지우지 않으면 부자연스럽다. 비논리적인 글이 되기도 한다. 한때 『대통령의 글쓰기』가 최순실의 대통령 글쓰기로 인해 세간의 관심을 받았다. 덕분에 비논리적인 글이 잘 쓴 글로 널리 알려지게 되었다. 결국 잘못된 글을 수많은 독자가 배우게 됐다.

(『공지영의 수도원 기행 2』)

ex1 성당 안으로 들어가자 **신자들이 깨끗하고 정중한 복장을** 하고 주일 **미사를 하러** 모여들고 있었다.

➜ 성당 안으로 들어서자 **단정한 옷을 입은 신자들이** 주일 **미사를 드리러** 모여들고 있었다.

해설 • '정중하다'는 '태도나 분위기가 점잖고 엄숙하다'라는 뜻이고, '단정하다'는 '옷차림새나 몸가짐 따위가 얌전하고 바르다'라는 뜻이다. 복장은 옷차림새에 해당하지 태도나 분위기에 해당하지 않는다.

• '미사를 드리다'는 관용적 표현이다.

ex2 뮌헨 근교 시골 **사람들의 모습은** 소박하고 겸손해 보였다.

➡ 뮌헨 근교 시골 **사람들은** 소박하고 겸손해 보였다.

해설 • 시골 사람들이 소박해 보인 것이지 모습 자체가 소박해 보인 것은 아니다. 따라서 '모습'은 삭제하는 게 좋다.

(『대통령의 글쓰기)

ex1 2003년 3월 중순, 노무현 대통령이 4월에 있을 임시국회 **국정연설문** 준비를 위해 담당자를 찾았다. 노 대통령은 늘 '직접 쓸 사람'을 보자고 **했다.** 윤태영 연설비서관과 함께 관저로 올라갔다. 대통령과 **독대하다시피 하면서** 저녁식사를 **같이 먹다니.** 김대중 대통령을 모실 때는 **상상도 할 수 없는** 일이었다.

➡ 2003년 3월 중순, 노무현 대통령이 4월에 있을 임시국회 **국정연설** 준비를 위해 연설문 담당자를 찾았다. 노 대통령은 늘 '직접 쓸 사람'을 보자고 **하신다.** 윤태영 연설비서관과 함께 관저로 올라갔다. 대통령과 **독대하면서** 저녁식사를 **하다니!** 김대중 대통령을 모실 때는 **상상하기도 힘든** 일이었다.

해설 • 단어가 서로 어울리지 않는 경우가 많다. '저녁식사'는 먹는 게 아니다. "저녁 식사를 먹다."가 아니라 "저녁식사를 하다."로 고쳤다.

• 비논리적인 표현도 눈에 띈다. "4월에 있을 국정 연설문"은 "4월에 있을 국정 연설"로 고쳐야 한다.

• 자신의 상사에 대해서는 경어체를 써야 한다. 더구나 대통령이다. "노 대통령은 ~ 한다."는 "노 대통령은 ~ 하신다."로 고쳐야 한다.

• 이 세상에 "상상도 할 수 없는 일"은 없다. 불필요한 감정 과잉이다. '상상하기도 힘든 일' 정도로 표현해야 한다.

ex2 물론 김 대통령도 권위주의에서 벗어나기 위해 **많은 노력을 했다. '각하'라는 호칭을 없애고,** 모든 관공서에 걸려 있단 대통령 **사진을** 내리도록 했다. **심지어** 휘호를 쓰는 **것조차 하지** 않았다.

➡ 김 대통령도 권위주의에서 벗어나기 위해 **노력했다. '각하'라고 부르지 못하게 하고,** 모든 관공서에 걸려 있단 대통령 **사진도** 내리도록 했다. **휘호조차 쓰지** 않았다.

해설 • '물론', '많은', '심지어' 등은 없어도 되는 단어다. 있어도 되고 없어도 되는 단어는 문장 흐름을 위해 삭제하는 게 좋다.

• '각하'라는 호칭을 없앨 수 있는 사람은 이 세상에 아무도 없다. "각하라고 부르지 못하게 하고"라고 써야 논리적일 뿐 아니라 "대통령 사진을 내리도록 했다."와도 대구가 된다.

• '하지'는 '쓰지'로 고치는 게 좋다. 표현은 구체적이어야 독자가 이해하기 쉽다.

(〈조선일보〉 만물상: 취업 부적(符籍))

ex 부적이라는 **요행수가 아니라** '벽에 막히면 옆으로 돌아서라도 간다'는 투지를 **젊은이들에게** 어떻게 **불어넣어야** 할까.

➡ **젊은이들에게** 부적이라는 **요행수를 주기보다** '벽에 막히면 옆으로 돌아서라도 간다.'는 투지를 **불어넣으려면** 어떻게 해야 할까.

해설 • '요행수'와 '투지'는 모두 '불어넣는다'와 연결된다. '투지를 불어넣는다.'라고는 쓰지만 '부적이라는 요행수를 불어넣는다.'라고 쓰지는 않는다. 사람도 그렇겠지만 단어끼리도 서로 어울리는 짝이 있다. 그래서 '부적이라는 요행수를 준다.'로 고쳤다.

• '젊은이들에게'를 문장 앞에 두면 훨씬 더 빨리 내용을 파악할 수 있다.

(『아프니까 청춘이다』)

ex 형편없는 생활 **속에서** 나태를 낭만이자 **로망으로** 미화하며, 금쪽같은 청춘의 기회를 허망하게 **소모해** 버린다.

➡ 형편없는 생활을 **하며** 나태를 낭만이자 **이상으로** 미화하며, 금쪽같은 청춘의 기회를 허망하게 **날려** 버린다.

해설 • 로망은 '12~13세기 중세 유럽에서 발생한 통속 소설'을 이른다. 이 문장에서는 '로망'이 자신이 실현하고 싶은 꿈이나 소망, 이상을 뜻한다.

• '기회를 소모해 버린다.'라고는 쓰지 않는다. 그래서 '기회를 날려 버린다.'로 고쳤다.

(『태백산맥』)

ex **위기의식에 쫓기며** 육십 리 길을 내달아 오는 동안 정하섭의 곤두선 신경은 산소 용접기에 닿은 쇠붙이처럼 무수한 불똥을 튀기며 **타들었다.**

➜ **위기의식을 느끼며** 육십 리 길을 내달아 오는 동안 정하섭의 곤두선 신경은 산소 용접기에 닿은 쇠붙이처럼 무수한 불똥을 튀기며 **타들어 갔다.**

해설 • "위기의식에 쫓기며"라는 표현은 부자연스러우므로 '위기의식을 느끼며'로 고쳤다.

• '타들었다'는 과정을 나타내는 '타들어 갔다'로 고쳤다.

(『멈추면, 비로소 보이는 것들』)

ex1 삶의 지혜란 굳이 내가 무언가를 많이 해서 **쟁취하는** 것이 아니고 오히려 **편안한 멈춤 속에서** 자연스럽게 드러난다는 간단한 진리를 많은 사람들에게 전하고 싶었다.

➜ '삶의 지혜란 굳이 내가 무언가를 많이 해서 **얻는** 것이 아니라 오히려 **편안하게 멈춰 있을 때** 자연스럽게 드러난다'는 간단한 진리를 많은 사람에게 전하고 싶었다.

해설 • '지혜를 얻다'라고 말하지 '지혜를 쟁취하다'라고 말하지는 않는다.

• 인용 부분이 길어질 때는 따옴표로 묶어 주면 문장이 쉽게 읽힌다.

• "편안한 멈춤 속에서"는 부자연스럽다. 그래서 '편안하게 멈춰 있을 때'로 고쳤다.

`ex2` 좋은 인연이란? **시작이 좋은 인연이 아닌** 끝이 좋은 인연입니다. **시작은 나와 상관없이 시작되었어도 인연을 어떻게** 마무리하는가는 나 자신에게 **달렸기 때문입니다.**

➡ 좋은 인연이란 **어떤 인연일까요? 시작이 좋은 인연이라기보다는** 끝이 좋은 인연입니다. **나와 상관없이 시작된 인연이라도 어떻게** 마무리하는가는 나 자신에게 **달렸습니다.**

`해설` • 시작이 좋은 인연도 '좋은 인연'일 수 있다. 그래서 "시작이 좋은 인연이 아닌"을 '시작이 좋은 인연이라기보다는'으로 고쳤다.

• "시작은 나와 상관없이 시작되었어도"에서는 '시작'이 중복되었다. 그래서 '나와 상관없이 시작된 인연이라도'로 고쳤다.

(『나의 문화유산답사기 일본 편 3(교토의 역사)』)

`ex` 교통의 편리를 **생각하고** 시간을 **절약하자면** 길 따라 나오는 유적지를 순서대로 보는 것이 유리하다.

➡ 교통의 편리를 **고려하고** 시간을 **절약하려면** 길 따라 나오는 유적지를 순서대로 보는 것이 유리하다.

`해설` • 문맥에 따라 가장 적확한 단어를 사용해야 한다. '교통의 편리를 생각하다.'는 '교통의 편리를 고려하다.'로 고쳤다.

(『작가의 문장 수업』)

`ex` 일이나 인생에서 곤란한 사건에 부딪혔을 때, 아무리 머리를 끌어안고 생각해도 **제자리걸음일 뿐** 제대로 된 **대답이 나오지 않는다.**

➡ 일이나 인생에서 곤란한 사건에 부딪혔을 때, 아무리 머리를 **감싸**

고 생각해도 제대로 된 **대답을 얻기 힘들다.**

해설 • 이 세상에 과연 단언할 수 있는 일이 있을까? 고민한 결과가 늘 제자리걸음일 수는 없다. 때로는 제대로 된 대답을 얻을 수도 있다.

• 자신의 머리를 끌어안는 것은 불가능하다. 자신의 머리를 두 손으로 감싸는 것은 가능하다.

(『정글만리』)

ex 이제 머지않아 중국이 G1이 되리라는 것을 부인하는 사람은 **아무도 없다. 그런데,** 중국이 강대해지는 것은 21세기의 **전 지구적인 문제인 동시에** 수천 년 동안 국경으로 맞대 온 우리 **한반도와 직결된 문제이다.**

➜ 이제 머지않아 중국이 G1이 되리라는 것을 부인하는 사람은 **거의** 없다. 중국이 강대해지는 것은 21세기의 **전 지구에 영향을 미친다.** 수천 년 동안 **국경을** 맞대 온 우리 **한반도와는 직접적인 관련이 있다.**

해설 • "중국이 G1이 되리라는 것을 부인하는 사람은 아무도 없다." 작가가 단언할 수 있는 사안이 아니다. 그렇게 생각하지 않는 사람도 상당수 있다.

• 문맥의 흐름이 자연스러우면 구태여 접속어를 쓸 필요가 없다. 예문에서 '그런데'는 없어도 무방하다.

• "중국이 강대해지는 것은 21세기의 전 지구적인 문제"라는 주장은 납득하기 어렵다. 다른 나라가 강대해지는 것이 왜 문제인지 이 표현만으로는 알 수 없다. '중국이 강대해지는 것은 21세기의 전 지구에 영향을 미친다.'로 고쳤다.

- '동시에'와 같은 군더더기는 절제하는 게 좋다. 자연스런 흐름을 위해 '동시에'를 생략하고 문장을 나누었다.
- '(중국을) 국경으로 맞대 온'은 비논리적인 표현이다. 넓은 중국을 국경으로 삼을 수는 없기 때문이다. '중국과 국경을 맞대 온'으로 써야 한다.

(『비평의 도그마를 넘어』)

ex1 비평은 비평의 자립적 가치에 관한 심각한 질문을 수반하게 마련이다. 도대체 비평을 영위한다는 것은 무엇인가. 어떤 의미가 있는가. 내가 **비평 활동을 해온 5년은 비평의 직능이 실효성을 상실했다는 회의가 만연한 시기였다.** 그럴밖에. 작품에 대한 사유, 작가를 매개로 한 사변, 그것을 넘어 문학 한다는 행위 자체에 대한 숙고는 언제나 그러했듯이 느린 시간을 필요로 하건만, 이 몇 년은 그것을 비웃기라도 하는 듯 빠르게 흘렀다. 속도가 강조되고 그것에 맞추는 일이 바람직한 일로 간주되었다. 장편 소설은 나날이 **짧아지고** 묘사는 불편한 존재가 되고 비평은 장식처럼 취급되는 경향이 **심화되었다.**

➡ 비평에는 어떤 가치와 의미가 있는가. 내가 비평 활동을 해온 지난 5년 동안 **비평이 실질적 기능을 상실했다는 회의가 들었다.** 작품과 작가를 대상으로 깊이 있게 문학 활동을 하려면 언제나 느린 시간이 필요하다. 지난 5년은 '문학에 필요한 시간'을 비웃기라도 하듯 빠르게 흘러갔다. 속도가 강조되고 속도에 맞추는 일이 바람직하다고 여겨졌다. 장편 소설은 나날이 짧아지고, 묘사는 불편한 서술 방식이 **되어 갔으며,** 비평은 장식처럼 **취급되어갔다.**

해설 • 현학적인 글은 독자가 쉽게 이해할 수 없다. 이해할 수 있도록 쉽게 쓸 수 있는 내용을 일부러 어렵게 쓰는 것은 학계의 고질적 병폐다. 특히 서울대학교 국문과가 어려운 문장과 비문을 조장하지는 않았는지 되돌아 봐야 한다. 학문은 나만의 리그를 위한 것이 아니라 공유할 수 있는 것이어야 가치가 있다.

문학 비평만 있고 문장 비평이 없는 사회에서는 비문과 난문이 싹틀 수밖에 없다. 장식으로 취급되더라도 좋으니 우리 사회에 문장 비평이 활성화하였으면 좋겠다.

이런 문장은 고치기 어려우므로 다시 써야 한다. 어려운 단어와 문장 구조를 사용하는 대신 가능한 간략하고 쉬운 표현으로 바꿨다. '비평의 직능'을 '실질적 기능'으로, '회의가 만연한 시기였다'를 '회의가 들었다'로 고쳤다.

• 있어도 되고 없어도 되는 어려운 표현을 남발하는 것은 자제하는 것이 좋다. '취급되는 경향이 심화되었다'는 '취급되어 갔다'로 바꿨다.

• 열거되는 요소는 형식을 맞추어야 한다.

ex2 편집 경험에도 **불구하고** 글을 쓰는 일과 **그것이 하나의 책으로 만들어지는** 일이 현격히 다름을 이 책에서만큼 절실하게 느낀 적이 없었다. **수고로움의 큰 빚을 진** 공병훈 씨와 김성은 씨에게 <u>고마움을 **남긴다.**</u>

➡ 편집 경험이 **있는데도** 글 쓰는 일과 **글을 책으로 만드는** 일이 현격히 다름을 이 책에서만큼 절실하게 느낀 적이 없었다. 편집을 맡은 공병훈 씨와 김성은 씨에게 <u>고마움을 **전한다.**</u>

해설 • 저자는 자신의 글을 공병훈 씨와 김성은 씨가 많이 다듬었음을 밝히고 있다. 공병훈 씨와 김성은 씨에게 빚을 진 셈이다. 그런데 예문만 읽으면 도리어 공병훈 씨와 김성은 씨가 빚을 진 것 같다. "수고로움의 큰 빚을 진"을 삭제했다.

• "고마움을 남긴다."는 자주 쓰지 않는 표현이다. 보편적으로 쓰이는 '고마움을 전한다.'로 바꾸었다.

PART 3
가까이 하기엔 너무 먼 문장!
(나누는 법칙)

'좋은 문장은 간결하고 명쾌하며 리드미컬하다. 그런 문장을 구사하려면 어떻게 해야 할까? 비법은 하나의 문장에 하나의 개념을 담는 것이다.'

앞의 세 문장을 합쳐보자.

'간결하고 명쾌하며 리드미컬한 문장을 구사하려면 하나의 문장에 하나의 개념을 담는 게 좋다.'

세 문장으로 나눈 것과 한 문장으로 합친 것에는 나름대로 장단점이 있으므로 문맥에 따라 처리하면 된다. 다만 하나의 문장 안에 '주어와 서술어'가 세 번 이상 나오면 잘못된 문장을 쓸 가능성이 높아진다. 그럴 경우에는 문장을 분리하면 내용이 명쾌해진다.

겹문장에는 두 개 이상의 절이 있으므로 여러 개념이 들어가게 된다. 하나의 문장에 여러 개념이 들어가면 문장이 복잡해지기 쉽다. 쓰는 사람 입장에서는 편할지 모르지만 읽는 사람 입장에서는 불편하다.

글 쓰는 사람은 왜 여러 개념이 들어간 긴 문장을 쓰게 되는 것일까? 홑문장 사용을 꺼리는 것은 홑문장과 홑문장을 연결하는 데 부담을 느끼기 때문이다. 글이 논리적으로 구성되어 있으면 연결 어미나 접속어 없이도 홑문장을 자연스럽게 이을 수 있다.

1장 복잡한 문장은 나누어라 | 겹문장

1. '–고', '–며' 앞뒤의 문장 구조가 다르면 분리하라

'–고'나 '–며'로 연결된 문장에서 앞에 있는 절과 뒤에 있는 절의 구조가 다르거나 주어가 다른 경우를 종종 보게 된다.

'홑문장+–고(–며)+겹문장' 혹은 '겹문장+–고(–며)+홑문장'과 같은 구조는 부자연스럽다. 주어와 서술어의 관계가 한 번 이루어지는 홑문장(단문)과 두 번 이상 이루어지는 겹문장(복문)은 서로 대구가 이루어지지 않기 때문이다. 문장 구조가 다른 겹문장과 겹문장이 '–고'나 '–며'로 이어지면 문장은 더 복잡해진다. 이렇게 '–고(–며)' 앞뒤 문장 구조가 다르거나 주어가 다른 경우에는 문장을 분리하는 게 좋다.

(〈중앙일보〉 분수대: 졸업 영화제의 추억)

ex 학생 봉준호의 **진지한 설득에** 프로 배우가 출연을 **결정했고** 지금까지 긴 인연이 이어진다.

➡ 학생 봉준호가 **진지하게 설득하자** 프로 배우가 출연을 **결정했다.** 그때의 인연이 지금까지 이어지고 있다.

해설 • '결정했고' 앞뒤 내용이 자연스럽게 연결되지 않는다. '–고' 앞의 절인 '봉준호가 설득하자 프로 배우가 출연을 결정했다.'는 겹문장이고, '–고' 뒤의 절인 '인연이 이어지다.'는 홑문장이기 때문이다. '–고' 앞의 주어(프로 배우)와 뒤의 주어(인연)도 다르다. 이럴 때는 문장을 나누어 주는 게 좋다.

• 시제도 현재 진행형인 '이어지고 있다.'가 자연스럽다.

• '의(조사)+형용사+명사'는 영어의 영향을 받은 부자연스러운 표현이다. 그래서 "학생 봉준호의 진지한 설득에"를 '학생 봉준호가 진지하게 설득하자'로 바꾸었다.

(『나의 한국현대사』)

ex 그때는 등산객이 드물었고 관악산 계곡에서 신림동으로 흐르는 개천 여기저기에 판잣집이 **있었으며** 학교에서 신림 사거리로 가는 길은 **비포장**이었다.

➡ 그때는 등산객이 드물었고, 관악산 계곡에서 신림동으로 흐르는 개천 **주변** 여기저기에는 판잣집이 **있었다.** 학교에서 신림 사거리로 가는 길은 **비포장도로**였다.

해설 • '등산객이 드물었다.' '판잣집이 있었다.' '길은 비포장이었다.' 한 문장에 주어와 서술어를 갖춘 절이 3개나 있다. 서로 주어가 다르다 보니 읽기에 불편하다. 문장을 분리하기 위해 '있었으며'를 '있었다.'로 고쳤다.

• 개천에 판잣집이 있으면 수상 가옥이 된다. '개천 주변'에 판잣집이 있었을 것이다.

• '길=비포장'의 등식은 성립하지 않는다. '비포장도로'로 고쳤다.

(『태백산맥』)

ex 이 사람은 어젯밤 **어디서부터** 온 것일까. 새벽녘에 들이닥친 것으로 보아 사람의 눈을 피해 밤새껏 먼 길을 걸어온 것이 분명했다. '그렇소, 제대로 **맞췄고,** 내가 바로 빨갱이오' 서슴없이 말하던 **그의** 목소리가 다시 **귀를** 쟁쟁하게 울려왔다. 그는 왜 **좌익을** 하는 것일까.

➡ 이 사람은 어젯밤 **어디서** 온 것일까. 새벽녘에 들이닥친 것으로 보아 사람의 눈을 피해 밤새껏 먼 길을 걸어온 것이 분명했다. '그렇소, 제대로 **맞췄소.** 내가 바로 빨갱이오.' 서슴없이 말하던 목소리가 다시 **귀에** 쟁쟁하게 울려왔다. 그는 왜 **좌익 활동을** 하는 것일까.

해설 • '-고' 앞뒤 주어가 다르면 문장을 나누는 게 좋다. 그래야 문장의 리듬감과 속도감이 살아난다. 더구나 구어체에서는 대체로 '-고'를 사용하지 않는다. "제대로 맞췄고"를 '제대로 맞췄소.'로 고쳤다.

• '귀를 울린다.'는 표현은 '귀 자체를 울린다.'는 의미를 지닌다. 예문에서는 '귀에 울린다.'라고 표현해야 한다.

• '좌익을 하다.'는 '좌익 활동을 하다.'로 고쳤다.

(『나의 문화유산답사기 1(남도답사 일번지)』)

ex1 무위사 벽화 이래로 고려 불화의 전통은 맥을 잃게 **되고** 우리가 대부분의 절집에서 볼 수 있는 후불탱화들은 모두 임란 이후 18, 19세기의 **것이니** 그 기법과 분위기의 차이는 **엄청난 것이다.**

➡ 무위사 벽화 이래로 고려 불화의 전통은 맥을 잃게 **된다.** 우리가 대부분 절집에서 볼 수 있는 후불탱화들은 모두 임란 이후 18, 19세기의 **것이니** 그 기법과 분위기의 차이는 **엄청나다.**

해설 • 예문에서 '-고' 앞의 절은 홑문장이고, 뒤의 절은 겹문장이다. 이럴 때는 '-고'에서 문장을 나누어 주는 게 좋다. 한 문장에서 여러 가지 개념을 '-고'로 연결하면 문장이 엉키게 된다. '-고' 앞뒤가 서로 대구를 이룰 수 없기 때문이다.

• '것이니 ~ 엄청난 것이다.'에서 '것'이 중복되어 문장이 부자연스럽다. 그래서 "엄청난 것이다."를 '엄청나다.'라고 고쳤다.

ex2 거기에는 뜻있게 살다 간 사람들의 살을 베어 내는 듯한 아픔과 그 아픔 속에서 키워 낸 진주 같은 무형의 문화유산이 **있고,** 저항과 항쟁과 유배의 땅에 서린 역사의 체취가 살아 **있으며,** 이름 없는 **도공** 이름 없는 농투성이들이 지금도 그렇게 살아가는 꿋꿋함과 애잔함이 동시에 느껴지는 **향토의 흙 내음이 있으며, 무엇보다도** 조국강산의 아름다움을 가장 극명하게 보여 주는 산과 바다와 들판이 있기에 나는 주저 없이 '일번지'라는 제목을 **내걸고 있는 것이다.**

➡ 거기에는 뜻있게 살다 간 사람들의 살을 베어 내는 듯한 아픔과 그 아픔 속에서 키워 낸 진주 같은 무형의 문화유산이 **있다.** 저항과 유배의 땅에 서린 역사의 체취가 **묻어 있다.** 이름 없는 **도공과** 이름 없는 농투성이가 지금도 그렇게 살아가는 향토에는 그들의 꿋꿋함과 애잔함이 동시에 느껴지는 **흙 내음이 있다.** 조국강산의 아름다움을 극명하게 보여 주는 산과 바다와 들판이 있기에 나는 주저 없이 '일번지'라는 제목을 **내걸었다.**

해설 • 대등적 연결 어미인 '-고', '-며'에서 문장을 나누어 주면 가독성이 한결 높아지고 리듬감도 살아난다. 가독성은 예측 가능한 독서를 의미한다. 문장의 흐름이 매끄러우면 예측하면서 책을 읽을 수 있다. 하지만 문장에 걸리는 게 많으면 읽을 때 생각의 흐름이 끊기거나 엉키게 마련이다.

• "저항과 항쟁과 유배의 땅"에서 '저항'과 '항쟁'은 비슷한 단어이

므로 '항쟁'을 뺐다.

- "역사의 체취가 살아 있으며"는 '역사의 체취가 묻어 있다.'로 고쳤다. 단어에는 어울리는 짝이 있게 마련이다.

- 도공에 '-들'을 붙이지 않았으므로 농투성이에도 '-들'을 붙여서는 안 된다.

- "지금도 그렇게 살아가는 꿋꿋함과 애잔함이 동시에 느껴지는 향토의 흙 내음"이라는 표현이 무척 어렵게 느껴진다. 이런 표현을 만나면 곤혹스럽다. 이 바쁜 세상에 문장의 내용을 확인하며 읽을 독자가 과연 몇 명이나 될까.

- "그렇게 살아가는"은 "꿋꿋함과 애잔함"을 수식하고 있다. 겉으로 드러난 문장 형태로만 보면 '꿋꿋함과 애잔함이 그렇게 살아간다.'로 볼 수 있다. 적어도 '살아가는' 다음에는 쉼표가 있어야 한다. 그래야 다음처럼 1과 2 두 개의 절이 "향토의 흙 내음"을 수식하는 형식을 갖추게 된다.

1 이름 없는 도공과 이름 없는 농투성이가 지금도 그렇게 살아가는,

2 꿋꿋함과 애잔함이 동시에 느껴지는 향토의 흙 내음

하지만 '살아가는' 뒤에 쉼표가 있으면 '-며' 뒤에 있는 쉼표들과 뒤섞여 산만한 문장이 된다. '살아가는'은 '향토에는'과 의미상 가깝게 연결되므로 '지금도 그렇게 살아가는 향토에는 그들의 꿋꿋함과 애잔함이 동시에 느껴지는 흙 내음이 있다'로 고쳤다.

- '무엇보다도'는 문장을 연결하는 기능을 한다. 구태여 연결 어미를 쓸 필요가 없다.

`ex3` 답사라면 사람들은 으레 경주·부여·공주 같은 옛 왕도의 화려한 유물을 구경 가는 일로 생각할 **것이며,** 나 또한 **답사**의 초심자 시절에는 그런 줄로만 알았다.

➡ 답사라면 사람들은 으레 경주·부여·공주 같은 옛 왕도의 화려한 유물을 구경하러 가는 일로 생각할 **것이다.** 나 또한 **답사** 초심자 시절에는 그런 줄로만 알았다.

`해설` • '또한', '도' 등이 '-고' 뒤에 올 때는 문장을 나누는 게 자연스럽다. '또한'이나 '도'는 접속어나 연결 어미 없이도 자체적으로 문장을 이어 주는 역할을 하기 때문이다.

• "답사의 초심자"는 '답사 초심자'로 바꾸었다. 우리말은 조사 '의'가 없어도 되는 경우가 대부분이다.

(『나의 문화유산답사기 3(말하지 않는 것과의 대화)』)

`ex` 본존불**의** 둥글고 넓은 얼굴의 만족스런 **미소는** 마음 좋은 친구가 옛 친구를 보고 **기뻐하는 것 같고,** 그 오른쪽 보살상의 미소도 형용할 수 없이 인간적이다. 나는 이러한 미소를 '백제의 미소'라고 부르기를 제창한다. (「한국 고미술의 미학」)

➡ 본존불**의** 둥글고 넓은 **얼굴에 어린** 만족스러운 **미소는** 마음 좋은 친구가 옛 친구를 보고 **기뻐할 때 짓는 미소와도 같다.** 그 오른쪽 보살상의 미소도 형용할 수 없이 인간적이다. 나는 이러한 미소를 '백제의 미소'라고 부르기를 제창한다.

해설 • '의'가 반복된 것이 거슬린다. "본존불의 둥글고 넓은 얼굴의 만족스런 미소"를 '본존불의 둥글고 넓은 얼굴에 어린 만족스러운 미소'로 바꾸었다.

• '미소는 ~ 기뻐하는 것 같다'는 논리적으로 잘못된 문장이다. 미소가 기뻐할 수는 없다. '미소는 ~ 기뻐할 때 짓는 미소와도 같다.'로 고쳤다.

• '-고' 앞뒤 문장 요소나 내용이 대구를 이루지 않는다. 또한 뒤에 나오는 '그'와 '도'가 이미 문장을 연결하는 기능을 하고 있다. 이럴 때는 문장을 나누는 게 좋다.

• "기뻐하는 것 같고,"를 '기뻐하는 것 같다.'로 고쳤다.

(『나의 문화유산답사기 일본 편 3(교토의 역사)』)

ex 광륭사 서쪽 가스라강의 도월교 부근은 하타씨들이 제방을 쌓아 대언천이라 불리기도 **하는데** 관개 사업을 벌인 유적이 **있으며** 강 건너에는 **이들**이 세운 마쓰오 신사가 있다.

➡ 광륭사 서쪽 가스라강의 도월교 부근은 하타씨들이 제방을 쌓아 대언천이라 불리기도 하는데, (도월교 부근에는) 관개 사업을 벌인 유적이 **있다.** 강 건너에는 **하타씨들**이 세운 마쓰오 신사가 있다.

해설 • '하는데,' 뒤에는 "도월교 부근에는"이 생략되어 있다.

• '-며' 앞뒤 문장 구조가 다르고 주어도 다르므로 문장을 나누는 게 좋다.

(『글쓰기의 공중 부양』)

ex 공중 부양 따위는 꿈도 꾸어 **본 적이 없었다. 나는** 타고난 재능이 아무것도 없었다. 그러나 나는 **글을 쓰기 위해** 피나는 노력을 **기울였고** 글에 미쳐 있었고 글을 즐기면서 살았다.

➡ 공중 부양에 관한 꿈도 꾸어 **보지 않았다. 나에게는** 타고난 재능이 아무것도 없었다. 하지만 나는 **글을 잘 쓰기 위해** 피나는 노력을 **기울였다. 글쓰기를 즐기는 것을 넘어 글에 미쳐 있었다.**

해설 • "공중 부양 따위는 꿈도 꾸어 본 적이 없었다."에서 '는'과 '도'는 보조사이고 '이'는 주격 조사다. '공중 부양 따위는'에 연결되는 말이 없어 '공중 부양에 관한'으로 고쳤다.

• "나는 타고난 재능이 아무것도 없었다."에는 주어가 두 개 있다. 그래서 '나는'을 '나에게는'으로 고쳤다.

• "글을 쓰기 위해 피나는 노력을 기울였고 글에 미쳐 있었고 글을 즐기면서 살았다." 이 문장에서 '-고'는 두 가지 이상의 사실을 대등하게 벌여 놓는 연결 어미로 쓰였다. '-고'의 앞뒤 내용은 형식상·내용상 모두 대구를 이루어야 한다. '기울였고', '미쳐 있었고', '즐기면서'는 내용상 동등한 자격을 갖추고 있다고 보기는 힘들다. 이런 경우에는 '-고'로 문장을 억지로 이어 주기보다는 내용의 흐름에 따라 나누는 게 좋다.

• "천재는 노력하는 자를 이길 수 없고, 노력하는 자는 즐기는 자를 이길 수 없고, 즐기는 자는 미쳐 있는 자를 이길 수 없다."라는 말이 있다. 노력하는 것, 즐기는 것, 미쳐 있는 것은 각각 다른 경지다. 이런 의

미를 살리기 위해 "글에 미쳐 있었고 글을 즐기면서 살았다."를 '글쓰기를 즐기는 것을 넘어 글에 미쳐 있었다.'로 표현했다.

- 논리적 사고가 필요한 부분도 있다. '글쓰기'라는 영역에서 피나는 노력을 기울이거나 '글을 잘 쓰기 위해' 피나는 노력을 기울일 수는 있다. 하지만 글을 쓰는 것 자체에는 피나는 노력이 필요하지 않다. 글은 누구나 쓸 수 있다. 따라서 "글을 쓰기 위해"를 '글을 잘 쓰기 위해'로 고쳤다.

(『네가 어떤 삶을 살든 나는 너를 응원할 것이다』)

ex1 **더욱 황당한 것은 상처는** 후회도 해 보고 반항도 해 보고 나면 그 후에 무언가를 **극복도 <u>해 볼 수 있지만</u>** 후회할 아무것도 남지 않았을 **때의 공허는** 후회조차 할 수 없어서 쿨(cool)하다 못해 서늘(chill)해져 버린다는 거지.

➜ 상처를 **받으면서** 후회도 해 보고 반항도 해 보고 난 후에는 무언가를 **극복해 볼 수도 있어. 황당한 것은** 후회할 게 아무것도 남아 있지 않았을 **때 느끼는 공허는** 후회조차 할 수 없어서 쿨(cool)하다 못해 서늘(chill)해져 버린다는 거지.

해설 • "해 볼 수 있지만" 앞뒤 절은 모두 겹문장으로 이루어져 있다. 문장이 복잡해 두 문장으로 나누었다.

- '상처는'이 어디로 연결되는지 모호하다. '극복도 해 볼 수 있다'는 부자연스러운 표현이다. 그래서 '극복해 볼 수도 있다'로 고쳤다.
- "더욱"은 생략했다. 불필요한 감정 과잉이자 군더더기다.

`ex2` 그래, 상처받지 않기 위해, 냉소적인 것, 소위 쿨한 것보다 더 좋은 **일은** 없다. 글을 쓸 때에도 어쩌면 그게 더 **쉽고,** 뭐랄까 문학적으로 더 멋있게 꾸미기도 좋아. **그러나 그렇게 사는 인생은** 상처는 받지 않을지 모르지만, 다른 어떤 것도 받아들일 수가 없어.

➡ 그래, **상처받지 않으려면 냉소적으로 대하거나 태연해하는 것보다** 더 좋은 **방법은** 없다. 글을 쓸 때도 어쩌면 그게 더 **쉬워.** 뭐랄까 문학적으로 더 멋있게 꾸미기도 좋아. **그렇게 살면** 상처는 받지 않을지 모르지만, 다른 어떤 것도 받아들일 수가 없어.

`해설` • '뭐랄까' 앞에서 문장을 나누어야 흐름이 자연스러워진다.

• 인생 자체는 상처를 받거나 받지 않는 주체가 될 수 없다. 더구나 '인생이 산다'는 것은 말이 안 된다. 인생에는 이미 '산다'는 의미가 포함되어 있다. 그래서 "그렇게 사는 인생은"을 '그렇게 살면'으로 고쳤다.

(『공지영의 수도원 기행 2』)

`ex` 어떻게든 환경을 보존하려는 **이들의 노력을 보자** 이웃 나라에서 전대미문의 원전 사고가 일어나고, 각국에서 원전을 폐쇄하려는 이때, 고장 난 구형 원전을 재가동하고 또 새 원전까지 짓겠다는 나라에 사는 **내가 부끄러웠고** 그들의 노력과 그 결실이 더욱 **의미 있어 보였다.**

➡ 이웃 나라에서는 전대미문의 원전 사고가 일어나고, 각국에서 원전을 폐쇄하려는 이때, **그들이** 어떻게든 환경을 보존하려고 **노력하는 것을 보자,** 그들의 노력과 결실이 더욱 **의미 있어 보였다.** 고장 난 구형 원전을 재가동하고 또 새 원전까지 짓겠다는 나라에 사는 내가 **부끄러웠다.**

해설 • 바로잡기 힘들 정도로 문장이 엉켜 있다. 문장이 상황의 흐름에 따라 논리적으로 연결되어 있지 않다. 예문을 다음 순서로 재배치하고 문장을 나누면 한결 가독성이 높아질 것이다.

• (2) 어떻게든 환경을 보존하려는 이들의 노력을 보자 (1) 이웃 나라에서 전대미문의 원전 사고가 일어나고, 각국에서 원전을 폐쇄하려는 이때, (4) 고장 난 구형 원전을 재가동하고 또 새 원전까지 짓겠다는 나라에 사는 내가 부끄러웠고 (3) 그들의 노력과 그 결실이 더욱 의미 있어 보였다.

(『유시민의 글쓰기 특강』)

ex 훌륭한 사람이 되기보다 쓸모 있는 사람이 되기를 **원하며,** 누군가에게 쓸모 있는 사람이 되고 싶어서 **이 책을** 썼다.

➔ 훌륭한 사람이 되기보다 쓸모 있는 사람이 되기를 **원한다.** 이 책**도** 누군가에게 쓸모 있는 사람이 되고 싶어서 썼다.

해설 • '-며'는 두 가지 이상의 동작이나 상태를 나열할 때 쓰는 연결 어미다. 겹문장을 '-며'로 연결하면 리듬감이 떨어져 읽기 어렵다. 이럴 때는 두 문장으로 나누어 주는 게 좋다.

2. 복잡한 겹문장은 분리하라

우리는 문장을 길게 쓰는 경향이 있다. 긴 문장이 나쁜 문장이라고 말할 수는 없다. 긴 문장도 짧은 문장과 함께 적절히 쓰면 고저장단을 살릴 수 있다. 하지만 긴 문장을 읽기 좋은 문장이라고 말하기는 어렵다. 긴 문장이든 짧은 문장이든 읽기 좋은 문장이 좋은 문장이다.

문장 분리에 관해 이야기하기 전에 문장의 구조부터 짚고 가자. 이어진 문장은 대등하게 이어진 문장과 종속적으로 이어진 문장으로 나눌 수 있다.

대등하게 이어진 문장에는 어미 '-고', '-며', '-만', '-나' 등의 연결 어미가 쓰인다. '-고', '-며'는 나열하는 문장에, '-만', '-나' 등은 앞뒤를 대조하는 문장에 쓰인다.

- 형은 대학생이**고**, 누나는 고등학생이다. (나열)
- 형을 좋게 보는 사람도 있지**만** 나쁘게 보는 사람도 있다. (대조)

앞 절과 뒤 절이 이유 · 조건 · 의도 · 목적 · 양보 등을 의미하는 연결 어미로 이어진 문장을 **종속적으로 이어진 문장**이라고 한다. 종속적으로 이어진 문장에서 앞뒤 문장의 주어가 같을 경우에는 한쪽 주어를 생략해야 문장이 자연스러워진다.

- 피곤하**면** 일찍 들어가 쉬어라. (조건)
- 비가 오**더라도** 내가 꼭 마중을 나가겠다. (양보)
- 눈이 너무 많이 내려**서** 버스가 다니지 못한다. (원인)

- 내가 집을 나서던 참이었**는데**, 갑자기 비가 내렸다. (배경)
- 벼는 익**을수록** 고개를 숙인다. (더함)
- 꽃을 사**러** 꽃집에 갔다. (목적)
- 누나가 노트북을 사**려고** 누나가 돈을 모으고 있다. (의도)

→ 누나가 노트북을 사**려고** 돈을 모으고 있다.

→ 노트북을 사**려고** 누나가 돈을 모으고 있다.

절은 주어와 서술어가 있으나 문장의 한 성분으로 쓰이는 단위다. 절이 대등하게 이어졌는지 주절에 종속되어 있는지에 따라 문장의 얼굴이 달라진다. **구**는 둘 이상의 단어가 모여 절이나 문장의 일부분을 이루는 토막이다. 구와 절을 아울러 **구절**이라고 한다.

서로 이어지거나 하나의 문장이 다른 문장 속에 안겨 여러 겹으로 된 문장을 **겹문장**이라고 한다. 문장 속의 문장인 안긴문장에는 명사절, 관형절, 부사절, 서술절, 인용절이 있다.

우리말에는 문장을 만드는 여덟 가지 기본 틀이 있다. **홑문장, 대등하게 이어진 문장, 종속적으로 이어진 문장, 명사절 안긴문장, 관형절 안긴문장, 부사절 안긴문장, 서술절 안긴문장, 인용절 안긴문장**을 다양하게 결합하여 무궁무진하게 문장을 만들어 낼 수 있다. 기본 틀이 어떻게 합해지고 분리되는지 원리를 알면 글을 쓰는 게 생각처럼 어렵지는 않다.

(『유시민의 글쓰기 특강』)

ex1 **인류에게 불의 저주를 퍼부은** 첫 번째 제국주의 세계 전쟁이 <u>끝</u><u>난 후</u> 세계는 **다시** '**영원한 번영의 새로운 시대**'로 접어든 **것 같았다.**
(『거꾸로 읽는 세계사』)

➡ 첫 번째 제국주의 세계 전쟁이 끝났다. 세계는 '**영원한 번영의 새로운 시대**'로 접어들었다. (『유시민의 글쓰기 특강』)

➡ 첫 번째 제국주의 세계 전쟁이 <u>끝났다.</u> 세계는 **전쟁의 아픔에서 벗어나** '**새로운 번영의 시대**'로 접어들었다.

해설 • 두 번째 예문은 『거꾸로 읽는 세계사』의 예문을 『유시민의 글쓰기 특강』에서 수정한 것이다.

• "영원한 번영의 새로운 시대"에는 형용사가 두 개나 있어 부자연스럽다. '영원한 번영'은 있을 수 <u>없으므로</u> '새로운 번영의 시대'로 고쳤다.

• 두 번째 예문 앞뒤 문장의 연결이 매끄럽지 않다. 접속어가 없더라도 문장과 문장을 연결하는 고리는 있어야 한다. 수식어를 모두 없애다 보니 그렇게 된 것이다.

첫 번째 예문 중 "인류에게 불의 저주를 퍼부은"이라는 표현에서 그 연결 고리를 찾아본다. 감정이 넘치는 이 표현을 '전쟁의 아픔에서 벗어나'로 바꾸어 보았다. 두 문장에 공통적으로 들어가는 '전쟁'이 두 문장을 이어 주는 역할을 한다.

수식어를 무조건 없애기보다 내용의 흐름을 위해 필요한 것은 적절히 살려야 한다. 그래야 문장이 접속어 없이도 물 흐르듯이 흘러갈 수 있다.

[ex2] 패전국 독일과 오스트리아가 전쟁 배상금 때문에 어려움에 처했고 아시아 · 아프리카의 **식민지 종속국** 민중들은 변함없는 제국주의의 억압과 수탈로부터 벗어나기 위해 <u>몸부림치고 있었지만</u> 선진 자본주의 나라들은 눈부신 경제적 부흥을 이루었다.(『거꾸로 읽는 세계사』)

➡ 독일과 오스트리아는 전쟁 배상금 때문에 어려움에 처했다. **아시아 · 아프리카의** 민중은 제국주의의 억압과 수탈**로부터 벗어나기 위해 몸부림치고 있었다.** 하지만 선진 자본주의 나라들은 눈부신 **경제적** 부흥을 이루었다. (『유시민의 글쓰기 특강』)

➡ 독일과 오스트리아는 전쟁 배상금 때문에 어려움에 처했다. 아시아 · 아프리카 **식민지의** 민중은 제국주의의 억압과 수탈**에 시달리고 있었다.** 하지만 선진 자본주의 나라는 눈부신 **경제** 부흥을 이루었다.

[해설] • 두 번째 예문은 『거꾸로 읽는 세계사』의 예문을 『유시민의 글쓰기 특강』에서 수정한 것이다. 첫 번째 예문을 분리하고 불필요한 수식어를 없앴다. 문제는 수식어를 일률적으로 없앰으로써 사실 관계에 혼란을 주고 있다는 것이다. 모든 아시아 · 아프리카의 민중이 제국주의의 억압에 시달린 것은 아니다. '아시아 · 아프리카 식민지의 민중'이 시달린 것이다. '식민지 민중'에서 '식민지'는 불필요한 수식어가 아니라 꼭 필요한 정보다.

• "아시아 · 아프리카의 민중은 제국주의의 억압과 수탈로부터 벗어나기 위해 몸부림치고 있었다." 이 문장의 사실 여부는 불명료하다. 몸부림치는 민중도 있었겠지만 적응하거나 영합하면서 지낸 민중도 많았다. 그래서 '억압과 수탈에 시달리고 있었다.'로 고쳤다.

ex3 치열한 군비 증강 경쟁이 벌어지고 있는 긴박한 국제 정치의 **표면에서는** 국제 연맹이 세계 평화를 위해 힘쓰고 있었기 때문에, 사람들은 불과 몇 년 지나지 않아 전쟁이 '아득히 멀어져 간 옛이야기'인 것처럼 느끼게 되었다. (『거꾸로 읽는 세계사』)

➡ 치열한 군비 증강 경쟁이 벌어졌지만 국제 연맹이 세계 평화를 위해 힘쓰고 있어서 사람들은 전쟁을 '아득히 먼 옛이야기'인 것처럼 **느꼈다.** (『유시민의 글쓰기 특강』)

➡ 열강은 **물밑에서** 치열한 군비 증강 경쟁을 **벌였다. 겉보기에는** 국제 연맹이 세계 평화를 위해 힘쓰고 **있었다.** 사람들은 불과 몇 년 지나지 않아 전쟁을 '아득히 먼 이야기'인 것처럼 **느끼게 되었다.**

해설 • 두 번째 예문은 『거꾸로 읽는 세계사』의 예문을 『유시민의 글쓰기 특강』에서 수정한 것이다. 고친 두 번째 예문은 정보 면에서는 첫 번째 예문보다 못하다. 문장은 정교하게 조직된 건축물이나 기계와 비슷하다. 골격 하나에도 의미가 있고, 나사 하나에도 쓰임이 있다. 문장에서도 있어야 할 단어는 있어야 하고 없어야 할 단어는 없어야 한다.

• 군비 증강을 대놓고 하지는 않는다. 그래서 '겉보기에는'과 대비되도록 '물밑에서'라는 부사어를 사용했다. 대조되는 부사어가 문장을 물고 물리게 하는 역할을 한다. 문장이 이어지는 느낌이 들도록 '느꼈다.'를 '느끼게 되었다.'로 고쳤다.

• 연결 어미가 두 번이나 나와 문장 흐름이 부자연스럽다. '벌어졌지만'은 '벌였다'로, '있어서'는 '있었다'로 고쳤다. 접속어나 연결 어미를 자주 쓰기보다는 문장 자체의 논리적 흐름에 맡기는 게 좋다.

- "아득히 먼 옛이야기"는 '아득히 먼 이야기'로 고쳤다. '먼'이 '옛'이라는 의미를 내포하고 있다.

(『글쓰기의 공중 부양』)

ex **나는** 사방에서 매미들이 주변의 나무들이 진저리를 칠 **정도로** 목청을 다해서 발악적으로 시끄럽게 울어 대는, 맞은편에서 사람이 오면 비켜설 자리가 없을 정도로 **비좁은** 오솔길을 혼자 쓸쓸히 **걷고 있었다.**

➔ 나는 오솔길을 걷고 있었다. 혼자였다. 오솔길은 비좁아 보였다. 맞은편에서 오는 사람과 마주치면 비켜설 자리가 없을 정도였다. 매미들이 시끄럽게 울어 대고 있었다. 발악적이었다. 주변의 나무들이 **진저리를 치고 있었다.** (작가가 고친 글)

➔**나는** 오솔길을 쓸쓸히 **걷고 있었다.** 오솔길은 비좁았다. 맞은편에서 사람이 오면 비켜서기도 힘들었다. 매미는 목청을 다해서 울어 대고 있었다. 주변의 나무가 진저리를 쳤다.

해설• 첫 번째 예문을 두 번째 글처럼 너무 나누면 생각이 분산되어서 좋지 않다. 인간의 두뇌가 순간적으로 수용할 수 있는 단어는 대여섯 개 정도라고 한다. 문장도 그 정도 길이가 이상적이다. 문장이 길더라도 대구와 리듬이 잘 갖춰져 있으면 문장을 구분하며 읽을 수는 있다.

- '매미들', '나무들'은 당연히 복수라는 사실을 알고 있으므로 '들'을 쓰면 오히려 어색하다.

(『작가의 문장 수업』)

ex 글쓰기는 **생각하기이며** 글쓰기 기술을 익히면 생각하는 기술이 몸에 배게 된다. 쓰기라는 표현 과정은 생각하는 **방법이다.**

➜ 글쓰기는 **생각하기이다**. 글쓰기 기술을 익히면 생각하는 기술이 몸에 배게 된다. 쓰기라는 표현 과정은 생각하는 **과정이기도 하다.**

해설 • 연결 어미 앞뒤 주어와 문장 구조가 다를 경우 문장의 리듬을 위해서라도 분리하는 게 좋다.

• '과정=방법'의 등식은 부자연스럽다. 그래서 "생각하는 방법이다."를 '생각하는 과정이기도 하다.'로 고쳤다.

2장 긴 수식어는 나누어라 | 관형절, 부사절

1. 복잡한 관형절은 '동사'나 '부사'로 풀어주라

관형어의 '관(冠)'은 왕관의 '관'과 같은 글자이고 '형(形)'은 형용사의 '형'과 같은 글자다. '아름다운 소녀, 저 소녀, 소녀 시대'에서 '아름다운, 저, 소녀'가 관형어다. '저 모든 새 책이 누구의 책이냐.'에서 조사도 붙지 않고 어미 활용도 하지 않는 '저, 모든, 새'는 관형사라고 한다. "철수가 온다는 소식을 들었다."에서 '철수가 온다는'은 관형절이다.

관형절이 길어져 문장의 균형이 깨지는 경우가 종종 있다. 또 관형절 자체가 부자연스러운 경우도 있다. 영어의 관계대명사에 익숙해져 관형절을 남발하기 때문이다. 이럴 경우에는 관형절을 부사어로 바꾸거나 동사로 풀어주는 게 좋다.

관형절을 부사절로 바꾸는 것은 형용사를 부사로 바꾸는 원리와 비슷하다. 예컨대 '냉철한 대응을 하다'보다는 '냉철하게 대응하다'가 더 자연스럽다.

(『데일 카네기 나의 멘토 링컨』)

ex 이런 곳에 **정착하려는,** 판단력이 부족한 사람은 그리 많지 않았다.

➡ 이런 곳에 **정착할 정도로** 판단력이 부족한 사람은 그리 많지 않았다.

해설 • 관형절이 두 번 반복되어 균형이 깨진 문장이다. 앞뒤 인과 관계를 밝혀서 부사로 문장을 연결해 주면 된다.

(『유시민의 글쓰기 특강』)

`ex` 혼란에 빠졌던 **세계 경제도** 다시 제자리를 **찾아** 영국을 중심으로 한 금 본위 체제가 회복되었다. 특히 1차 대전 기간을 통해 30억 달러의 대외 채무를 지고 있다가 일약 150억 달러의 채권국으로 **변신한** 미국은 전쟁으로 폐허가 된 유럽에 막대한 자본을 투자하여 전후 경제 부흥을 계기로 돈을 벌었다. (『거꾸로 읽는 세계사』)

➡ 혼란에 빠졌던 **세계 경제도** 다시 제자리를 **찾았다.** 영국을 중심으로 한 금 본위 체제가 회복되었다. 특히 1차 대전 기간을 통해 30억 달러의 대외 채무를 지고 있던 미국은 일약 150억 달러의 채권국으로 변신했다. 전후 경제 부흥을 계기로 전쟁으로 폐허가 된 유럽에 막대한 자본을 투자하여 돈을 벌었다. (『유시민의 글쓰기 특강』)

➡ **세계 경제**는 제자리를 **찾았고** 영국을 중심으로 금 본위 체제가 회복되었다. 30억 달러 채무국이던 미국은 **제1차 세계 대전** 기간에 150억 달러 채권국으로 **변신했다.** 전쟁으로 폐허가 된 유럽에 막대한 자본을 투자했고, 전후 경제 부흥 덕분에 큰돈을 벌었다.

`해설` • 원 예문에는 다음과 같은 4개의 관형절이 있다. '혼란에 빠졌던 세계 경제도', '영국을 중심으로 한 금 본위 체제가', '150억 달러의 채권국으로 변신한 미국은', '전쟁으로 폐허가 된 유럽에' 관형절과 연결 어미를 많이 사용하면 문장이 혼란스러워진다.

• 두 번째 예문은『거꾸로 읽는 세계사』의 예문을『유시민의 글쓰기 특강』에서 수정한 것이다. '혼란에 빠졌던'은 생략해도 무방한 군더더기다. '영국을 중심으로 한'은 '영국을 중심으로'라고 부사어로 바꿀 수

있다. '150억 달러의 채권국으로 변신한 미국은'은 '미국은 150억 달러의 채권국으로 변신했다.'로 바꾸었다.

- 연결 어미 '-고' 앞뒤에는 대등한 내용이 와야 한다. 앞의 주어가 사물이면, 뒤의 주어도 사물이어야 자연스럽다.

앞의 주어가 '세계 경제'이므로 뒤의 주어는 '금 본위 체제'가 되어야 한다. '영국을 중심으로 금 본위 체제가 회복되었다'로 하든지 생략된 주어를 살려 '영국을 중심으로 국제 사회는 금 본위 체제를 회복했다'라고 해야 한다.

- "1차 대전"은 '제1차 세계 대전'으로 쓰는 게 맞다.

- '전후 경제 부흥 덕분에'와 같이 유럽에 투자해 돈을 번 이유를 밝혀 주는 게 좋다. 필요한 정보를 담은 부사어까지 없애서는 안 된다.

(『나의 한국현대사』)

ex 1978년 1월, 입학시험을 보러 **간** 서울대학교 관악캠퍼스에는 교문이 없었다.

➡ 1978년 1월, 내가 입학시험을 보러 **갔을 당시** 서울대학교 관악캠퍼스에는 교문이 없었다.

해설 • "입학시험을 보러 간 서울대학교"라는 표현만 보면 마치 서울대학교가 입학시험을 보러 간 것 같다. 부자연스러운 관형절을 부사절로 바꾸면 문장이 부드럽게 흘러간다. '입학시험을 보러 갔을 당시'로 고치면 서울대학교에 원래 교문이 없었던 게 아니라 시험을 보러 갔을 당시에 교문이 없었다는 사실도 자연스럽게 부각된다.

(『글 고치기 전략』)

ex 말에는 차례가 있는 법이므로 효과적인 전달을 **위한 구성이 있어야** 한다. **따라서** 주제(목표)를 떠받칠 모든 **조직법**이 동원된다.

➡ **글을** 효과적으로 전달하기 **위해서는 구성을 잘 갖춰야 한다.** 글에는 차례가 있는 법이므로 주제(목표)를 떠받칠 **구성 방법**을 모두 동원해야 한다.

해설 • "말에는 차례가 있는 법이므로"와 "효과적인 전달을 위한 구성이 있어야 한다."가 어떤 연관성이 있는지 명료하지 않다. "말에는 차례가 있는 법이므로"와 같은 불명료한 표현은 흐름에 방해되므로 없애는 게 좋다.

• '따라서'는 이유나 근거를 나타내는 접속어다. 앞 문장이 뒤 문장의 이유라고 보기에는 애매하다.

• "주제를 떠받칠 모든 조직법이 동원된다."에서 '조직법'은 바로 이해하기 어려운 단어다. 앞 문장과 연계해 '구성 방법'으로 고쳤다. 문장과 문장은 물고 물리듯이 이어져야 한다. '차례'와 '구성 방법'은 관련이 있으므로 "글에는 차례가 있는 법이므로"를 뒤의 문장에 붙였다.

• 문장이 물 흐르듯 흘러가도록 하려면 가능한 한 능동문을 쓰는 게 좋다. '조직법이 동원된다.'를 '구성 방법을 동원해야 한다.'로 고쳤다.

• 『글 고치기 전략』은 문장의 기준이 되었을 정도로 좋은 평가를 받은 글쓰기 책이다. 저자 장하늘 선생은 잘 읽히지 않는 문장을 모조리 입건하는 '문장 경찰서'를 세우자고 주장했다. 절실히 필요한 제안이다. 저자는 〈중앙일보〉 편집국장의 스승이었다. 제자가 편집국장이 된 후에도 글쓰기 지도를 했다. 제자는 후배 기자들이 배울 수 있도록 잘

못된 자신의 글과 스승이 고친 글을 과감하게 공개했다.

저자의 글은 국문법에 따르면 잘못된 곳이 거의 없다. 하지만 군더더기와 추상적인 표현이 많아 문장을 이해하기 어렵다. 쉽게 쓸 수 있는 내용을 어렵게 쓴 것 같다. 좋은 글을 쓰려면 문법뿐만 아니라 문맥과 리듬도 고려해야 한다.

(『우리들의 일그러진 영웅』)

ex1 **겨우** 엄석대가 그날 한 일들을 모두 **얘기한** 내가 막 충고를 바라는 **물음을 던지려는데** 아버지가 불쑥 **감탄 섞어** 말했다.

➡ 나는 엄석대가 그날 한 일들을 모두 **얘기했다.** 막 충고를 바라며 **질문하려는데** 아버지가 불쑥 **감탄하며** 말했다.

해설 • 관형절에 관형절이 포함되어 있어 문장을 나누었다. '질문하다'라는 말이 있는데, 구태여 '물음을 던지다'와 같은 표현을 쓸 필요가 있는지는 잘 모르겠다.

ex2 그 덕분에 나는 특별히 내세운다는 느낌을 아이들에게 주지 않고도 군청에서 군수 다음가는 **자리에 있는 내 아버지와,** 라디오가 있고 **시계는 기둥 시계까지 셋이나 되는** 우리 집의 넉넉함을 아이들 앞에 드러낼 수 있었다.

➡ 그 덕분에 나는 특별히 내세운다는 느낌을 아이들에게 주지 않고도 '**아버지는** 군청에서 군수 다음가는 **자리에 있으며, 집에는 라디오도 있고 시계도 기둥 시계를 포함해 세 개나 있다.**'라고 우리 집의 넉넉함을 아이들 앞에 드러낼 수 있었다.

해설 • 수식어가 너무 길어 읽기에 불편한 글이다. 긴 관형절이 각각 '아버지'와 '우리 집의 넉넉함'을 수식한다. 나열된 요소들이 대구가 되지 않아 더욱 읽기 힘들다.

• "시계는 기둥 시계까지 셋이나 되는"은 부자연스러운 표현이다. 그래서 '시계도 기둥 시계를 포함해 세 개나 있다'로 고쳤다. '시계는 된다'가 아니라 '시계는 있다'가 맞는 표현이다.

(『토지』)

ex1 이들은 한창 일할 나이, 살림의 기틀을 잡고 있는 삼십 대 중간 쯤의 장정들이었고 나이 좀 처지는 축으로는 **장구 멘**, 하얀 베수건 어깨에 걸고 싱긋이 웃으며 큰 키를 점잖게 가누어 **맴을 도는 이용이다**.

➡ 이들은 한창 일할 나이, 살림의 기틀을 잡고 있는 삼십 대 중간쯤의 **장정들이었다.** 나이 좀 처지는 축으로는 장구를 멘 **이용이었다.** 하얀 베수건 어깨에 걸고 싱긋이 웃으며 큰 키를 점잖게 가누어 **맴을 돌 것이다.**

해설 • '-고' 앞뒤 주어와 문장 구조가 다르므로 '-고'에서 문장을 분리하는 게 좋다.

• '장구 멘'은 '이용'을 수식하는데 너무 떨어져 있다. "장구 멘 ~ 이용이다."는 "장구 멘 이용이었다."와 "하얀 베수건 ~ 맴을 돌 것이다."로 분리하였다. '~일 것이다.'라고 반복되는 문형을 이 문장에도 적용하는 게 좋겠다.

ex2 사내들은 곰방대를 꺼내 들며, 아낙들은 코를 풀고 치맛자락을 걷어 불빛에 윤이 나는 콧등을 닦으며 새삼스럽게 서로 인사를 나누고 친지들의 소식을 **물어보고,** 씨받은 암소 얘기며 떡이 설어서 애를 먹었다는 얘기며 노친네 수의 **걱정이며,** 이윽고 달집은 불길 속에 무너지고, 무너진 자리에서 불길마저 사그러지면 끝없이 어디까지나 **펼쳐진 은빛의 장막, 그 장막 속에서** 노니는 그림자같이 마을 사람들은 뿔뿔이 흩어져 갔던 것이다.

➡ 사내들은 곰방대를 꺼내 들며, 아낙들은 코를 풀고 치맛자락을 걷어 불빛에 윤이 나는 콧등을 닦으며, 새삼스럽게 서로 인사를 나누고 친지들의 소식을 **물어보았다.** 씨받은 암소 얘기며, 떡이 설어서 애를 먹었다는 얘기며, 노친네 수의(壽衣) **걱정이며…….** 이윽고 달집은 불길 속에 무너지고, 무너진 자리에서 불길마저 사그라지면 **은빛의 장막이** [끝없이 어디까지나] **펼쳐지고, 마을 사람들은 그 장막 속에서** 노니는 그림자같이 뿔뿔이 흩어져 갔다.

해설 • 예문은 생생한 묘사가 두드러지는 아름다운 문장이다. 아무리 장문이라도 문장의 골격이 단단하면 무너지지 않는다. 하지만 여러 생각과 요소가 혼재되면 문장이 엉키기 쉽다. 이럴 때는 문장을 생각의 고리에 따라 나누어 주는 게 좋다.

• '걱정이며,'는 '걱정이며…….'로 고쳤다. '얘기며, 걱정이며 ~ 등을 물어본다.'가 도치되어 '~을 물어본다. 얘기며, 걱정이며…….'가 되었다.

• '갔다'라고 쓸 수 있는 곳에 "갔던 것이다."를 쓰는 것은 바람직하지 않다. '것이다.'는 앞 문장을 뒷받침할 때 사용할 수 있다.

ex3 치수는 서희의 공포심을 충분히 알고 있는 것 같았다. 그러면서도 그것을 풀어 주려는 **노력이 없는** 싸늘하고 **비정한 눈이** 서희를 **응시하고** 있는 것이다.

➜ 치수는 서희의 공포심을 충분히 알고 있는 것 같았다. 그러면서도 공포심을 풀어 주려고 **노력하지는 않고** 싸늘하고 **비정한 눈으로** 서희를 **응시하고** 있는 것이다.

해설 • "싸늘하고 비정한 눈"은 있을 수 있지만 '노력이 없는 눈'은 부자연스럽다. 예문의 주어는 '치수는'이다. 따라서 '눈이 응시하고 있는 것이다.'를 '눈으로 응시하고 있는 것이다.'로 고쳤다.

2. '-(으)로'에서 두 문장으로 나누거나 표현을 바꿔라

자격을 나타내는 조사에는 '로'가 있다. '로'는 주술 관계의 혼란을 초래하고 문장을 늘어지게 하므로 가능한 한 쓰지 않는 게 좋다.

"이분은 새로 담임을 맡으실 선생님으로 성함은 아무개입니다."에서는 '선생님'이 '이분'의 지위, 신분, 자격을 나타낸다.

"이 계획은 매우 획기적인 아이디어로 그동안 어느 나라에서도 시도하지 못한 것입니다."에서는 '아이디어'가 '이 계획'의 지위, 신분, 자격을 나타낸다고 보기에는 어렵다. 이 문장에서는 다음과 같이 '로' 대신 부가적 설명이 이어지는 '-ㄴ데'를 쓰는 것이 바람직하다.

'이 계획은 매우 획기적인 아이디어인데, 그동안 어느 나라에서도 시도하지 못한 것입니다.'

위 예문들을 다음과 같이 바꾸면 문장이 더 간결해진다.

• 이분은 새로 담임을 맡으실 선생님으로 성함은 아무개입니다.

→ 이분은 새로 담임을 맡으실 아무개 선생님이십니다.

• 이 계획은 매우 획기적인 아이디어로 그동안 어느 나라에서도 시도하지 못한 것입니다.

→ 이 계획은 어느 나라에서도 시도하지 못한 획기적인 아이디어입니다.

(『나의 문화유산답사기 3(말하지 않는 것과의 대화)』)

ex1 그런데 서산 마애불은 중국이나 일본, 고구려나 신라에서는 볼 수 없는 아주 독특한 **구성으로 왼쪽에는** 반가상의 보살, 오른쪽에는 보주(寶珠)를 받들고 있는 이른바 봉주 보살이 선명하게 조각되었기 때문에 이 도상의 해석이 매우 흥미로운 과제가 **되었던 것이다.**

➡ 그런데 서산 마애불은 중국이나 일본, 고구려나 신라에서는 볼 수 없는 아주 독특한 **구성을 갖추고 있다. 여래입상의 왼쪽에는** 반가상의 보살, 오른쪽에는 보주(寶珠)를 받들고 있는 이른바 봉주 보살이 선명하게 조각되어 있다. 이 도상의 해석이 매우 흥미로운 과제가 **되었다.**

해설 • '서산 마애불=구성'이라는 등식은 성립하지 않는다. 그래서 '구성으로'를 '구성을 갖추고 있다.'로 고쳤다.

• '왼쪽에는'이라고 언급했는데 무엇의 왼쪽인지 나와 있지 않다. 필자만 알고 있고 독자가 모른다면 곤란하다. '여래입상의 왼쪽에는'이라고 분명히 밝혀 주어야 한다. 앞의 말을 받아 '마애불의 왼쪽'이라고 하면 억지다. '마애불' 자체가 삼존불이기 때문이다.

• "선명하게 조각되었기 때문에 이 도상의 해석이 매우 흥미로운 과제가 되었던 것이다."에도 억지 논리가 있다. '선명하게 조각된 것'이 바로 '도상'에 해당한다. 도상은 종교나 신화적 주제를 표현한 미술 작품에 나타난 인물 또는 형상을 이른다. 따라서 이 문장은 원인과 결과의 관계가 아니라 '때문에' 앞의 내용을 뒤에서 부가적으로 설명해 주고 있는 문장이다. "조각되었기 때문에 이 도상의 해석이 ~"를 '조각되어 있다. 이 도상의 해석이 ~'로 고쳤다.

• '것이다'가 앞 문장을 뒷받침하는 게 아니면 군더더기다.

`ex2` 삼존불 형식이라고 하면 여래상을 가운데 두고 양옆에 보살상이 배치되는 **것으로** 엄격한 도상 체계에 따르면 **석가여래에는** 문수와 보현보살, 아미타여래에는 관음과 세지보살, 약사여래에는 일광과 월광보살 등이 배치되게끔 되어 있다.

그러나 그런 치밀한 만다라 구성은 훨씬 훗날의 **일이고** 6세기 무렵에는 여래건 보살이건 그 존명(尊名)보다도 상징성이 강해서 **그 보살이 무슨 보살인지** 추정하기 힘든 경우가 많다.

➜ 삼존불 형식은 여래상을 가운데 두고 양옆에 보살상이 배치되는 **것이다.** 엄격한 도상 체계에 따르면 석가여래 **좌우에는** 문수보살과 보현보살, 아미타여래 좌우에는 관음보살과 세지보살, 약사여래 좌우에는 일광보살과 월광보살이 배치되게끔 되어 있다.

그런 치밀한 만다라 구성은 훨씬 훗날의 **일이다.** 6세기 무렵에는 여래건 보살이건 그 존명(尊名)보다도 상징성이 강해서 **무슨 여래인지, 무슨 보살인지** 추정하기 힘든 경우가 많다.

`해설` • '~이라고 하면'과 같은 군더더기 말은 사용하지 않는 게 좋다. '으로'는 '것이다'로 바꿔 문장을 나누었다. '으로'는 주술 관계의 균형을 깨므로 가능한 한 쓰지 않는 게 좋다.

• 석가여래에 문수보살과 보현보살을 배치하면 세 불상이 서로 붙어서 괴기한 모양을 한 삼존불이 될 것이다. 그래서 '석가여래에는'을 '석가여래 좌우에는'으로 고쳤다.

• "그러나 그런"처럼 접속어와 지시어가 연이어 나오면 문장이 늘어지고 가독성도 떨어진다. 예문에서는 '그러나'를 빼도 하등 문제가 되지 않는다. 지시어인 '그런'이 문장을 이어 주는 역할을 하고 있다.

- '-고' 앞뒤 문장 구조가 다를 경우에는 문장을 나누는 게 좋다.
- "그 보살이 무슨 보살인지"는 '무슨 여래인지, 무슨 보살인지'로 고쳤다. 여래와 보살을 함께 언급하고 있기 때문이다.

ex3 **먼저 삼존불 형식을 볼 것 같으면 이는** 본래 삼국 시대에 크게 **유행한 것으로** 동시대 중국과 일본의 불사에도 많이 나오는 6~7세기 동북아시아의 **보편적 유행 형식**이라고 할 수 있다.

➡ 본래 **삼존불 형식은** 삼국 시대에 크게 **유행했는데,** (삼존불 형식은) 동시대 중국과 일본의 불사에도 많이 나온다. 6~7세기 동북아시아에서 **보편적으로 유행한 형식**이라고 할 수 있다.

해설 • "먼저 삼존불 형식을 볼 것 같으면"은 군더더기 표현이다. 군더더기가 붙다 보니 지시 대명사까지 사용되었다. '본래 삼존불 형식은'으로 고쳤다.

- "유행한 것으로"에서 '으로'의 쓰임이 명확하지 않다. '으로' 대신 뒤에 부가적 설명이 이어지는 '-는데'를 쓰는 것이 바람직하다.
- "동시대 중국과 일본의 불사에도 많이 나오는"은 "유행 형식"을 수식하는 관형절이다. 복잡한 문형에 긴 관형절까지 사용해 문장이 부자연스럽다. '나오는'을 '나온다'로 고쳐 문장을 나누었다.
- "동북아시아의 보편적 유행 형식"은 '동북아시아에서 보편적으로 유행한 형식'으로 고쳤다.

`ex4` 이 시대 불상의 미소란 절대자의 **친절성을 극대화시켜 상징한 것으로** 7세기 이후 불상에서는 이 미소가 사라지고 대신 절대자의 근엄성이 강조된 것과 **좋은 대비를 이룬다.**

➜ 이 시대 불상의 미소는 절대자의 **친절성을 상징한다. 그 친절성은 (석공에 의해) 극대화되기 마련이다.** 7세기 이후 불상에서는 이 미소가 사라지고 대신 절대자의 **근엄성이 강조되었다.**

• '미소는 절대자의 친절성을 극대화시켜 상징한 것으로'는 '미소는 절대자의 친절성을 상징한다.'로 간명하게 고쳤다.

의미가 불분명한 '으로'는 주어와 서술어의 관계에 혼란을 초래하므로 사용하지 않는 게 좋다. '으로'를 사용하지 않으려면 문장을 분리하면 된다.

이미 대비를 이루는 예를 들었으므로 "좋은 대비를 이룬다."라는 표현은 불필요하다.

(『나의 문화유산답사기 일본 편 3(교토의 역사)』)

`ex1` **이 책은** '나의 문화유산답사기' 일본 편 **제3권으로** '교토의 역사'를 말해 주는 사찰과 산사 답사기로 엮었다.

➜ '나의 문화유산답사기' 일본 편 **제3권은** '교토의 역사'를 말해 주는 사찰과 산사 답사기로 엮었다.

`해설` • '으로'가 문장에 엉거주춤하게 끼어들면 문장의 리듬이나 균형이 깨진다. '으로'를 쓰지 않아도 얼마든지 간결한 문장을 만들 수 있다. '제3권은'에서 '은'은 목적격 조사 '을' 대신 쓰인 보조사다.

`ex2` 교토에서 가장 오래된 절인 낙서의 광륭사는 신라계 도래인 하타씨들이 세운 **것으로** 일본 국보 제1호인 목조 미륵 반가 사유상이 있어 우리와 인연이 아주 깊다.

➡ 교토에서 가장 오래된 절인 낙서의 광륭사는 신라계 도래인 하타씨들이 세운 **사찰인데, (광륭사에는)** 일본 국보 제1호인 목조 미륵 반가 사유상이 있어 우리와 인연이 아주 깊다.

➡ 교토에서 가장 오래된 절인 낙서의 광륭사는 신라계 도래인 하타씨들이 세운 **사찰이다.** 일본 국보 제1호인 목조 미륵 반가 사유상이 있어 우리와 인연이 아주 깊다.

`해설` • 뒤 절에서 앞 절의 말을 받아서 부가 설명할 경우에는 연결 어미 '-ㄴ데'를 쓴다. 호흡을 가다듬기 위해 쉼표로 구분해 주는 게 좋다.

• '-ㄴ데'에서 두 문장으로 나누면 더 자연스럽다.

`ex3` **그리고** 낙북의 고산사는 우리나라의 산사를 연상케 하는 고즈넉한 **절집으로** 여기엔 원효 대사와 의상 대사의 초상이 소장되어 **있다는 각별한 인연이 있으니** 한 번은 가볼 만한 곳이다.

➡ 낙북의 고산사는 우리나라의 산사를 연상케 하는 고즈넉한 **절집인데,** 여기에는 원효 대사와 의상 대사의 초상이 소장되어 **있다. 각별한 인연이 있으니** 한 번은 가볼 만한 곳이다.

`해설` • '동북사는 어떠하다. 그리고 고산사는 어떠하다.' 대신 '동북사는 어떠하다. 고산사는 어떠하다.'라고 표현하면 된다.

- '그리고'를 전혀 쓰지 않아도 얼마든지 글을 구성할 수 있다. 원칙적으로 글은 문맥의 흐름에 따라 구성하는 것이지 접속어로 구성하는 것은 아니다.

- "고즈넉한 절집으로 여기엔"은 '고즈넉한 절집인데, 여기에는'으로 고치는 게 좋다. '-ㄴ데' 뒤에는 앞의 말을 받아 뒤에서 부연 설명하는 기능을 한다. '고즈넉한 절집이다. 여기에는 ~'으로 고쳐도 된다.

- "소장되어 있다는 각별한 인연이 있으니"는 매끄럽지 않아 '소장되어 있다. 각별한 인연이 있으니'로 문장을 나누었다.

3장 나누기 전에 버려라 | 중복, 군더더기

1. 중복 표현을 피하라

글은 한정된 지면에 담는 경우가 많으므로 경제적으로 써야 한다. 내용 중복만 피해도 문장이 깔끔해진다. 새로운 내용이 없는데도 표현만 달리하여 같은 내용을 반복하면 속도감과 리듬감이 떨어져 문장이 지루하게 느껴진다. 중복을 피하려면 퇴고할 때 중복되는 표현들 가운데 좀 더 좋은 표현을 고르면 된다.

의미 전달에 지장이 없는 한, 중복되는 문장 성분은 생략할 수 있다. 하지만 필요한 성분을 생략하면 의미 전달에 문제가 생길 수도 있으므로 주의해야 한다.

(『우리들의 일그러진 영웅』)

ex 내가 그에게 가서 대령해야 되는 **유일한 이유가** 그가 엄석대이고 반장이기 **때문이란 걸** 두 번이나 되풀이 듣게 되자, 비로소 나는 심상찮은 **느낌이 들었다.**

➡ 내가 그에게 가서 대령해야 하는 **것은** 그가 엄석대이고 반장이기 **때문이란 걸** 두 번이나 되풀이하여 듣게 되자, 비로소 나는 심상찮은 **느낌을 받았다.**

해설 • '때문'은 어떤 일의 원인을 말하고, '이유'는 어떤 결과에 이른 근거를 말한다. 비슷한 말이다. 따라서 '~ 이유는 ~ 때문이다.'라는 식의 표현은 의미가 중복되므로 바람직하지 않다. 예문은 '엄석대가 반장이라는 사실이 원인이 되어 나는 그에게 대령해야 한다.'라는 의미를 지니고 있다. 즉 '내가 그에게 대령해야 하는 것은 엄석대가 반장이기 때문이다.'라고 말할 수 있다.

- "유일한 이유"도 잘못된 표현이다. 첫째는 '그가 엄석대이고', 둘째는 '반장이기 때문'이라고 밝히고 있기 때문이다. 굳이 살리자면 '두 가지 이유'라고 표현해야 한다.

- '되풀이'는 같은 말이나 일을 반복함을 의미하는 명사다. 따라서 '되풀이 듣게 되다'가 아니라 '되풀이하여 듣게 되다'로 바로잡아야 한다.

- '나는 느낌이 들었다.'라는 문장에는 주어가 두 개 있다. 이중 주어는 부자연스러울 뿐만 아니라 주술 관계의 혼란을 초래하므로 가능한 한 피하는 게 좋다. 그래서 '나는 느낌을 받았다.'로 고쳤다.

(『유시민의 글쓰기 특강』)

`ex` 글을 쓸 때는 주제에 집중해야 한다. 엉뚱한 곳으로 가지 말아야 하고 관련 없는 문제나 정보를 끌어들이지 말아야 한다. **원래 쓰려고 했던 이유, 애초에 하려고 했던 이야기**가 무엇인지 잊지 말고 처음부터 끝까지 **직선으로 논리를** 밀고 가야 한다.

➡ 글을 쓸 때는 주제에 집중해야 한다. 엉뚱한 곳으로 가지 말아야 하고 관련 없는 문제나 정보를 끌어들이지 말아야 한다. **원래 말하려 했던 주제**가 무엇인지 잊지 말고 처음부터 끝까지 **논리적으로 죽** 밀고 가야 한다.

`해설` • "원래 쓰려고 했던 이유"는 "애초에 하려고 했던 이야기"와 별반 다르지 않다. 이렇게 비슷한 개념을 늘어놓다 보니 문장의 간결미가 떨어졌다. 그래서 '원래 말하려 했던 주제'로 고쳤다.

- '직선으로'는 '죽'으로 고쳤다. '직선으로 밀고 간다.'보다는 '죽 밀고 간다.'가 더 자연스럽다.
- '논리를'은 '논리적으로'로 고쳤다. '논리를 밀고 간다.'보다는 '논리적으로 밀고 간다.'가 더 자연스럽다.

(『글쓰기의 공중 부양』)

ex1 세상에는 나쁜인 듯이 살아가는 **놈들이 있으니 그들이** 어찌 좋은 글을 쓸 수 있기를 기대하랴. 글은 쓰는 자의 인격을 그대로 반영한다.

➡ 글에는 쓰는 자의 인격이 그대로 반영되어 있다. 나쁜인 듯이 살아가는 **놈들이** 어찌 좋은 글을 쓸 수 **있을 것이라고** 기대하랴.

해설 • '-으니'는 앞말이 뒷말의 원인이나 근거, 전제 등이 됨을 나타내는 연결 어미다. 앞뒤가 긴밀하게 연결되었다는 확신이 들지 않으면 불필요한 연결 어미를 사용하지 않는 게 좋다. "놈들이 있으니 그들이"에서 "있으니 그들이"를 빼면 문장이 한결 깔끔해진다.
• 논리적 흐름을 위해 앞뒤 문장의 위치를 바꾸었다.

ex2 언제나 **그대의 미래 일기**를 쓰는 기분으로 **그대의** 글에다 소망을 불어넣어라.

➡ 언제나 **미래 일기**를 쓰는 기분으로 **그대의** 글에 소망을 불어넣어라.

해설 • '그대의'가 불필요하게 반복되었다. '그대의'를 쓰지 않아도 문장은 성립된다.

(『태백산맥』)

ex1 식은땀을 다 닦아 낸 소화는 깊은 잠에 빠져 있는 그의 **모습**을 하염없이 바라보고 있었다. 안쓰러울 정도로 **그 모습은** 지치고 피곤해 보였다.

➡ 식은땀을 다 닦아 낸 소화는 깊은 잠에 빠져 있는 그의 **모습**을 하염없이 바라보았다. **(그가)** 안쓰러울 정도로 지치고 피곤해 보였다.

해설 • '모습'이 두 번 반복되었다. '보였다'에도 이미 '모습'이라는 의미가 내포되어 있다.

ex2 **그녀는** 조심스럽게 이불을 끌어당겨 **그의** 어깨까지 덮었다. 그러다가 **그의** 이마에 맺혀 있는 땀방울을 보았다. 그녀는 벽에 걸린 삼베 수건을 내렸다. **그녀는** 돌아서다가 **그 수건을** 방구석에 떨어뜨렸다.

➡ **소화는** 조심스럽게 이불을 끌어당겨 어깨까지 덮어 주었다. 그러다가 이마에 맺혀 있는 땀방울을 보았다. 그녀는 벽에 걸린 **삼베 수건을** 내리고 돌아서다 방구석에 떨어뜨렸다.

해설 • "그의 어깨까지"와 "그의 이마에"에서 '그의'는 불필요하다. 문맥으로 '그의 어깨'이고 '그의 이마'라는 사실은 충분히 알 수 있다.

• '그녀'라는 삼인칭 대명사가 자주 반복된다. 그래서 첫 문장의 '그녀는'을 '소화는'으로 고쳤다. '수건' 역시 중복되므로 생략했다.

• '그녀는 내렸다.'와 '그녀는 떨어뜨렸다.'는 주어와 문장 구조가 똑같아 읽기에 불편하다. 뒤에 나오는 '그녀'를 생략하기 위해 두 문장을 연결했다.

(『잘못된 문장부터 고쳐라』)

ex 신청자를 두 그룹으로 **나눠** 똑같이 생긴 진짜 약과 가짜 약을 **나눠 줬다.**

➜ 신청자를 두 그룹으로 **나눠** 똑같이 생긴 진짜 약과 가짜 약을 **줬다.**

해설 • '나눠'가 두 번 반복되었다. 같은 말을 반복하면 언어의 효율성이 떨어진다.

2. 군더더기 표현을 없애라

카이사르는 클레오파트라가 프톨레마이오스 왕을 몰아내고 이집트를 장악하도록 도왔다. 카이사르는 이에 반발하는 소아시아의 여러 나라를 무찌른 후 로마에 "왔노라, 보았노라, 이겼노라."라는 단 세 마디의 보고만 올렸다.

명언에는 어떤 군더더기 표현도 없다. 군더더기 표현은 문장의 속도감과 긴장감을 떨어뜨린다. 생각이 정리되지 않았을 때 부족한 것을 메우기 위해 흔히 군더더기 표현을 사용한다.

'그런 이유로, 그러다 보니, 아마도, 따라서, 다시 말해, 동시에' 등 군더더기 표현만 빼도 문장이 깔끔해진다. 꼭 필요하지 않은 형용사나 부사도 생각의 흐름에 방해가 되면 없애는 게 좋다.

(『유시민의 글쓰기 특강』)

`ex1` **내 글과 강연과 토론을** 즐겨 보는 분들은 날카로운 논리로 상대방의 허점을 들추어내면서 자기주장을 펴는 모습이 마음에 든다고들 한다. **그건 아마도** 세상 보는 눈이 비슷해서 **그럴 것이다.**

➡ **내 글을 자주 읽고 강연하거나 토론하는 모습을** 즐겨 보는 분들은 날카로운 논리로 상대방의 허점을 들추어내면서 자기주장을 펴는 모습이 마음에 든다고들 한다. 세상 보는 눈이 비슷해서 (그들이) **그런 말을 했을 것이다.**

`해설` • "내 글과 강연과 토론"이 '즐겨 본다.'와 연결되었다. '강연과 토론을 즐겨 본다.'는 말이 되지만 '내 글을 즐겨 본다.'는 어색하다.

• "날카로운 논리로 상대방의 허점을 들추어내면서 자기주장을 펴

는 모습"에 찬사를 보내는 사람도 있겠지만 '세상의 다양한 측면을 고려하지 않고 상대방의 허점만을 들추어낸다.'라고 생각하는 사람도 적지 않다. 토론할 때는 자신의 논리를 방어하는 데 초점이 맞춰져 편 가르기 토론은 이분법적인 경향을 띨 수밖에 없을 것이다.

• "그건 아마도 세상 보는 눈이 비슷해서 그럴 것이다."에서 '그건 아마도'는 쓸모없는 표현이다. '그건'은 '그럴'과 의미상 중복되고 '아마도'는 '-ㄹ 것이다'와 의미상 중복된다. 논리를 떠나 군더더기 표현은 사용하지 않는 게 좋다.

• '그건 ~ 그럴 것이다.'는 의미가 중첩되므로 ' 그런 말을 했을 것이다.'로 고쳤다.

ex2 '주제에 집중하라'는 규칙을 지키려면 무엇보다 주관적 감정에 휘둘리지 않아야 한다. 감정을 느끼지 말라는 게 아니다. 감정을 느끼는 것이야 인간의 본성**인데 어찌하겠는가.** 그러나 자기의 감정**에 대해** 일정한 거리를 유지하면서 제어하고 관리할 수는 있다.

➡ '주제에 집중하라'는 규칙을 지키려면 무엇보다 주관적 감정에 휘둘리지 않아야 한다. 감정을 느끼지 말라는 게 아니다. 감정을 느끼는 것은 인간의 **본성이다.** 하지만 감정**과** 일정한 거리를 유지하면서 (감정을) 제어하고 관리할 수는 있다.

해설 • 감정은 느끼라고 해서 느끼고, 느끼지 말라고 해서 안 느끼는 게 아니다. 자연 발생적인 것이다. "감정을 느끼지 말라는 게 아니다."는 불필요한 말이다. '어찌하겠는가.'는 감정에 휘둘려 있음을 드러내는 표현이다. 감정을 드러내는 표현은 대체로 군더더기다.

- '감정에 대해 거리를 유지하다'는 부자연스러운 표현이다. 그래서 '감정과 거리를 유지하다'로 고쳤다.

(『태백산맥』)

ex 그리고 반닫이로 급히 **다가갔다. 흰** 광목 수건을 **꺼냈다.** 조심조심 땀을 **찍어 내기 시작했다. 그러면서** 그녀는 비로소 정하섭이라는 남자의 생김새를 낱낱이 살피고 있었다.

➡ 반닫이로 급히 **다가가** 흰 광목 수건을 **꺼냈다.** 조심조심 땀을 **찍어 내면서** 비로소 정하섭이라는 남자의 생김새를 낱낱이 살피고 있었다.

해설 • '그리고'는 없어도 된다. 행동 묘사로 충분히 의미를 전달할 수 있다. '다가갔다'와 '꺼냈다'는 '-ㅆ다'라는 음절이 중복되므로 두 문장을 합쳤다.

- '그러면서'라는 연결어도 사용하지 않는 게 좋다. "찍어 내기 시작했다. 그러면서"는 '찍어 내면서'로 간명하게 표현할 수 있다.

(『데일 카네기 나의 멘토 링컨』)

ex 이런 곳에 정착할 정도로 판단력이 부족한 사람은 그리 **많지 않았다. 그런 이유로** 겨울이면 그곳은 켄터키 주에서 가장 외지고 황량한 곳이 되었다.

➡ 이런 곳에 정착할 생각을 하는 사람은 **많지 않았으므로** 겨울이 되면 켄터키 주에서도 가장 외지고 황량한 느낌을 주었다.

해설 • 군더더기 표현인 "그런 이유로"를 생략하고, 앞말에 까닭이나 근거를 나타내는 연결 어미 '-으므로'를 붙였다.

(『우리들의 일그러진 영웅』)

[ex] 엄석대는 어른처럼 팔짱을 끼고 무언가를 **생각하는 눈치더니** 제 줄 **앞의 앞엣자리를** 가리키며 말했다.

➡ 엄석대는 어른처럼 팔짱을 끼고 무언가를 **생각하더니** 제 줄 앞의 **앞에 있는 자리를** 가리키며 말했다.

[해설] • "생각하는 눈치더니"에서 '눈치더니'가 왜 들어갔는지 알 수 없다. '생각하더니'로 고쳐야 문장의 리듬이 살아난다.

• '앞엣자리'라는 말은 없다. 그래서 '앞의 앞에 있는 자리'로 고쳤다.

(『고종석의 문장』)

[ex] **일본만 해도** 적군파(1970년대에 활동한 좌파 테러단체)를 보세요. 야마다 산장**이란 데서** 자기들끼리 서로 숙청해서 <u>죽이고</u> 난리도 아니었습니다. 거의 제정신이 **아닌 사람들이었죠.**

➡ **일본** 적군파를 보세요. 야마다 산장**에서** (적군파는) 자기들끼리 서로 숙청하고 <u>죽였습니다.</u> 난리도 아니었지요. 적군파는 거의 제정신이 **아니었습니다.**

[해설] • '~만 해도'와 '~이란 데서'는 있으나 마나 한 말이다. 늘어지는 말은 문장의 속도감을 떨어뜨리므로 가능한 한 삼가는 게 좋다.

• "난리도 아니었습니다."는 '난리도 보통 난리가 아니었습니다.'를 의미한다. '반어법(反語法)'적 표현으로 볼 수 있다. "~ 죽이고 난리도 아니었습니다."를 '~ 죽였습니다. 난리도 아니었지요.'로 고쳤다.

(『글 고치기 전략』)

ex 글에는 **조직과,** 앞뒤를 가늠하는 표현이 있어야 한다. **다시 말해,** "구슬이 서 말이라도 꿰어야 보배"다.

➜ 글에는 내용을 구성하는 **조직과 더불어** 앞뒤를 가늠하는 표현이 있어야 한다. "구슬이 서 말이라도 꿰어야 보배"다.

해설 • 문장은 알기 쉽게 죽죽 읽혀야 한다. '조직과,'에서 사용된 쉼표가 어색하다. '조직과,'는 '앞뒤를 가늠하는 표현이'와 대구를 이루도록 '내용을 구성하는 조직과'로 바꾸었다.

• "다시 말해,"는 있어도 되고 없어도 되는 표현이다. 문장의 속도감과 리듬감만 떨어뜨린다. 뒤이어 앞 문장을 뒷받침하는 내용이 나오므로 불필요한 부사어는 생략하는 게 좋다.

(『작가의 문장 수업』)

ex **그런데** 문장으로는 **한 줄도** 쓸 수 없다. 여기서 확실하게 해 두자. '말하기'와 '쓰기'는 **전혀 다른 행위이다.** 똑같은 언어라며 하나의 범주로 묶으면 **절대** 안 된다.

➜ 문장으로는 **제대로** 쓸 수 없다. 여기서 확실하게 해 두자. '말하기'와 '쓰기'는 **다르다.** 똑같은 언어라며 하나의 범주로 묶으면 안 된다.

해설 • '그런데'는 사실상 없어도 된다. '문장으로는'에서 대조를 나타내는 보조사 '는'이 접속어의 기능을 하고 있기 때문이다.

• 한 줄의 문장도 쓸 수 없는 사람은 없다. 그래서 "한 줄도 쓸 수 없다."를 '제대로 쓸 수 없다.'로 고쳤다.

- "여기서 확실하게 해 두자."라는 표현이나 '전혀' 혹은 '절대'와 같은 단어는 쓰지 않는 게 좋다. 다양성이 존재하는 세상에서 '전혀'나 '절대'라는 단어를 쓸 수 있는 상황은 거의 없다고 봐야 한다.

- 문장을 짧게 쓰는 것도 좋지만 연결을 매끄럽게 하기 위해 문장을 합칠 수도 있다.

(『공지영의 수도원 기행 2』)

`ex` 여자는 날마다 생이 자신의 심장 언저리에 총구를 겨누고 있다고 느꼈다. 심장 언저리, 한 방에 **생을** 잠재울 위력을 가진 심장이 아니라 죽지도 못하는 나를 오래오래 고통스럽게 만들 그 언저리.

➡ 여자는 날마다 생이 자신의 심장 언저리에 총구를 겨누고 있다고 느꼈다. (생이) 한 방에 **자신을** 잠재울 심장이 아니라, 죽지도 못하고 오래오래 고통스럽게 만들 **심장** 언저리를 (겨누고 있다고 느꼈다).

`해설` • 감성을 한껏 고조하는 매력적인 문장이다. 하지만 미사여구가 많아 바로 이해하기 힘들다. 대체로 미사여구는 '그래서 어떻다는 것인가?'에 대한 해결책을 제시하지 못한다. 대체로 군더더기이기 때문이다.

- 예문은 '인생은 고통으로 가득 찼다'는 것을 말하고 있는 것일까? '생이 심장에 총을 쏘면 한 방에 보낼 수 있고, 심장 언저리에 쏘면 오래 고통스럽게 할 것이다.'라는 말을 문학적으로 표현한 것 같다. 하지만 문장을 읽으면 '심장은 한 방에 생을 잠재울 힘을 가지고 있다.'라고 잘못 이해할 수 있다. 군더더기를 없애니 그나마 의미가 드러난다.

3. '적 · 들 · 의 · 것 · 하다'를 피하라

'적, 들, 의'는 대체로 불필요한 경우가 많다. 있어도 되고 없어도 되면 없애는 게 좋다. 습관적으로 사용하는 불필요한 요소만 없애도 문장이 깔끔해진다.

'것, 하다'는 중복을 피하기 위해 흔히 사용된다. 가독성을 높이기 위해서 '것, 하다' 대신 구체적인 단어를 사용하는 게 좋다.

'-적'

'-적'은 명사 뒤에 붙어 '그 성격을 띠는', '그에 관계된', '그 상태로 된'이라는 뜻을 더하는 접미사다. 사전적 의미만으로도 '-적'이 대체로 불필요한 접미사라는 사실을 알 수 있다. 원래 우리말에 없었던 말이다. 그렇다고 무조건 안 쓸 수는 없다. 없어도 되는데도 일부러 쓰지는 말자는 얘기다. 다음 예에서 '-적'을 뺄 수 있는 표현을 찾아 보자.

경제적 부흥, 경제적 공간, 국제적 관계, 국제적 대응 조치, 혁명적 사상, 혁명적 성격

'경제적 부흥, 국제적 관계, 혁명적 사상'은 '경제 부흥, 국제 관계, 혁명 사상'이라고 쓰는 게 훨씬 깔끔하다. 반면에 '경제 공간, 국제 대응 조치, 혁명 성격'보다는 '경제적 공간, 국제적 대응 조치, 혁명적 성격'이 자연스럽다. 구체적 관련성을 나타내는 경우에는 '-적'을 쓰는 게 바람직하다. '구체적 관련성'을 '구체 관련성'이라고 쓸 수는 없다.

'-들'

문맥의 흐름으로 보아 복수임을 알 수 있는 경우에는 복수를 의미하는 접미사 '-들'을 붙이지 않는 게 좋다. 영어에도 대표 단수라는 게 있다. 예를 들어 보겠다.

"A dog is a very cute animal."은 "개는 매우 귀여운 동물이다."로 번역할 수 있다. 영어에서는 'A dog' 대신에 'Dogs'를 쓸 수 있다. 영어에서는 수의 개념이 발달해 "A dog is ~", "Dogs are ~"와 같이 수에 따라 동사까지 달라진다. 하지만 우리말에서 '개' 대신 '개들'이라고 쓰지는 않는다. "개들은 매우 귀여운 동물이다."라고 하면 어색하다. 개에 '-들'을 붙이지 않아도 이미 복수라는 사실을 알 수 있기 때문이다.

'-의'

일본어의 영향을 받은 '-의'도 부자연스럽거나 불필요하면 쓰지 말아야 한다. '혈의 누'(피의 눈물)보다는 '혈루'(피눈물)가 올바른 표현이다. '-의'를 뺐을 때 표현이 자연스러운지 늘 확인하는 습관을 들여야 한다. 써도 되고 안 써도 되는 말은 걸림돌일 뿐이다. '-의'에 대해서는 1장 (2)의 [4 '-의'가 주어·목적어로 변신하다]에서 자세히 다루었다.

'-것'

'-것'은 중복을 피하기 위해서 쓰는 의존 명사다. 의미가 형식적이어서 늘 다른 말 옆에 기대어 쓰인다. '-것'을 피하려면 구체적인 단어를 사용하면 된다.

- 저기 보이는 **것이** 우리 집이다. → 저기 보이는 **집이** 우리 집이다.
- 너는 웃는 **것이** 예쁘다. → 너는 웃는 **모습이** 예쁘다.
- 아직 멀쩡한 **것을** 왜 버리니? → 아직 멀쩡한 **물건을** 왜 버리니?
- 그는 밀가루로 만든 **것이면** 뭐든지 좋아한다.
→ 그는 밀가루로 만든 **음식이면** 뭐든지 좋아한다.

단, 소유물임을 나타내는 '것'은 그대로 두는 게 좋다.
- 이 우산은 언니 **것이다.** 내 **것은** 만지지 마.

'-하다

타동사로 쓰인 '-하다'는 구체적인 동작 동사로 바꿔야 한다. '문법적으로 틀린 문장이 아니면 써도 된다.'라는 생각은 바람직하지 않다. 독자를 위해서도 가독성을 떨어뜨리는 문장은 쓰지 말아야 한다.

① 의식적 또는 무의식적으로 무슨 목적을 위하여 움직이다.
- 산책을 하다. → 산책하다.
- 독서를 하다. → 독서하다.
② 음식물 따위를 먹거나 마시거나 담배를 피우다.
- 점심은 냉면으로 하자. → 점심에는 냉면을 먹자.
③ 어떤 상태나 표정을 지어 나타내다.
- 무서운 얼굴을 하다. → 무서운 표정을 짓다.
④ 조사 '로'·'으로' 등의 뒤에 쓰여, '어떤 상태·지위가 되게 하다.'의 뜻을 나타내는 말.

- 양자로 <u>하다</u>. → 양자로 <u>삼다</u>.

- 합격을 목표로 <u>하다</u>. → 합격을 목표로 <u>삼다</u>.

⑤ 어떤 상태가 되도록 결정을 짓다.

- 이번에 유학을 떠나기로 <u>하였다</u>.

→ 이번에 유학을 떠나기로 <u>결정했다</u>.

⑥ 어떤 지위나 역할을 맡고 있다.

- 형이 회장을 <u>하고</u> 아우가 사장을 <u>한다</u>.

→ 형이 회장을 <u>맡고</u> 아우가 사장을 <u>맡다</u>.

⑦ 처리하다. 처분하다.

- 남은 돈은 어떻게 <u>할까</u>. → 남은 돈은 어떻게 <u>처리할까</u>.

⑧ 회사나 사업체를 꾸려 나가다.

- 서점을 <u>하다</u>. → 서점을 <u>운영하다</u>.

⑨ 어떤 직업이나 분야의 학문을 전공으로 삼다.

- 예술을 <u>하는</u> 청년 → 예술을 <u>전공하는</u> 청년 (혹은) 예술가 청년

⑩ '-라고 부르다'의 뜻을 나타내는 말.

- 그와 같은 사람을 천재라 <u>한다</u>.

→ 그와 같은 사람을 천재라 <u>부른다</u>.

<u>복수임을 알 수 있을 때는 '-들'을 쓰지 말라</u>

(『토지』)

ex 추석은 남녀노유, **사람들에게뿐만 아니라** 강아지나 돼지나 소나 말이나 **새들에게,** 시궁창을 드나드는 **쥐 새끼까지** 포식의 날인가 보다.

➜ 추석은 남녀노유를 막론한 **사람에게뿐만 아니라** 강아지나 돼지나 소나 말이나 **새에게도,** 시궁창을 드나드는 **쥐 새끼에게도** 포식의 날인가 보다.

해설 • "사람들에게뿐만 아니라"는 '새들에게', '새끼까지'와 대구를 이루어야 한다. "~에게뿐만 아니라 ~에게도"의 문형에 따라 '새들에게'는 '새에게도'로 고쳤고, '새끼까지'는 '새끼에게도'로 고쳤다.

• '사람들', '새들'은 '사람', '새'로 고쳤다. '돼지', '소' 등에 '-들'을 쓰지 않은 것처럼 '사람', '새'에도 '-들'을 붙일 필요가 없다. '-들'을 쓰지 않아도 복수로 취급된다.

(『글쓰기의 공중부양』)

ex1 온갖 **사이비들이** 고수인 양 거드름을 피우면서 혹세무민을 일삼기도 한다. 그러나 **고수들을** 속일 수는 없다. **고수들은** 딱 보면 아는 눈을 가지고 있기 때문이다.

➜ 온갖 **사이비가** 고수인 양 거드름을 피우면서 혹세무민을 일삼기도 한다. 하지만 **고수를** 속일 수는 없다. **고수는** 딱 보면 아는 눈을 가지고 있기 때문이다.

해설 • 우리말에는 문맥에 따라 복수의 의미가 내포되어 있는 경우가 많다. 복수를 의미하는 관형사 '온갖'이 '사이비들'을 수식하므로 '사이비들'에는 '-들'을 붙일 필요가 없다. '사이비'와 비교되는 '고수들' 역시 '고수'로 고치는 게 좋다.

ex2 **서양 사람들의** 지갑은 **한국 사람들의** 전대에 비하면 **견고하기가 철갑이다.** 재질이 철갑이라는 말이 아니라 그만큼 열기가 힘들다는 말이다.

➡ **서양 사람의** 지갑은 **한국 사람의** 전대에 비하면 **철갑처럼 견고하다.** 그만큼 열기가 힘들다는 말이다.

해설 • '서양 사람들', '한국 사람들'은 '서양 사람', '한국 사람'으로 고치는 게 좋다. 또한 '견고하기=철갑'이라는 등식은 성립하지 않는다. 그래서 "견고하기가 철갑이다."는 "철갑처럼 견고하다."로 고쳤다.

'적 · 들 · 의 · 것'을 피하라
(『한국 출판 역사』)

ex 이 전집에는『보물섬』,『로빈슨 크루소』,『소공자』,『소공녀』 **등의 작품들을** '세계명작'이라는 이름으로 담았다. **그런데** 이 책들은 주로 17세기부터 20세기 이전 **유럽의 열강들이 세계적으로** 팽창하던 시기에 그 시대에 필요한 꿈을 **자국의 어린이들**에게 심어주기 위한 **것이다.**

➡ 이 전집에는『보물섬』,『로빈슨 크루소』,『소공자』,『소공녀』 **등을** '세계명작'이라는 이름으로 담았다. 이 책들은 주로 17세기부터 20세기 이전 **유럽 열강**이 세계로 팽창하던 시기에 **자국 어린이**에게 그 시대에 필요한 꿈을 심어주기 위해 **만들었다.**

해설 • 예문에서는 '적, 들, 의, 것, 으로'를 골고루 사용하였다. '적',

'들', '의', '것'은 필요한 상황에서 쓸 수 있다. 하지만 불필요한 상황에서도 사용하면 사족이 된다. 읽기에 불편한 것은 당연하다.

(〈남도일보〉 '택시운전사' 인기에 5·18묘지 참배객 줄 이어)

ex 영화 **'택시운전사'가** 관객 900만 명을 돌파한 가운데 광주 북구 운정동 국립 5·18민주묘지와 구묘역을 찾는 **전국 각지 참배객들의** 발길이 이어지고 있다.

16일 국립 5·18민주묘지 관리사무소에 따르면 지난 2일 영화 택시운전사가 개봉된 이후 '독일 기자 위르겐 힌츠페터 추모비'를 보기 위해 5·18민주묘지와 구묘역을 찾는 참배객이 **증가한 것으로 나타났다.** 택시운전사 개봉일부터 지난 15일까지 **참배객은 1만 8천400 명으로** 지난해 같은 기간 1만 1천540 명보다 62.7%(6천860 명)**가 증가했다.**

➡ 영화 **'택시운전사'** 관객이 900만 명을 넘어선 가운데 광주 북구 운정동 국립 5·18민주묘지와 구묘역을 찾는 **참배객의** 발길이 **전국 각지에서** 이어지고 있다.

16일 국립 5·18민주묘지 관리사무소에 따르면 지난 2일 영화 택시운전사가 개봉된 이후 '독일 기자 위르겐 힌츠페터 추모비'를 보기 위해 5·18민주묘지와 구묘역을 찾는 참배객이 **크게 증가하였다.** '택시운전사' 개봉일부터 지난 15일까지 **1만 8천400 명이 참배했다.** 지난해 같은 기간**에 참배한** 1만 1천540 명보다 62.7%(6천860 명) **증가한 수치다.**

해설 • 불필요한 '가, 들, 으로'를 없앴다.
• 부사어 '전국 각지에서'는 서술어 앞에 놓았다.

- "개봉일부터 지난 15일까지"가 수식하는 서술어가 없다. "참배객은 1만 8천400 명으로"를 "1만 8천400 명이 참배했다."로 고쳤다.
- "지난해 같은 기간"은 "지난해 같은 기간에 참배한"으로 고쳤다. "증가한 수치다."의 주어는 '1만 8천400 명은'이다.

(〈경인일보〉 '6가구중 1가구꼴' 천장 물 새는 LH 임대 아파트)

ex LH(한국토지주택공사)의 한 공공 임대 아파트에서 스프링클러가 **누수돼 집안에까지 물이 스며드는 등 주민들이 피해를 입고 있다.** 29일 오전 11시 남동구의 한 LH 아파트 A(37)**씨의** 집에서는 **3명의 인부가** 주방 천장 도배 작업을 하고 있었다. A씨는 예전에 스프링클러

누수 문제로 보수 받았던 곳을 또 작업 중이라고 말했다. A씨는 "작년 12월 천장 스프링클러 **주변으로** 검게 **곰팡이 같은 게 슬어서** 보수를 **받았는데 또 문제가 발생해 공사하고 있다."**며 "싱크대 밑 배관에서도 물이 새 마루가 다 썩었었다. 결국, 마루까지 **교체했고** 오늘이 세 번째 작업"이라고 말했다. **스프링클러의** 누수는 A씨 집만의 문제가 아니었다. LH에 따르면 지난 2012년 6월 입주가 시작된 이후 **A씨처럼** 스프링클러 누수로 피해를 입은 가구는 모두 76곳. 5개 동 438가구 **규모의** 아파트에 6가구당 1가구꼴로 **누수가 된 셈이다.**

➜ LH(한국토지주택공사)의 공공 임대 아파트 스프링클러**에서 물이 새어 나와 주민이 큰 불편을 겪고 있다.** 29일 오전 11시 남동구의 LH 아파트 A(37)**씨** 집에서 **인부 3명이** 주방 천장 도배 작업을 하고 있었다.

A씨는 예전에 스프링클러 누수 문제로 보수받았던 곳을 또 작업 중이라고 말했다. A씨는 "작년 12월에도 천장 스프링클러 **주변에** 검게 **곰팡이가 슬어서** 보수를 **받은 적이 있다.**"라며 "싱크대 밑 배관에서도 물이 새 마루가 다 썩었다. 결국 마루까지 **교체했다.** 오늘이 세 번째 보수 작업"이라고 말했다. **스프링클러** 누수는 A씨 집만의 문제가 아니었다. LH에 따르면 지난 2012년 6월 입주가 시작된 이후 **A씨 집처럼** 누수 피해를 본 **가구**는 모두 76곳. 5개 동 438가구 **규모** 아파트에 6가구당 1가구 꼴로 **누수 피해를 본 셈이다.**

> 해설 • 스트레이트 기사문이다. 육하원칙이 잘 갖춰져 있고 관심을 끄는 도입부도 갖췄다. 하지만 불필요한 어구가 많고 어법이나 논리에 맞지 않는 표현이 눈에 띈다.

- 밑줄 친 '-의'와 '-들'은 모두 생략 가능하다. "남동구의 LH 아파트"에서는 '-의'를 그대로 두었다. 남동구가 아파트 이름으로 인식될 수 있기 때문이다.

- '누수하다.'라는 표현이 없으면 '누수되다.'라는 표현도 있을 수 없다.

- "피해를 입다."에서 '피(被)'가 '입다'와 같은 의미이므로 "피해를 보다."로 고쳐야 한다. 예문에서는 "큰 불편을 겪다."로 고쳤다.

- "A씨처럼 ~ 피해를 본 가구는"에서 'A씨=가구'라는 등식은 성립하지 않는다. 'A씨처럼'을 'A씨 집처럼'으로 고쳤다. '집=가구'의 등식은 성립한다.

타동사 '-하다'는 구체적으로 써라

(〈중앙일보〉 사설: "전술핵 반대" "대북 인도적 지원" … 왜 이렇게 서두르나)

ex 통일부 당국자가 어제 "유니세프와 세계식량계획 등 유엔 산하 국제기구의 요청에 따라 **800만 달러를** 지원하는 방안을 21일로 예정된 교류협력추진협의회에서 논의할 예정"이라고 밝혔다. 북한의 아동과 임산부를 **대상으로 한** 영양강화 사업과 백신 및 필수의약품, 영양실조 치료제 사업을 위해서다. 북한 동포**에 대한 지원은** 800만 달러가 아닌, 그 10배, 100배라도 **해야** 마땅하다.

➡ 통일부 당국자가 어제 "유니세프와 세계식량계획 등 유엔 산하 국제기구의 요청에 따라 **800만 달러 상당의 물품을** 지원하는 방안을 21일로 예정된 교류협력추진협의회에서 논의할 예정"이라고 밝혔다. 북한의 아동과 임산부를 **대상으로** 영양 강화제, 백신, 필수 의약품, 영양실조 치료제를 **제공하기** 위해서다. 북한 동포**에 대해서는** 800만 달러가 아닌, 그 10배, 100배라도 **지원해야** 마땅하다.

해설 • "800만 달러를"은 "800만 달러 상당의 물품을"이라고 고쳤다. 기자가 글자 수를 줄이기 위해 불명확한 표현을 쓸 특권을 가지지는 않았다.

• "임산부를 대상으로 한 ~ 치료제 사업을 위해서다."는 "임산부를 대상으로 치료제를 제공하기 위해서다."라고 표현해야 정확한 의미 전달이 가능하다.

• "북한 동포에 대한 지원은 ~100배라도 해야 마땅하다."는 "북한 동포에 대해서는 ~ 100배라도 지원해야 마땅하다."로 고쳤다.

(〈중앙일보〉 마음산책: 그것을 원하는지 먼저 물어보세요)

ex 스님, 제 딸이 올해 결혼했습니다. **그런데** 사위가 몸이 허약하고 기운이 **없는 것처럼** 보여 제가 장모 된 도리로 좋은 한약을 한 제 지어 보냈습니다. **그런데** 사위가 그 한약을 먹고 오히려 몸에 탈이 나고 **부작용들이** 생겼다고 하네요. **그래서** 딸과 사위가 지금 저를 원망합니다. 저는 딸 내외를 생각해서 **한 건데,** 조금은 서운한 마음도 들고 걱정도 **되고,** 어쩌면 좋을까요?

➜ 스님, 제 딸이 올해 결혼했습니다. 사위가 몸이 허약하고 기운이 **없어** 보여 제가 장모 된 도리로 좋은 한약을 한 제 지어 보냈습니다. 사위가 그 한약을 먹고 오히려 몸에 탈이 나고 **부작용이** 생겼다고 하네요. 딸과 사위가 지금 저를 원망합니다. 저는 딸 내외를 생각해서 **한약을 보냈는데,** 조금은 서운한 마음도 들고 걱정도 됩니다. 어쩌면 좋을까요?

해설 • 문맥이 자연스럽게 흘러가므로 접속사 '그런데'와 '그래서'는 하등 필요 없다. 문장과 문장은 접속사가 아니라 문맥과 리듬으로 잇는 게 자연스럽다.

• "생각해서 한 건데,"를 "생각해서 한약을 보냈는데,"로 고치면 문장을 빠르고 정확하게 이해할 수 있다.

인용 자료 목록

『고종석의 문장』, 고종석, 알마, 2014

『공지영의 수도원 기행2』, 공지영, 분도출판사, 2014

『글 고치기 전략』, 장하늘, 다산초당, 2006

『글쓰기의 공중부양』, 이외수, 해냄, 2007

『기자의 글쓰기』, 박종인, 북라이프, 2016

「김영희 칼럼: 품격을 잃은 전직 대통령의 회고록」, 김영희, 중앙일보, 2015

『나의 문화유산답사기1(남도답사 일번지)』, 유홍준, 창비, 2011

『나의 문화유산답사기3(말하지 않는 것과의 대화)』, 유홍준, 창비, 2011

『나의 문화유산답사기 일본 편3(교토의 역사)』, 유홍준, 창비, 2014

『나의 한국현대사』, 유시민, 돌베개, 2014

『내 문장이 그렇게 이상한가요?』, 김정선, 유유, 2016

『네가 어떤 삶을 살든 나는 너를 응원할 것이다』, 공지영, 해냄, 2016

『대통령의 글쓰기』, 강원국, 메디치미디어, 2014

『대통령의 시간』, 이명박, 알에이치코리아, 2015

「마음산책: 그것을 원하는지 먼저 물어보세요」, 혜민, 중앙일보, 2017

「만물상: 역사의 국제 연대」, 김태익, 조선일보, 2015

「만물상: 흰 쌀밥과 잡곡밥」, 김철중, 조선일보, 2015

『멈추면, 비로소 보이는 것들』, 혜민, 수오서재, 2017

『문재인의 운명』, 문재인, 북팔, 2017

「분수대: 어느 회장님의 비과학적 철회」, 나현철, 중앙일보, 2015

「분수대: 졸업 영화제의 추억」, 양성희, 중앙일보, 2015

『비평의 도그마를 넘어』, 방민호, 창비, 2000

「사설: 국정 난맥 이토록 심각한데 전·현직 대통령이 다툴 땐가」, 중앙일보, 2015

『아이아코카 자서전』, 리 아이아코카, YBM, 2001

『아주 가벼운 깃털 하나』, 공지영, 한겨레출판, 2009

『우리들의 일그러진 영웅』, 이문열, 민음사, 2016

『유시민의 글쓰기 특강』, 유시민, 생각의길, 2015

『자존감 수업』, 유홍균, 심플라이프, 2016

『작가의 문장 수업』, 고가 후미타케(정연주 옮김), 경향BP, 2015

『정글만리』, 조정래, 해냄, 2013

『태백산맥』, 조정래, 해냄, 2007

『토지』, 박경리, 마로니에북스, 2012

『한국 출판 역사』, 부길만, 커뮤니케이션북스, 2013

「'택시운전사' 인기에 5·18묘지 참배객 줄 이어」, 임소연, 남도일보, 2017

「'6가구중 1가구꼴' 천장 물 새는 LH 임대 아파트」, 공승배, 경인일보, 2017

「사설: "전술핵 반대" "대북 인도적 지원" … 왜 이렇게 서두르나」, 중앙일보, 2017

「만물상: 섹스와 건강」, 김철중, 조선일보, 2015

「만물상: 취업 부적(符籍)」, 김윤덕, 조선일보, 2015